10
18

12, AVENUE D'ITALIE. PARIS XIIIe

Sur l'auteur

Ben H. Winters vit à Indianapolis, dans l'Indiana. *Dernier meurtre avant la fin du monde* est son premier roman traduit en France et est suivi de *J-77*, paru aux éditions Super 8.

BEN H. WINTERS

DERNIER MEURTRE AVANT LA FIN DU MONDE

Traduit de l'anglais (États-Unis)
par Valérie Le Plouhinec

10/18

SUPER 8 ÉDITIONS

Titre original :
The Last Policeman

ISBN 978-2-264-06384-7

À Andrew Winters, des Winters de Concord

« Même aux yeux de Voltaire, pourtant rationaliste s'il en était, un suicide purement rationnel était chose prodigieuse, voire quelque peu grotesque, à l'instar d'une comète ou d'un mouton à deux têtes. »

A. Alvarez,
Le Dieu sauvage : essai sur le suicide.

« And there's a slow,
slow train comin',
up around the end. »

Bob Dylan, *Slow Train*

PREMIÈRE PARTIE

La ville des pendus

Mardi 20 mars
Ascension droite : 19 02 54,4
Déclinaison : – 34 11 39
Élongation : 78.0
Delta : 3,195 ua

1

J'observe fixement l'agent d'assurances qui me regarde de même, deux yeux froids et gris derrière des montures en écaille à l'ancienne, et il me vient cette sensation horrible et grisante à la fois, celle qui dit : nom de Dieu, c'est bien réel tout ça, et je ne suis pas sûr d'être prêt, vraiment pas.

Je plisse les paupières, trouve un meilleur appui et bascule en avant, accroupi sur mes talons, pour l'étudier de plus près. Les yeux et les lunettes, le menton fuyant et les tempes dégarnies, la fine ceinture noire nouée et serrée sous le maxillaire.

C'est bien réel. Vraiment ? Je n'en jurerais pas.

J'inspire à fond et je me force à me concentrer, à oublier tout ce qui n'est pas le corps, oublier le sol crasseux et le son aigrelet du rock'n'roll d'ascenseur diffusé par des haut-parleurs minables au plafond.

L'odeur me tue : un remugle envahissant et profondément désagréable, comme si on avait déversé de l'huile de friture dans une écurie. Il existe encore dans ce monde un certain nombre de métiers qui sont accomplis avec efficacité et diligence, mais le nettoyage nocturne des toilettes de fast-foods ouverts 24 heures sur 24 n'en fait pas partie. La preuve : l'assureur était effondré là-dedans depuis plusieurs heures, coincé entre le siège et le mur vert terne de la cabine, lorsque l'agent Michelson est entré par hasard, poussé par un besoin naturel, et l'a découvert.

Michelson a lancé son appel radio sous le code 10-54S (décès prématuré, suicide), ce qui semble adapté à la situation. Une chose que j'ai apprise ces derniers mois, que nous avons tous apprise, c'est que les suicidés par pendaison sont rarement retrouvés suspendus à un lustre ou à une poutre, comme dans les films. S'ils sont sérieux – et de nos jours, tout le monde l'est –, les candidats au suicide se pendent à un bouton de porte, ou à une patère, ou, comme l'a apparemment fait cet assureur, à cette barre horizontale qui équipe les toilettes pour handicapés. Ensuite, il leur suffit de se pencher en avant et de laisser leur poids faire le travail, serrer le nœud, comprimer les voies aériennes.

Je me penche encore en avant, modifie ma position sur mes jambes pliées et tâche de trouver le moyen de partager confortablement l'espace avec l'assureur, sans tomber ni laisser des empreintes digitales sur toute la scène. J'ai eu neuf cas comme celui-ci depuis trois mois et demi que je suis inspecteur, et je ne m'y fais toujours pas, à ce que la mort par asphyxie fait à un visage : les yeux figés dans une expression d'horreur, striés de fils d'araignée rouges, sanglants ; la langue, sortie et tirée sur un côté ; les lèvres, enflées et violacées sur leur pourtour.

Je ferme les yeux, me masse les paupières, les doigts repliés, et regarde de nouveau, en essayant de me figurer à quoi ressemblait l'assureur dans la vie. Il n'était pas beau, cela se voit tout de suite. Le visage est rondouillard, les proportions juste un peu mal fichues : menton trop petit, nez trop gros, yeux en boutons de bottine derrière les verres épais.

Ce qui apparaît, c'est que l'assureur s'est tué à l'aide d'une longue ceinture noire. Il en a noué un bout à la barre métallique et a façonné avec l'autre le nœud coulant qui maintenant s'enfonce violemment dans sa pomme d'Adam.

— Salut, petit. C'est qui, le copain ?

— Peter Anthony Zell, dis-je à mi-voix.

Relevant la tête, je regarde par-dessus mon épaule Dotseth, qui vient d'ouvrir la porte de la cabine et me toise avec un grand sourire, une coquette écharpe écossaise au cou, un gobelet de café McDonald's fumant à la main.

— Individu de sexe masculin, blanc. Trente-huit ans. Travaillait dans les assurances.

— Et laissez-moi deviner, enchaîne Dotseth. Dévoré par un requin. Oh, attendez, non : suicide. C'est un suicide ?

— On dirait bien.

— Quelle surprise ! Je n'en reviens pas.

Denny Dotseth est assistant-procureur général. C'est un vieux de la vieille aux cheveux argentés, au visage large et chaleureux.

— Oh, dites, désolé, Hank. Vous vouliez un café ?

— Non, merci, monsieur.

Je lui fais un rapport sur ce que m'a appris le portefeuille en similicuir noir trouvé dans la poche revolver de la victime. Zell bossait pour une boîte appelée Merrimack Life and Fire, sise dans l'immeuble Water West, qui donne sur Eagle Square. Un petit paquet de tickets de cinéma usagés, datant tous de ces trois derniers mois, indique un goût prononcé pour les aventures adolescentes : le revival *Seigneur des Anneaux* ; deux épisodes de la série de SF *Pâles lueurs au loin* ; le machin « DC Comics *vs* Marvel » à l'IMAX de Hooksett. Pas trace d'une famille, pas une photo dans le portefeuille. Quatre-vingt-cinq dollars en billets de cinq et de dix. Et un permis de conduire, avec une adresse d'ici, en ville : 14 Matthew Street Extension, South Concord.

— Bien sûr. Je connais ce quartier. Y a quelques belles baraques par là-bas. Rolly Lewis habite dans le coin.

— Et il s'est fait cogner.

— Rolly ?

— La victime. Regardez. (Je me retourne vers le visage distordu de l'assureur pour désigner une série d'hématomes jaunissants, sur le haut de la joue droite.) Quelqu'un lui en a collé une bonne.

— Holà, oui. En effet.

Dotseth bâille et boit une gorgée de café. La législation du New Hampshire a décidé il y a un bout de temps qu'un représentant du ministère public devait être appelé chaque fois qu'un cadavre était découvert, afin que l'accusation ait la main sur l'affaire dès le départ si jamais une enquête pour meurtre était ouverte. À la mi-janvier, cette exigence a été levée car jugée excessivement onéreuse, étant donné les circonstances inhabituelles dans lesquelles nous vivons : Dotseth et ses collègues sillonnaient tout l'État pour aller simplement se poser comme des corbeaux sur des scènes de crimes qui n'en étaient pas du tout. Depuis, il revient à l'enquêteur en place de décider s'il convoque un assistant-procureur général sur un 10-54S. Pour ma part, je le fais en général.

— Alors, à part ça, quoi de neuf ? me demande Dotseth. Toujours fan de squash ?

— Je ne joue pas au squash, monsieur.

Je ne l'écoute que d'une oreille, les yeux rivés sur le mort.

— Ah bon ? Je confonds avec qui, alors ?

Je me tapote le menton. Zell était petit, peut-être un mètre soixante-dix ; râblé, la taille épaisse. *Nom de Dieu*, me dis-je de nouveau, car quelque chose ne va pas dans ce corps, ce cadavre, ce suicide présumé en particulier, et j'essaie de déterminer quoi.

— Pas de téléphone, dis-je tout bas.

— Quoi ?

— Son portefeuille est là, et ses clés aussi, mais pas son téléphone.

Dotseth hausse les épaules.

— Je parie qu'il l'a balancé. C'est ce qu'a fait Beth. Le réseau déconne tellement qu'elle s'est dit : « Autant se débarrasser tout de suite de ce truc. »

Je hoche la tête et murmure « sans doute, sans doute », sans quitter Zell des yeux.

— Et aussi, pas de lettre.

— Hein ?

— Il n'a pas laissé de lettre.

— Ah ? Bah, un ami à lui la trouvera sûrement. Son boss, peut-être. (Il sourit, termine son café.) Ils laissent tous une lettre, ces types-là. Pourtant, remarquez, les explications deviennent plutôt superflues au point où on en est, non ?

— En effet, monsieur, dis-je en passant une main sur ma moustache. Tout à fait.

La semaine dernière, à Katmandou, mille pèlerins venus de toute l'Asie du Sud-Est sont montés sur un gigantesque bûcher pendant que des moines psalmodiaient en cercle autour d'eux avant d'entrer eux-mêmes dans le brasier. En Europe centrale, les vieux s'échangent des DVD didactiques : *Comment lester ses poches avec des pierres*, *Préparez un cocktail de barbituriques dans votre évier*. Dans le Midwest américain – Kansas City, St. Louis, Des Moines –, la tendance est aux armes à feu : une large majorité prend un fusil pour se faire sauter la cervelle.

Ici, à Concord (New Hampshire), allez savoir pourquoi, c'est la ville des pendus. On retrouve des corps affalés dans les placards, les cabanes de jardin, les sous-sols en travaux. Vendredi de la semaine dernière, le propriétaire d'un magasin de meubles d'East Concord a tenté de se la jouer façon Hollywood : il s'est pendu à une gouttière en surplomb avec la ceinture de son peignoir, mais la gouttière a cédé et il a dégringolé sur sa terrasse, vivant mais les quatre membres brisés.

— Quoi qu'il en soit, c'est tragique, conclut Dotseth sans émotion. Chacun d'entre eux est une tragédie.

Il jette un rapide coup d'œil à sa montre ; il est prêt à filer. Mais moi, je suis toujours accroupi, et je scrute toujours le corps de l'assureur. Pour sa dernière journée sur Terre, Peter Zell a choisi un costard marron chiffonné et une chemise bleu pâle. Ses chaussettes sont presque assorties mais pas tout à fait : les deux sont marron, l'une foncée et l'autre pas vraiment ; toutes deux sont détendues et tire-bouchonnées sur ses chevilles. La ceinture qui lui enserre le cou – et que le docteur Fenton appellera « la ligature » – est une petite merveille : cuir noir brillant, boucle dorée estampillée B&R.

— Inspecteur ? You hou ? fait Dotseth, si bien que je relève la tête pour le regarder en battant des paupières. Vous avez autre chose à m'apprendre ?

— Non, monsieur. Merci.

— Pas de quoi. C'est un plaisir, comme toujours, jeune homme.

— Sauf que… attendez.

— Pardon ?

Je me remets debout et me tourne face à lui.

— Bon. Disons que je vais assassiner quelqu'un.

Un silence. Dotseth attend, amusé, avec une patience exagérée.

— D'accord !

— Et que je vis à une époque et dans une ville où on se suicide à tout bout de champ. Dans tous les coins. La ville des pendus.

— OK.

— Est-ce que mon réflexe naturel ne serait pas de tuer ma victime, puis de maquiller le meurtre en suicide ?

— Peut-être.

— Peut-être, hein ?

— Mouais. Peut-être. Mais ça, là ? (Il indique gaiement du pouce le corps avachi.) Ça, c'est un suicide.

Il cligne de l'œil, pousse la porte des toilettes, et me laisse en tête à tête avec Peter Zell.

***

— Alors, qu'est-ce qu'on dit, Stretch ? On attend le chariot à barbaque, sur ce coup-là, ou on éclate la piñata nous-mêmes ?

J'envoie à l'agent Michelson un regard sévère et réprobateur. Je déteste ce vocabulaire morbide de faux dur, « chariot à barbaque », « piñata » et tout le reste, et Ritchie Michelson le sait bien, et c'est précisément pour cette raison qu'il m'asticote avec ça. Il a attendu à la porte des toilettes, théoriquement pour protéger la scène de crime, en mangeant un Egg McMuffin directement dans son emballage en Cellophane, laissant la graisse pâle dégouliner sur sa chemise d'uniforme.

— Je t'en prie, Michelson. Un homme est mort.

— Désolé, Stretch.

Je ne suis pas dingue non plus du surnom – une allusion à ma grande taille –, et Ritchie le sait également.

— Quelqu'un de chez le docteur Fenton devrait arriver dans l'heure, dis-je.

Michelson hoche la tête et rote dans son poing.

— Alors comme ça, tu vas passer l'affaire au bureau de Fenton ? (Il froisse l'emballage de son petit déjeuner et le jette à la poubelle.) Je croyais qu'elle ne faisait plus les suicides.

— C'est à la discrétion de l'inspecteur. Et dans ce cas, je pense qu'une autopsie se justifie.

— Ah oui ?

— Oui.

Il s'en fiche, de toute manière. Trish McConnell, pendant ce temps, fait son travail. Elle est à l'autre bout du restaurant : une petite femme vigoureuse dont la queue-de-cheval noire dépasse de sa casquette de policier. Elle a coincé une bande d'ados à côté du distributeur de boissons, et prend des dépositions. Calepin sorti, stylo en action, devançant les ordres de son inspecteur. Je l'aime bien, elle.

— Mais tu es au courant : la hiérarchie veut qu'on lève le camp assez vite dans ce genre de cas, continue Michelson, qui parle juste pour parler, pour m'agacer.

— Je sais, oui.

— Pour la stabilité et la continuité de la communauté, tout ça.

— Oui.

— Sans compter que le proprio est au bord de péter les plombs, vu que ses chiottes sont fermées.

Je suis le regard de Michelson jusqu'au comptoir et au propriétaire écarlate du McDo, qui nous observe fixement – son regard implacable étant légèrement ridiculisé par la chemisette jaune vif et le gilet couleur ketchup. Chaque minute de présence policière est une minute de profits perdus pour lui, et on voit bien qu'il serait déjà en train de m'engueuler s'il ne risquait pas une arrestation pour outrage. À côté de lui se tient un adolescent dégingandé, dont l'épaisse chevelure coupée en mulet encadre une visière d'employé, et qui observe tour à tour, un sourire narquois aux lèvres, son patron pas content et les deux policiers, sans trop savoir qui mérite le plus son mépris.

— Je ne me fais pas de souci pour lui, dis-je à Michelson. Si on était encore l'an dernier, la scène de crime serait barricadée pendant six à douze heures, et ça ne se limiterait pas aux toilettes des hommes.

Michelson a un geste d'indifférence.

— Les temps changent, que veux-tu.

D'humeur maussade, je tourne le dos au proprio. Qu'il fulmine dans son coin. Ce n'est même pas un vrai McDo. Il n'y a plus de vrais McDo. La boîte a coulé en août de l'an dernier, 94 % de sa valeur s'étant évaporée en trois semaines de panique boursière, et elle a laissé derrière elle des centaines de milliers d'établissements vides aux couleurs criardes. Beaucoup d'entre eux, comme celui où nous nous trouvons, dans la rue principale de Concord, ont été reconvertis en restaurants pirates : rachetés et gérés par des habitants du coin entreprenants, comme mon nouveau meilleur ami ici présent, qui font leur beurre en gavant les désespérés sans avoir à se soucier de payer la franchise.

Il n'y a plus non plus de vrais 7-Eleven ni de Dunkin' Donuts. Il y a encore de vrais Paneras, mais le couple de propriétaires de la chaîne a eu une illumination spirituelle et embauché dans la plupart des restaurants des coreligionnaires, si bien que ça ne vaut plus trop le coup d'y aller, à moins de vouloir entendre la Bonne Nouvelle.

Je fais signe à McConnell d'approcher et lui apprends, ainsi qu'à Michelson, que nous allons traiter ce cas comme une mort suspecte. J'essaie d'ignorer le haussement de sourcils sarcastique de Ritchie. McConnell, de son côté, hoche gravement la tête et ouvre son calepin à une page vierge. Je donne mes ordres à mes agents : McConnell doit finir de collecter les dépositions, puis localiser et informer la famille de la victime. Michelson, lui, restera à côté de la porte pour garder la scène jusqu'à ce que quelqu'un du bureau de Fenton vienne chercher le corps.

— Compris, dit McConnell en refermant son calepin.

— C'est toujours mieux que bosser, lâche Michelson.

— Allons, Ritchie. Un homme est mort.

— Ouais, ouais, Stretch. Tu l'as déjà dit.

Je leur fais un salut réglementaire, prends congé d'un hochement de tête, puis m'arrête net, une main sur la poignée de la porte donnant sur le parking, car une femme approche d'un pas pressé entre les voitures. Elle porte un bonnet de laine rouge mais pas de manteau, pas de parapluie contre les bourrasques chargées de neige, comme si elle était sortie en courant de quelque part pour venir ici, ses fines chaussures de bureau glissant sur la neige fondue du parking. Puis elle me repère, voit que je la regarde, et je capte l'instant où elle comprend que je suis de la police. Alors, son front se plisse d'inquiétude, elle tourne les talons et elle s'en va à la hâte.

***

Je m'éloigne vers le nord sur State Street au volant de ma Chevrolet Impala de fonction, en roulant avec précaution sur le demi-centimètre de verglas qui couvre la chaussée. Les rues adjacentes sont entièrement bordées de véhicules garés, d'autos abandonnées dont le pare-brise se charge de tas de neige. Je passe devant le Capitol Center for the Arts, élégantes briques rouges et larges baies vitrées, jette un coup d'œil dans le coffee shop bondé que quelqu'un a ouvert de l'autre côté de la rue. Il y a une longue file d'attente devant Collier's, le magasin de bricolage – ils ont dû recevoir un arrivage. Des ampoules électriques. Des pelles. Des clous. Un gamin en âge d'être au lycée, juché sur une échelle, barre des prix et en inscrit de nouveaux au marqueur noir sur un panneau en carton.

Quarante-huit heures, voilà ce que je pense. La plupart des affaires de meurtre qui sont élucidées le sont dans les quarante-huit heures après la perpétration du crime.

Ma voiture est seule sur la route, et les piétons tournent la tête pour me regarder passer. Un clochard est adossé à la porte condamnée de White Peak, une firme de courtage en hypothèques et d'immobilier commercial. Un petit troupeau d'adolescents traîne devant le local d'un distributeur de billets en faisant tourner un joint ; l'un d'eux, qui arbore un bouc cradingue, souffle langoureusement la fumée dans l'air froid.

À l'angle de State et Blake Street, étalé sur ce qui fut un immeuble de bureaux sur deux niveaux, un graffiti de près de deux mètres de haut : MENSONGES MENSONGES RIEN QUE DES MENSONGES.

Je m'en veux d'avoir été dur avec Ritchie Michelson. La vie était déjà pénible pour les agents au moment où j'ai reçu ma promotion, et je suis sûr que les quatorze semaines qui ont suivi n'ont rien arrangé. Certes, les flics ont un emploi stable et font partie des gens les mieux payés du pays, de nos jours. Et certes, le taux de criminalité de Concord, dans la plupart des catégories, n'est pas délirant par rapport à la même époque l'an dernier, à quelques notables exceptions près ; conformément à la loi Sécurité et Stabilisation en Préparation de l'Impact, il est désormais illégal de fabriquer, vendre ou acquérir une arme à feu, quelle qu'elle soit, sur le territoire des États-Unis, et ce n'est pas une loi facile à appliquer, surtout dans le New Hampshire.

Pourtant, dans les rues, dans les yeux las de la population, on perçoit à tout moment un potentiel de violence, et pour un agent de patrouille en service actif, tout comme pour un soldat en guerre, ce potentiel de violence vous use lentement. Par conséquent, si j'étais Ritchie Michelson, je serais forcément un peu crevé, un peu vidé, et il ne faudrait pas me pousser beaucoup pour que je fasse une remarque désagréable de temps en temps.

Le feu rouge de Warren Street fonctionne, et, bien que je sois policier, bien qu'il n'y ait pas d'autres voitures au carrefour, je m'arrête et tambourine des doigts sur le volant en attendant qu'il passe au vert. Je regarde au loin à travers le pare-brise et repense à cette femme, celle qui était pressée et n'avait pas de manteau.

***

— Tout le monde a entendu la nouvelle ? demande l'inspecteur McGully, volumineux et tapageur, les mains en porte-voix. On a la date.

— Quoi, « on a la date » ? fait l'inspecteur Andreas en se levant d'un coup de sa chaise pour le regarder d'un air abasourdi. On l'a déjà, la date. Tout le monde la connaît, cette foutue date.

La date que nous connaissons tous est le 3 octobre, dans six mois et onze jours, jour où une boule de carbone et de silicates de 6,5 km de diamètre entrera en collision avec la Terre.

— Pas la date à laquelle la grosse boulette va atterrir, précise McGully en brandissant un exemplaire du *Concord Monitor*. La date où les génies nous diront où elle va frapper.

— Ouais, j'ai vu ça, dit l'inspecteur Culverson, installé à son propre bureau avec son propre journal – il lit le *New York Times*, lui. C'est le 9 avril, je crois.

Mon bureau à moi se trouve au fond de la pièce, près de la poubelle et du petit frigo. Mon calepin ouvert devant moi, je revois mes observations sur la scène de crime. Ce calepin est en réalité un cahier bleu, comme ceux qui servent aux étudiants lorsqu'ils passent des examens. Mon père était professeur, et à sa mort, nous avons trouvé au grenier près de vingt-cinq boîtes de ces fins cahiers couleur œuf-de-merle. Je m'en sers encore.

— Le 9 avril ? C'est bientôt. (Andreas se renfonce dans son fauteuil, puis reprend ses derniers mots d'une voix lugubre.) Vraiment bientôt.

Culverson secoue la tête et soupire, cependant que McGully glousse. Voilà ce qui reste de la PJ de Concord, brigade criminelle : quatre clampins dans une pièce. Entre le mois d'août dernier et aujourd'hui, nous avons connu trois départs en retraite anticipée, une disparition aussi soudaine qu'inexpliquée, plus l'inspecteur Gordon, qui s'est cassé la main en procédant à une interpellation pour violence domestique, s'est mis en arrêt maladie et n'est jamais revenu. Cette vague de défections a été insuffisamment compensée par la promotion, début décembre, d'un agent de patrouille. Moi. L'inspecteur Palace.

Nous sommes plutôt bien lotis, question effectifs. La brigade des mineurs ne compte plus que deux officiers, Peterson et Guerrera. Celle de la cybercriminalité a été carrément supprimée, à dater du 1er novembre.

McGully ouvre le *Monitor* d'aujourd'hui et commence à lire à haute voix. De mon côté, je pense à l'affaire Zell en étudiant mes notes. *Aucune trace de violence ou de lutte//téléphone ?//Ligature : ceinture, boucle dorée.*

Une ceinture noire en élégant cuir italien, marquée en creux : « B&R ».

— « La date cruciale sera le 9 avril, d'après les astronomes du Centre d'astrophysique Harvard-Smithsonian de Cambridge (Massachusetts). Ces experts, ainsi que des légions d'astronomes, d'astrophysiciens et d'amateurs passionnés qui suivent l'approche régulière de Maïa, l'énorme astéroïde anciennement appelé $2011GV_1$ »…

— Pitié, gémit Andreas, triste et furieux, en bondissant de nouveau pour rejoindre à grands pas le bureau de McGully. (Andreas est petit, agité, âgé d'une petite quarantaine d'années, mais doté d'une épaisse tignasse de boucles noires et serrées, comme un chérubin.) On sait ce que c'est que Maïa. Est-ce qu'il reste une personne sur la planète qui ne connaît pas déjà tout ça par cœur ?

— Calmos, mon pote, le rembarre McGully.

— Mais ça m'exaspère qu'ils nous rabâchent les mêmes infos à chaque fois. On dirait qu'ils veulent vraiment nous fourrer le nez dedans.

— C'est normal, c'est une règle journalistique, intervient Culverson.

— Eh bien, c'est insupportable

— N'empêche que c'est comme ça.

Culverson sourit. Il est le seul membre afro-américain de la brigade criminelle. De fait, il est le seul membre afro-américain de la police de Concord, et parfois surnommé avec amour « le seul Noir de Concord », même si c'est inexact.

— Bon, d'accord, je saute le passage, concède McGully en tapotant l'épaule du pauvre Andreas. « Les scientifiques ont… » gna gna… « quelques désaccords, à présent en grande partie résolus, quant à… » gna gna gna. Ah, voilà : « À cette date en avril, à seulement cinq mois et demi de la collision, les points de déclinaison et d'ascension droite seront déterminés avec une précision suffisante pour localiser le point d'impact à vingt-cinq kilomètres près. »

Sur la fin de la phrase, la voix de McGully s'assourdit un peu, son timbre de baryton s'adoucit, et il pousse un long sifflement bas.

— Vingt-cinq bornes.

Un silence s'ensuit, pendant lequel on n'entend plus que les petits cliquetis du radiateur. Andreas, debout devant le bureau de McGully, contemple le journal, les poings serrés le long de son corps. Culverson, dans son coin douillet, s'empare d'un crayon et se met à tracer de longues lignes sur une feuille de papier. Je ferme mon cahier bleu, renverse la tête en arrière, et fixe le regard sur un point au plafond, non loin du plafonnier en verre cannelé.

— Voilà, c'était l'essentiel, m'sieurs dames, lâche McGully, remis de son émotion, en refermant le journal avec emphase. Après, ça ne parle plus que des réactions, ce genre de choses.

— Des réactions ? glapit Andreas, agitant les mains avec colère dans la direction du journal. Quel genre de *réactions* ?

— Bah, tu vois, quoi. Le Premier ministre canadien qui dit : « Hé, les gars, espérons que ça tombe sur la Chine », se marre McGully. Et le président chinois : « Écoutez, les Canadiens, sans vouloir vous vexer, on n'est pas du même avis. » Tu vois le tableau. Du blabla, tout ça.

Andreas pousse un grognement dégoûté. J'observe plus ou moins la scène, mais pendant ce temps je réfléchis, les yeux toujours rivés sur le plafonnier. Un type entre dans un McDo en pleine nuit et se pend dans les chiottes pour handicapés. Un type entre dans un McDo, on est en pleine nuit…

Culverson tend sa feuille de papier en l'air avec solennité pour nous montrer un schéma simple, avec des lignes et des colonnes.

— Les paris sont officiellement lancés dans la police de Concord, annonce-t-il, parfaitement pince-sans-rire. Je vous écoute.

J'aime bien l'inspecteur Culverson. Cela me plaît qu'il s'habille encore comme un vrai inspecteur. Aujourd'hui, il porte un costume trois-pièces avec une cravate à reflets métallisés et une pochette assortie. Beaucoup de gens, par les temps qui courent, se laissent complètement aller. Andreas, par exemple, est vêtu en ce moment même d'un tee-shirt à manches longues et d'un jean informe, McGully d'un sweat aux couleurs des Washington Redskins.

— S'il faut mourir, conclut Culverson, au moins extorquons d'abord quelques dollars à nos frères et sœurs agents de patrouille.

Andreas regarde autour de lui, visiblement mal à l'aise.

— D'accord, mais… comment veux-tu qu'on prévoie à l'avance ?

— Prévoir ? (McGully lui tape sur la tête avec le *Monitor* plié.) Banane ! Tu veux dire : comment on récolte ?

— Bon, je commence, annonce Culverson. Je prends l'océan Atlantique pour cent dollars tout rond.

— Quarante sur la France, grogne McGully en fouillant dans son portefeuille. Ça leur fera les pieds, à ces connards.

Culverson apporte son diagramme jusqu'à moi et le fait glisser sur mon bureau.

— Et toi, Ichabod Crane ? T'en penses quoi ?

— Euh… fais-je distraitement, pensant toujours à ces vilaines lésions sur la joue du mort.

Quelqu'un a assené à Peter Zell un coup de poing en pleine figure, et fort, dans un passé récent mais pas trop. Il y a deux semaines, peut-être ? Trois semaines ? Le docteur Fenton me dira ça.

Culverson attend, les sourcils levés.

— Inspecteur Palace ?

— C'est difficile à dire, tu vois ? Dites, les gars, où est-ce que vous achetez vos ceintures ?

Andreas regarde sa taille, puis relève les yeux, comme si c'était une question piège.

— Nos ceintures ? Je ne mets que des bretelles.

— Moi, dans une boutique qui s'appelle Humphrey's, dit Culverson. À Manchester.

— C'est Angela qui m'achète les miennes, ajoute McGully, qui est passé au cahier sport, renversé en arrière, les pieds sur son bureau. Qu'est-ce qui te prend, Palace ?

Ils me regardent tous, maintenant.

— Je bosse sur une affaire. Le corps qu'on a trouvé ce matin, au McDo.

— Je croyais que c'était un pendu.

— On va appeler ça un décès suspect pour l'instant.

— « On » ? reprend Culverson, qui sourit et semble me jauger.

Andreas est toujours devant le bureau de McGully, les yeux rivés sur la une du journal, une main plaquée sur le front.

— La ligature, dans cette affaire, était une ceinture noire, dis-je. Classieuse. « B&R » gravé sur la boucle.

— Belknap & Rose, diagnostique Culverson. Non mais attends, tu comptes enquêter pour meurtre ? C'est pas franchement discret, comme endroit, pour buter quelqu'un.

— Belknap & Rose, exactement. Parce que tu vois, à part ça, ce que la victime avait sur le dos ne cassait pas trois pattes à un canard : costard marron banal, en prêt-à-porter, vieille chemise avec des auréoles sous les bras, chaussettes dépareillées. Et en plus, il *portait* une ceinture, marron, *cheap*. Mais la ligature : cuir véritable, coutures main.

— D'accord. Eh bien, il est allé chez B&R s'acheter une belle ceinture pour mettre fin à ses jours.

— Et voilà ! intervient McGully en tournant une page.

Je me lève.

— Ah oui ? Mettons que je m'en vais me pendre, et que je suis un type ordinaire, je vais au boulot en costard, j'ai sans doute plusieurs ceintures chez moi. Pourquoi est-ce que je ferais vingt minutes de bagnole pour aller à Manchester, dans une boutique pour hommes ultrachic, m'acheter une ceinture spéciale suicide ? (Voilà que je fais les cent pas, penché en avant, devant le bureau, en me lissant la moustache.) Pourquoi pas… enfin vous voyez, quoi, juste une des nombreuses ceintures que j'ai déjà chez moi ?

— Va savoir, lâche Culverson.

— Et, plus important, ajoute McGully en bâillant, qu'est-ce qu'on en a à secouer ?

— C'est ça, dis-je en me rasseyant et en reprenant mon cahier bleu. Bien sûr.

— T'es un extraterrestre, Palace. Tu le sais, au moins ? me lance McGully, qui, d'un seul geste fluide, chiffonne le cahier sport et me le lance à la tête. Je te jure, on dirait que tu débarques d'une autre planète.

2

Il y a un très vieux monsieur au guichet de l'immeuble Water West, et il me regarde en battant des paupières, lentement, comme s'il venait de s'éveiller d'une sieste, ou de la tombe.

— Vous avez rendez-vous avec quelqu'un dans le bâtiment ?

— Non, monsieur. Je suis de la police.

Le gardien porte une chemise sérieusement froissée et sa casquette de vigile est déformée, la pointe enfoncée. La matinée n'est pas encore terminée, et pourtant le hall gris a quelque chose de crépusculaire ; des poussières dérivent mollement dans la pénombre.

— Je suis l'inspecteur Henry Palace. (Je sors mon insigne, il ne le regarde pas, ne s'y intéresse pas une seconde, et je le range soigneusement.) Je travaille à la brigade criminelle de la PJ de Concord et je m'intéresse à un décès suspect. Il faut que j'aille voir les bureaux de la société Merrimack Life and Fire.

Il tousse.

— Toute façon, vous mesurez combien, mon gars ? Un mètre quatre-vingt-dix ?

— Par là, oui.

En attendant l'ascenseur, je m'imprègne du hall obscur : une énorme plante en pot, large et lourde, gardant un des angles ; un paysage des White Mountains sans vie au-dessus d'une rangée de boîtes aux lettres en laiton ; le vigile centenaire qui m'observe depuis sa guérite. Voilà précisément ce que voyait mon assureur tous les matins, c'est là que commençait son existence professionnelle, jour après jour. Quand la porte de l'ascenseur s'ouvre en grinçant, je renifle un petit coup l'air confiné. Rien ne vient contredire la thèse du suicide, dans ce hall.

***

Le boss de Peter Zell s'appelle Theodore Gompers. C'est un personnage blafard à grosses bajoues, en costume de lainage bleu, qui ne montre aucun étonnement quand je lui annonce la nouvelle.

— Zell, hein ? Ah, c'est moche. Je vous sers quelque chose à boire ?

— Non merci.

— Vous avez vu ce temps !

— Eh oui.

Nous sommes dans son bureau, et il sirote du gin dans un large verre carré en se frottant le menton de la paume, d'un air absent, le regard perdu dans la neige qui s'abat sur Eagle Square, de l'autre côté d'une grande fenêtre.

— Beaucoup de gens disent que c'est à cause de l'astéroïde, toute cette neige. Vous avez entendu ça, vous aussi, non ? (Il a un débit tranquille de ruminant, les yeux toujours rivés sur la rue.) Mais ce n'est pas vrai. Ce bazar est encore à quatre cent cinquante millions de kilomètres d'ici, à l'heure qu'il est. Pas assez proche pour affecter la météo, et ça ne risque pas d'arriver.

— Eh non.

— Du moins jusqu'à l'après, évidemment. (Il soupire, tourne lentement la tête vers moi d'un air bovin.) Les gens ne comprennent pas réellement, vous savez ?

— Je n'en doute pas, dis-je en attendant patiemment, cahier bleu et stylo en main. Pouvez-vous me parler de Peter Zell ?

Gompers prend une petite gorgée de gin.

— Y a pas grand-chose à dire, en fait. C'était un actuaire-né, pour sûr.

— Un actuaire-né ?

— Ouais. Moi, j'ai commencé du côté actuariel, diplômé en statistique et tout. Mais je suis passé à la vente, et puis à un moment j'ai bifurqué un peu par hasard vers le management, et j'y suis resté. (Il ouvre les mains pour indiquer tout le bureau, et m'envoie un sourire blême.) Mais Peter, lui, n'allait nulle part. Ce n'est pas forcément méchant, ce que je dis, mais il n'allait nulle part.

Je hoche la tête en griffonnant des notes, pendant que Gompers poursuit de sa voix faible et creuse. Il apparaît que Zell était une sorte de génie des maths actuarielles : il montrait une capacité presque surnaturelle à analyser de longues colonnes de données démographiques pour en tirer des conclusions précises quant au risque et à la rétribution. Il était aussi d'une timidité presque pathologique, d'après ce que j'entends : il se déplaçait les yeux rivés au sol, marmonnait des « bonjour » et des « ça va » quand il n'avait pas le choix, s'installait au fond de la salle lors des réunions d'équipe en regardant ses mains.

— Et dès la fin de ces réunions, il était toujours le premier à sortir, me dit Gompers. On sentait qu'il était bien plus heureux à son bureau, en train de travailler avec sa calculatrice et ses classeurs de statistiques, qu'avec le reste de l'humanité.

Je note à tout-va, hochant la tête avec empathie pour encourager Gompers à continuer, et je me rends compte que je commence à beaucoup l'aimer, ce type, ce Peter Anthony Zell. Ça me plaît, quelqu'un qui a l'amour du travail bien fait.

— Mais ce qu'il y a, avec Zell, c'est que toute cette folie n'a jamais paru trop l'affecter. Même au début, même quand tout a commencé.

Gompers incline la tête en arrière, vers la fenêtre, vers le ciel, et je devine que lorsqu'il dit « quand tout a commencé », il veut parler du début de l'été dernier, le moment où l'astéroïde est entré sérieusement dans la conscience de tous. La science l'avait repéré dès avril, mais pendant les deux premiers mois, il n'était apparu que dans la presse poubelle ou dans les titres rigolos de la page d'accueil de Yahoo. « La Mort venue du ciel ? » ou « Le Ciel nous tombe sur la tête ! », ce genre de choses. Pour la plupart des gens, c'est début juin que la menace est devenue réelle : c'est là que le risque d'impact est monté à cinq pour cent ; c'est à ce moment-là que la circonférence de Maïa a été évaluée : entre 4,5 et 7 kilomètres.

— Donc, vous vous souvenez : il y a des gens qui perdent la boule, des gens qui pleurent à leur bureau. Mais Zell, comme je vous ai dit, il garde simplement la tête baissée et fait son boulot. On dirait que l'astéroïde arrive pour tout le monde sauf pour lui.

— Et plus récemment ? Pas de changement dans ce comportement ? Des signes de dépression ?

— Eh bien… Vous savez quoi ? Attendez.

Il se tait soudain, plaque une main sur sa bouche et plisse les yeux, comme s'il s'efforçait de distinguer quelque chose de sombre et flou, très loin de lui.

— Monsieur Gompers ?

— Oui oui, je… Pardon, j'essaie de me souvenir de quelque chose.

Ses yeux se ferment lentement, une seconde, puis se rouvrent d'un coup, et pendant un instant je m'inquiète pour la fiabilité de mon témoin : je me demande combien de verres de gin il a déjà dégustés ce matin.

— Il y a bien eu un incident.

— Un incident ?

— Oui. Nous avions une comptable, Theresa. Elle est venue le jour d'Halloween déguisée en astéroïde.

— Ho ?

— Je sais. C'est tordu, hein ? (Mais ce souvenir le fait sourire.) C'était juste un grand sac-poubelle noir avec le numéro, vous savez, deux-zéro-un-un-G-V-un, sur une étiquette. Ça nous a presque tous fait rire, certains plus que d'autres. Mais Zell, comme ça, sans crier gare, ça l'a rendu *fou*. Il s'est mis à brailler et à hurler après cette fille, en tremblant de tous ses membres. C'était terrifiant, d'autant plus que, comme je vous le disais, il était si calme d'habitude. Enfin bon, il s'est excusé, mais le lendemain il n'est pas venu travailler.

— Combien de temps a-t-il été absent ?

— Une semaine ? Deux ? Je le croyais parti pour de bon, mais il a fini par revenir, sans donner d'explications, et il est redevenu égal à lui-même.

— Lui-même ?

— Bah, oui. Calme. Tranquille. Concentré. Travailleur, faisant ce qu'on lui disait de faire. Même quand l'activité actuarielle s'est tarie.

— La… pardon ? Quoi ?

— L'activité actuarielle. Vers la fin de l'automne, début de l'hiver, vous savez, nous avons complètement cessé de délivrer des polices d'assurance. (Voyant mon air interrogateur, il a un sourire triste.) Franchement, inspecteur : vous achèteriez une assurance-vie, vous, en ce moment ?

— Sans doute pas.

— C'est ça, fait-il en reniflant avant de vider son verre. Sans doute pas.

L'éclairage clignote, Gompers lève la tête, marmonne « allez, allez », et un instant plus tard la lumière retrouve tout son éclat.

— Enfin bon, voilà que je me retrouve avec Peter faisant la même chose que tous les autres, c'est-à-dire expertiser des sinistres, traquer les dossiers bidon, les demandes d'indemnisation douteuses. Ça paraît dingue, mais c'est l'obsession de la maison mère, en ce moment : la prévention des fraudes. Ils ne pensent qu'à protéger le bilan financier. Beaucoup de PDG ont pris leur fric et se sont envolés, vous savez, ils sont aux Bermudes ou à Antigua en ce moment, quand ils ne sont pas en train de se creuser un bunker. Mais pas le nôtre. De vous à moi, il croit qu'il va acheter son ticket pour le paradis quand la fin arrivera. C'est l'impression que j'ai, en tout cas.

Je ne ris pas. Je tapote mon cahier du bout de mon stylo en tâchant de donner un sens à toutes ces informations, à établir une chronologie dans ma tête.

— Et elle, vous pensez que je pourrais lui parler ?

— Qui ça ?

— La femme dont vous m'avez parlé. (Un coup d'œil sur mes notes.) Theresa.

Gompers incline la tête, et à mesure qu'il me répond sa voix s'amenuise jusqu'à n'être plus qu'un murmure.

— Oh, elle est partie depuis longtemps, inspecteur. Elle est à La Nouvelle-Orléans, je crois. Beaucoup de jeunes s'en vont là-bas. Ma fille y est aussi, en fait. (Son regard repart s'égarer du côté de la fenêtre.) Y a-t-il autre chose que vous vouliez savoir ?

Je contemple le cahier bleu, couvert de mes pattes de mouche. *Alors ? Que peut-il encore m'apprendre ?*

— Et les amitiés ? M. Zell avait-il des amis ?

Gompers, la tête toujours penchée, fait saillir sa lèvre inférieure.

— Euh… Un. Enfin je ne sais pas ce qu'il était, je suppose que c'était un ami. Grand et gros, avec des bras énormes. Une fois ou deux l'été dernier, j'ai vu Zell déjeuner avec lui, au Works, au coin de la rue.

— Un grand costaud, vous dites ?

— J'ai dit grand et gros, mais oui, c'est ça. Je m'en souviens parce que, premièrement, on ne voyait jamais Peter déjeuner à l'extérieur, alors c'était déjà inhabituel en soi. Et deuxièmement, Peter était tellement petit que ces deux-là ensemble, c'était quelque chose à voir, vous imaginez ?

— Vous savez comment il s'appelle ?

— Le gros ? Non. Je ne lui ai même pas parlé.

Je décroise et recroise les jambes en m'efforçant de trouver la bonne question, de penser à ce que je dois demander, à ce que j'ai encore besoin de savoir.

— Monsieur, savez-vous où Peter a récolté ses bleus ?

— Comment ça ?

— Sous l'œil ?

— Ah, oui. Oui, il a dit qu'il était tombé dans un escalier. Il y a quinze jours de ça, environ. Enfin, je crois.

— Tombé dans un escalier ?

— C'est ce qu'il a dit.

— D'accord.

Je le note. Je commence à entrevoir vaguement les contours de mon enquête, et je sens des petites décharges d'adrénaline me remonter dans la jambe droite et la faire tressauter légèrement, là où elle est croisée sur la gauche.

— Dernière question, monsieur Gompers. Savez-vous si M. Zell avait des ennemis ?

Gompers se masse la mâchoire avec le talon de la main, ses yeux faisant lentement le point.

— Des ennemis, vous dites ? Vous ne pensez quand même pas qu'on l'a tué ?

— Hum. Peut-être. Sans doute pas. (Je referme mon cahier bleu d'un coup sec et me lève.) Puis-je voir son poste de travail, je vous prie ?

***

La décharge d'adrénaline qui a fait tressaillir ma jambe pendant l'entretien avec Gompers s'est propagée dans tout mon corps, et elle s'y attarde, filant dans mes veines, m'emplissant d'une étrange faim électrique.

Je suis policier, ce que j'ai toujours voulu être. Pendant seize mois, j'ai été agent de patrouille, presque exclusivement de nuit, presque exclusivement dans le secteur 1, arpentant Loudon Road, entre le supermarché Walmart à un bout et le pont autoroutier à l'autre. Seize mois passés à surveiller mes sept kilomètres, dans un sens puis dans l'autre, de vingt heures à quatre heures, à stopper des bagarres, disperser des ivrognes, embarquer des clodos et des schizophrènes sur le parking du Market Basket.

J'adorais ça. Même l'été dernier, j'adorais encore ça, quand les choses ont commencé à devenir bizarres, quand les temps ont changé, et puis à l'automne, le travail est régulièrement devenu de plus en plus dur et de plus en plus bizarre, et j'adorais toujours ça.

Depuis ma promotion, en revanche, je me suis senti comme englué dans une frustration difficile à cerner, une sorte d'insatisfaction, une impression de malchance, de mauvais timing : j'avais enfin décroché le poste que je désirais et attendais depuis toujours, et il me décevait, ou bien c'est moi qui n'étais pas à la hauteur.

Et voilà que maintenant, aujourd'hui, je l'éprouve enfin, cette sensation électrisante qui me picote par intermittence là où bat mon pouls, et je me dis nom de Dieu, c'est peut-être enfin ça. Peut-être bien.

***

— Mais qu'est-ce que vous cherchez, en fin de compte ?

C'est une accusation plus qu'une question. Je me détourne de ma tâche – à savoir fouiller méthodiquement les tiroirs du bureau de Peter Zell –, et je tombe sur une femme chauve en jupe droite noire et chemisier blanc. C'est celle que j'ai vue au McDo. Celle qui s'est approchée des portes, puis a tourné les talons pour se fondre dans le parking et disparaître à ma vue. Je reconnais son teint pâle et ses yeux très noirs, même si ce matin elle portait un bonnet de laine rouge et qu'à présent elle est tête nue, son crâne lisse et blanc renvoyant la lumière crue des plafonniers de Merrimack Life and Fire.

— Je cherche des preuves, madame. Une enquête de routine. Inspecteur Henry Palace, de la PJ de Concord.

— Des preuves de quoi, au juste ? Gompers dit que Peter s'est suicidé.

Elle a un piercing dans le nez, à une narine : une simple petite boule dorée, discrète.

Comme je ne réponds pas, elle finit d'entrer dans le bureau confiné pour me regarder travailler. Elle est jolie, cette femme : petite, bien faite et pleine d'assurance. Elle a peut-être vingt-quatre, vingt-cinq ans. Je me demande ce que Peter Zell pensait d'elle.

— Bon, lâche-t-elle au bout d'une trentaine de secondes. Gompers m'a dit de venir voir si vous aviez besoin de quoi que ce soit. Il vous faut quelque chose ?

— Non, je vous remercie.

Elle regarde, par-dessus mon épaule, mes doigts qui farfouillent dans les tiroirs du mort.

— Pardon, qu'est-ce que vous cherchez, déjà ?

— Je ne sais pas encore. Le cours d'une enquête ne se détermine pas à l'avance. Chaque information mène à la suivante.

— Ah oui, c'est comme ça ? (Quand cette jeune femme hausse les sourcils, cela crée des plis délicats sur son front.) On dirait que vous citez un manuel.

— Hum !

Je garde une expression neutre. À vrai dire, c'est bien une citation directe : Farley et Leonard, *L'Enquête criminelle*, introduction au chapitre six.

— En fait, j'ai quelque chose à vous demander, dis-je en indiquant l'écran de Zell, qui est retourné face au mur. Qu'est-ce qui se passe avec les ordinateurs, ici ?

— Nous sommes repassés au tout papier en novembre, m'explique-t-elle avec un petit geste de dépit. Nous avions un système en réseau, qui nous permettait de partager nos dossiers avec le siège et toutes les branches régionales, mais il est devenu tellement lent et casse-pieds que la société fonctionne désormais entièrement hors connexion.

— Je vois.

Internet, dans son ensemble, rame de plus en plus dans la vallée de Merrimack depuis la fin janvier ; un relais, dans le sud du Vermont, a été attaqué par on ne sait quel collectif anarchiste aux motivations obscures, et on n'a pas trouvé les ressources pour le réparer.

La femme reste plantée là à m'observer.

— Donc, excusez-moi… vous êtes l'assistante de direction de M. Gompers, c'est bien ça ?

Elle lève les yeux au ciel.

— Je vous en prie ! Secrétaire.

— Et comment vous appelez-vous ?

Elle marque une pause, juste le temps de me faire comprendre qu'elle sent qu'elle pourrait, si elle le désirait, garder cette information pour elle-même, puis me répond.

— Eddes. Naomi Eddes.

Naomi Eddes. Je remarque en fait qu'elle n'est pas complètement chauve, pas tout à fait. Son crâne est couvert d'un délicat duvet blond, translucide, qui paraît doux et lisse et adorable, un peu comme une élégante moquette pour maison de poupée.

— Vous voulez bien que je vous pose quelques questions, mademoiselle Eddes ?

Elle ne répond pas, mais ne sort pas non plus ; elle reste là, à me toiser sans ciller pendant que je me lance. Elle travaille ici depuis quatre ans. Oui, M. Zell faisait déjà partie du personnel à son arrivée. Non, elle ne le connaissait pas bien. Elle confirme le portrait général que m'a dressé Gompers de sa personnalité : calme, travailleur, mal à l'aise en société – bien qu'elle emploie le terme *maladroit*, en français, ce que j'apprécie. Elle se souvient de l'incident d'Halloween, lors duquel Peter s'est emporté contre Theresa de la compta, mais ne se rappelle pas qu'il ait été absent pendant plus d'une semaine ensuite.

— Quoique, pour être tout à fait franche, je ne suis pas sûre que j'aurais remarqué son absence, précise-t-elle. Comme je vous l'ai dit, nous n'étions pas très proches.

Son expression s'adoucit, et pendant une fraction de seconde je pourrais jurer qu'elle ravale des larmes, mais ce n'est qu'une fraction de seconde, après quoi son expression ferme et impassible se recompose.

— Il était très gentil, cela dit. C'était quelqu'un de vraiment chouette.

— Diriez-vous qu'il était déprimé ?

— Déprimé ? répète-t-elle avec l'ombre d'un sourire ironique. Est-ce que nous ne le sommes pas tous, inspecteur ? Sous le poids de cette insoutenable immanence ? Vous n'êtes pas déprimé, vous ?

Je ne réponds pas, mais j'apprécie son choix de mots, *cette insoutenable immanence*. C'est mieux que le « cette folie » de Gompers, mieux que la « grosse boulette » de McGully.

— Et auriez-vous par hasard remarqué, mademoiselle Eddes, à quelle heure M. Zell est parti du bureau hier, ou avec qui ?

— Non, me répond-elle d'une voix plus basse d'une demi-octave, le menton rentré dans le cou. Je n'ai pas remarqué à quelle heure il est parti hier, ni avec qui.

Je suis désarçonné pendant un instant, et le temps que je me rende compte que son intonation soudain pseudo-sérieuse était une taquinerie, elle a repris sa voix normale.

— Moi-même, je suis partie en avance, en fait, vers quinze heures. Nous avons des horaires assez libres, en ce moment. En tout cas, Peter était encore ici à ce moment-là. Je me souviens de lui avoir fait au revoir de la main.

Il me vient soudain une image mentale très nette de Peter Zell, à quinze heures hier, regardant partir la belle secrétaire pleine d'assurance de son patron. Elle lui adresse un geste amical mais indifférent, et mon Zell hoche nerveusement la tête, penché sur son bureau, en remontant ses lunettes sur son nez.

— Et maintenant, si vous voulez bien m'excuser, me dit-elle abruptement, j'ai du travail.

— Je vous en prie, réponds-je poliment tout en pensant : *Je ne t'ai pas demandé d'entrer. Je ne t'ai pas demandé de rester.* Oh, mademoiselle Eddes ? Encore une chose. Que faisiez-vous au McDonald's ce matin, quand le corps a été découvert ?

J'ai beau manquer d'expérience, la question semble troubler Mlle Eddes – elle détourne les yeux, et une trace de rougeur danse sur ses joues –, mais elle se ressaisit aussitôt et sourit.

— Ce que je faisais ? J'y vais tout le temps.

— Au McDonald's de Main Street ?

— Presque tous les matins. Bien sûr. Pour prendre un café.

— Il y a beaucoup d'endroits plus proches d'ici, pour prendre un café.

— Le leur est bon.

— Alors pourquoi n'êtes-vous pas entrée ?

— Parce que… parce que je me suis rendu compte au dernier moment que j'avais oublié mon portefeuille.

Je croise les bras et me grandis de toute ma hauteur.

— C'est bien vrai, ça, mademoiselle Eddes ?

Elle aussi croise les bras, se grandit comme moi, lève la tête pour croiser mon regard.

— Et vous, c'est bien vrai que vous menez une enquête de routine ?

Sur ce, je la regarde s'en aller.

***

— C'est sur la demi-portion que vous posez des questions, c'est bien ça ?

— Pardon ?

Le vieux vigile est toujours exactement là où je l'ai laissé, la chaise tournée face aux ascenseurs, comme s'il était resté figé dans cette position, à attendre, pendant tout le temps que j'ai passé à travailler en haut.

— Celui qui est mort. Vous m'avez dit que vous étiez sur un meurtre, chez Merrimack Life.

— Je vous ai dit que j'enquêtais sur une mort suspecte.

— Pas de problème. Mais c'est bien la demi-portion ? Le type qui ressemblait à un écureuil ? Avec des lunettes ?

— Oui. Il s'appelait Peter Zell. Vous le connaissiez ?

— Ah non. Enfin, je lui disais bonjour bonsoir, comme à tout le monde ici. Vous êtes flic, vous disiez ?

— Inspecteur.

Le visage tanné du vieillard se tord pendant une demi-seconde pour former un rictus, triste cousin éloigné d'un sourire.

— Moi, j'ai fait l'armée de l'air. Le Vietnam. Pendant un moment, en rentrant, j'ai voulu être flic.

— Bah, il n'est jamais trop tard.

Je lui offre la réponse insignifiante qu'utilisait toujours mon père lorsqu'il était confronté à n'importe quelle forme de pessimisme ou de résignation.

— Oui, enfin bon. Si, quand même.

Il a une toux rauque et rajuste sa casquette déglinguée. Un ange passe dans ce hall sinistre, puis il ajoute :

— Donc, hier soir, le minus, quelqu'un est venu le chercher dans un gros pick-up rouge.

— Un pick-up ? Il avait de l'essence ?

Personne n'a plus d'essence, en dehors des flics et de l'armée. L'OPEP a mis fin à ses exportations de pétrole début novembre, le Canada lui a emboîté le pas deux ou trois semaines plus tard, et voilà. Le département de l'Énergie a ouvert la réserve stratégique de carburant le 15 janvier, en imposant un contrôle des prix très strict, et tout le monde a eu de l'essence pendant environ neuf jours, après quoi : fini.

— Pas de l'essence, me dit le vigile. Plutôt de l'huile de friture, à l'odeur.

Je hoche la tête avec ardeur, fais un pas, me lisse la moustache du plat de la main.

— M. Zell est-il monté dans le véhicule de son plein gré, ou non ?

— Eh bien, personne ne l'a poussé, si c'est ce que vous voulez dire. Et je n'ai pas vu d'arme à feu ni rien du genre.

Je sors mon cahier, prépare mon stylo.

— À quoi ressemblait-il ?

— C'était un Ford haute performance, un vieux modèle. Pneus Goodyear dix-huit pouces, pas de chaînes. Il fumait à l'arrière, vous savez, cette vilaine fumée d'huile végétale.

— Très bien. Vous avez relevé un numéro de plaque ?

— Pas du tout.

— Et vous avez observé le conducteur ?

— Eh non. Pouvais pas savoir que j'aurais une raison de le faire. (Il cligne des yeux, amusé, je crois, par mon enthousiasme.) Mais il était costaud. Ça, j'en suis assez sûr. Le genre gros balèze.

Je hoche la tête en écrivant à toute vitesse.

— Et vous êtes certain que c'était un pick-up rouge ?

— Absolument. Un pick-up rouge, taille moyenne, plateau standard. Avec un grand drapeau peint du côté conducteur.

— Quel drapeau ?

— Quel drapeau ? Américain, me répond-il avec embarras, comme s'il refusait de reconnaître l'existence de tout autre drapeau.

Je prends des notes sans rien dire pendant une minute, de plus en plus vite, mon stylo grinçant dans le silence du hall, pendant que le vieillard m'observe, tête penchée, le regard lointain, comme si j'étais un objet exposé dans une vitrine de musée. Puis je le remercie, range mon cahier bleu et mon stylo, et sors sur le trottoir tandis que la neige tombe sur la brique rouge et le grès du centre-ville, et je reste là une seconde, à tout contempler dans ma tête, comme si c'était un film : l'homme timide et maladroit dans son costard chiffonné, grimpant sur le siège passager d'un pick-up rutilant au moteur modifié pour se mettre en route vers les dernières heures de son existence.

3

Il y avait un rêve que je faisais assez régulièrement, une ou deux fois par semaine, vers l'époque de mes douze ans. Dans ce rêve, je voyais la silhouette imposante de Ryan J. Ordler, perpétuel chef de la police de Concord, éternel déjà à l'époque, que dans la vraie vie je croisais tous les étés au Pique-Nique convivial de la Famille et des Amis, où il m'ébouriffait gauchement les cheveux et me lançait une pièce de cinq cents à tête de bison, comme il le faisait avec tous les enfants présents. Dans le rêve, donc, Ordler est au garde-à-vous, en grand uniforme. Il tient une bible sur laquelle je pose ma main droite, la paume sur la couverture et je répète après lui, prêtant serment d'appliquer et protéger la loi, après quoi il me présente solennellement mon arme, mon insigne, et je lui fais un salut militaire qu'il me retourne, et la musique s'élève – il y a de la musique dans le rêve – et voilà, je suis inspecteur.

Dans la vraie vie, par un matin d'un froid pénétrant, à la fin de l'année dernière, en rentrant à 9 h 30 d'une longue nuit de patrouille dans le secteur 1, j'ai trouvé dans mon casier un petit mot manuscrit me convoquant dans le bureau de l'adjointe responsable de l'administration. Je me suis arrêté dans la salle de pause, me suis passé de l'eau sur le visage, et j'ai grimpé l'escalier quatre à quatre. L'adjointe en question, à l'époque, était le lieutenant Irina Paul, qui assumait ce poste depuis un peu plus de six semaines, après le départ brutal du lieutenant Irvin Moss.

— Bonjour, madame, dis-je. Vous vouliez me voir ?

— Oui, me répond-elle, levant les yeux un instant avant de les baisser à nouveau sur ce qui est posé devant elle : un gros classeur noir portant la mention US DEPARTMENT OF JUSTICE au pochoir. Accordez-moi une seconde, je vous prie.

— Bien sûr.

Je regarde autour de moi, et là une autre voix, profonde et rocailleuse, s'élève du fond du bureau :

— Petit.

C'est le chef Ordler, en uniforme mais sans cravate, le col ouvert, plongé dans la pénombre devant l'unique fenêtre de la petite pièce, robuste comme un chêne. Une vague de frissons me traverse, mon dos se redresse.

— Bonjour, monsieur.

— Bien, jeune homme, reprend le lieutenant Paul – à ces mots, le chef a un tout petit hochement de menton, très doux, et incline la tête vers l'adjointe pour me faire signe d'être attentif. Alors. Vous avez été impliqué dans un incident, il y a deux nuits, au sous-sol.

— Que… Oh.

Je pique un fard et commence à m'expliquer :

— Un des nouveaux… Enfin, je devrais dire, des tout nouveaux… (Moi-même, je ne suis dans la police que depuis seize mois.) Un des nouveaux, donc, a amené un suspect qu'il voulait boucler pour outrage. Un vagabond. Un individu sans domicile fixe, je veux dire.

— Je vois.

Elle a un rapport d'incident devant elle, et ça ne me dit rien de bon. Voilà que je transpire, je suis en nage dans ce bureau froid.

— Et il s'est montré – l'agent, je veux dire – verbalement agressif envers le suspect, d'une manière que j'ai jugée déplacée et contraire aux règles de conduite de nos services.

— Et vous avez pris sur vous d'intervenir. De, voyons… (Elle feuillette les fines pages en papier pelure du rapport d'incident.)… de réciter le règlement sur un ton agressif et menaçant.

— Ce ne sont pas les termes que j'emploierais.

Je jette un coup d'œil au chef, mais il regarde le lieutenant Paul : c'est elle qui mène la danse. Je continue :

— Seulement voyez-vous, il se trouve que je connais ce monsieur – pardon, je devrais dire : l'interpellé. Duane Shepherd, homme blanc, cinquante-cinq ans. (Son regard pendant que je lui parle, ferme mais distant, dépassionné, me déstabilise, tout comme la présence silencieuse du chef.) M. Shepherd était mon chef scout quand j'étais petit. Et il a été contremaître d'une équipe d'électriciens, à Penacook, mais je suppose qu'il a connu des revers. Avec la récession.

— Officiellement, dit-elle à mi-voix, je crois que c'est une dépression.

— Oui, madame.

Elle consulte une fois de plus le rapport d'incident. Elle semble épuisée.

Cette conversation a eu lieu début décembre, pendant la froide période d'incertitude. Le 17 septembre, l'astéroïde est entré en conjonction avec le Soleil : trop proche de l'astre pour être observé, pour que l'on puisse faire de nouveaux relevés. Si bien que la probabilité de collision, qui avait augmenté régulièrement depuis avril – trois pour cent, puis dix, puis quinze –, est restée bloquée, en fin d'automne et début d'hiver, à cinquante-trois pour cent. L'économie mondiale, qui n'allait déjà pas fort, s'est encore dégradée, énormément dégradée. Le 12 octobre, le président a cru bon de signer la première série de lois SSPI, autorisant un important transfert de fonds fédéraux vers les sections de police régionales. À Concord, cela s'est traduit ainsi : un afflux de jeunes, plus jeunes que moi, dont certains venaient de laisser tomber le lycée, tous envoyés en vitesse dans une sorte de camp d'entraînement faisant office d'académie de police. En privé, McConnell et moi les appelons les Coupes-en-Brosse, parce qu'ils ont tous la même coupe, la même bouille de bébé, le même regard froid, le même air fanfaron.

L'incident avec M. Shepherd, à vrai dire, n'était pas ma première prise de bec avec mes nouveaux collègues.

Le chef se racle la gorge, et Irina Paul s'adosse à son siège, contente de lui passer le relais.

— Petit, écoute. Il n'y a pas une personne dans ce bâtiment qui ne veuille pas de toi. C'est avec fierté que nous t'avons accueilli au service des patrouilles, et sans les circonstances actuelles…

— Monsieur, j'étais major de ma promotion à l'académie, dis-je, conscient que je parle fort et que je viens de couper la parole au chef Ordler, mais incapable de me taire. Je fais preuve d'une assiduité parfaite, zéro entorse au règlement, zéro plainte de citoyens, que ce soit avant ou après Maïa.

— Henry, souffle le chef avec douceur.

— Je crois pouvoir dire que j'ai la confiance implicite de la Régulation.

— Jeune homme ! m'arrête le lieutenant Paul d'un ton tranchant, en levant une main. Je crois que vous avez mal compris la situation.

— Madame ?

— Vous n'êtes pas viré, Palace. Vous êtes promu.

Le chef Ordler s'avance dans un rai de soleil qui entre par la fenêtre.

— Nous pensons, au vu des circonstances et de vos talents particuliers, que vous seriez mieux dans un fauteuil là-haut.

Je le regarde bouche bée. Je cherche mes mots.

— Mais le règlement dit qu'un officier doit effectuer deux ans et six mois de patrouille avant de pouvoir prétendre à un poste d'inspecteur.

— Nous allons lever cette exigence, m'explique Paul en pliant le rapport d'incident pour le jeter à la corbeille. D'autre part, je pense que nous nous passerons d'augmenter vos cotisations retraite, du moins pour l'instant.

C'est une blague, mais je ne ris pas ; j'ai déjà du mal à tenir debout. J'essaie de m'orienter, de former des mots, de penser *les temps changent*, et *un fauteuil là-haut* et *ça ne se passait pas comme ça, dans mon rêve*.

— Allez, Henry, me dit doucement le chef Ordler. Fin de la réunion.

***

J'apprends par la suite que c'est l'inspecteur Harvey Telson que je remplace, Telson ayant mis les voiles, comme tant d'autres le faisaient déjà à ce stade, pour réaliser leurs rêves avant qu'il soit trop tard : foncer au volant d'une voiture de course, vivre des fantasmes amoureux ou sexuels longtemps refoulés, retrouver un vieil ennemi pour lui faire la tête au carré. Il s'avère que l'inspecteur Telson, lui, avait toujours rêvé de naviguer sur des yachts. La Coupe de l'America, ce genre de choses. Une chance pour moi.

Vingt-six jours après la réunion dans son bureau, deux jours après que l'astéroïde est sorti de sa conjonction avec le Soleil, le lieutenant Irina Paul a quitté la police pour aller rejoindre ses enfants adultes à Las Vegas.

Je ne fais plus ce rêve, celui où Ordler pose ma main sur la bible et me nomme inspecteur. À la place, il y en a un autre que je fais souvent.

***

Comme dit Dotseth, la couverture réseau téléphonique déconne. On compose un numéro, on attend, parfois ça passe, parfois non. Beaucoup de gens sont persuadés que Maïa perturbe le champ gravitationnel de la Terre – le magnétisme ou les ions, quelque chose dans le genre – mais, bien sûr, l'astéroïde, étant encore à 450 millions de kilomètres de nous, n'a pas plus d'effet sur les téléphones portables que sur la météo. L'agent Wilentz, notre responsable technique, m'a expliqué ça une fois : la couverture réseau est divisée en secteurs – les cellules – et, en gros, les secteurs en question tombent en panne, les cellules meurent, une par une. Les compagnies de télécoms perdent des employés parce qu'elles ne peuvent pas les payer, vu que personne ne règle plus sa facture ; elles perdent aussi leurs cadres, qui partent réaliser leurs rêves ; elles perdent des poteaux téléphoniques endommagés par les tempêtes, et elles perdent des longueurs de câble à cause du vandalisme et des vols. Et donc, les cellules meurent. Quant à tout le reste, ce qui concerne les smartphones, les applis et gadgets divers, ce n'est même pas la peine d'y penser.

L'un des cinq grands opérateurs a déclaré la semaine dernière qu'il commençait à fermer boutique.

L'annonce parue dans la presse papier décrivait l'événement comme un acte de générosité, un « don de temps » fait aux 355 000 employés et à leurs familles, et prévenait les clients qu'ils devaient s'attendre à un arrêt complet du service dans les deux mois. Il y a trois jours, dans le *New York Times* de l'inspecteur Culverson, on pouvait lire que le département du Commerce prédisait un effondrement total de la téléphonie d'ici à la fin du printemps. Dans le même article, le gouvernement prétendait préparer un plan de nationalisation du secteur.

— Ce qui veut dire, a ricané McGully, un effondrement total dès le début du printemps.

Parfois, quand je m'aperçois que j'ai beaucoup de réseau, je m'empresse de passer un coup de fil, pour ne pas gâcher l'occasion.

— Oh, bon Dieu, c'est pas vrai, qu'est-ce que vous me voulez encore ?

— Bonjour, monsieur France. Inspecteur Henry Palace à l'appareil, de la police de Concord.

— Je sais qui c'est, d'accord ? Je sais qui c'est.

Victor France semble énervé, agité ; il est toujours comme ça. En ce moment, je suis assis dans l'Impala, devant Rollins Park, à deux rues de chez Peter Zell.

— Allons, monsieur France, un peu de calme.

— Je veux pas me calmer, OK ? Je te hais, toi. Je déteste que tu m'appelles, compris ? (J'éloigne le téléphone à cinq ou dix centimètres de mon oreille pendant qu'il déverse sa colère dans l'appareil.) J'essaie de vivre ma vie, là ! Ça te ferait vraiment mal, de me laisser simplement vivre ma vie ?

Je l'imagine d'ici, dans tout son apparat de petite frappe : chaînes accrochées à son jean noir, bague à tête de mort au petit doigt, serpents tatoués sur ses poignets et avant-bras maigrichons. Un visage aux yeux de rat, tordu par une grimace mélodramatique à l'idée de devoir répondre au téléphone, prendre ses ordres d'un crâne d'œuf de flic psychorigide comme moi. Mais bon, voilà ce qui arrive quand on est trafiquant de drogue, et surtout quand on se fait prendre, à ce point précis de l'histoire américaine. Victor ne connaît peut-être pas par cœur le texte intégral de la loi SSPI, mais il en comprend l'idée générale.

— Je n'ai pas besoin de beaucoup d'aide aujourd'hui, Victor. Un petit travail de recherche, c'est tout.

France souffle un dernier « Bon Dieu de merde » exaspéré, puis se ravise, comme je m'y attendais.

— Bon, OK, d'accord, qu'est-ce qu'il y a ?

— Vous vous y connaissez un peu en voitures, pas vrai ?

— Ouais. Sûr. Alors quoi, l'inspecteur, quoi, tu m'appelles pour que je te vérifie les pneus ?

— Non merci. Ces dernières semaines, les gens ont commencé à adapter leurs moteurs pour rouler à l'huile végétale.

— Sans blague. T'as vu les prix de l'essence, en ce moment ?

Il se racle bruyamment la gorge, crache.

— J'essaie de découvrir l'auteur d'une conversion de ce genre. Il s'agit d'un pick-up rouge de taille moyenne, un Ford. Avec un drapeau américain peint d'un côté. Vous pensez pouvoir y arriver ?

— Peut-être. Et si j'y arrive pas ?

Je ne réponds pas. Ce n'est pas nécessaire. France connaît la réponse.

L'un des effets les plus spectaculaires de l'astéroïde, du point de vue judiciaire, a été une augmentation éclair des crimes liés au trafic et à la consommation de stupéfiants, la demande crevant le plafond pour toutes les catégories de narcotiques, les opiacés, l'ecstasy, la méthamphétamine, la cocaïne et tous ses dérivés. Dans les petites villes, les banlieues résidentielles tranquilles, à la campagne, partout – même dans les agglomérations de taille moyenne comme Concord, qui n'avait jamais connu d'incidents graves liés à la drogue. Le gouvernement fédéral, après quelques louvoiements pendant l'été et l'automne, s'est prononcé en fin d'année dernière pour une posture ferme et sans compromis. La loi SSPI comprenait des réserves privant du droit d'habeas corpus et autres protections procédurales quiconque était accusé d'avoir importé, manufacturé, cultivé ou distribué des substances illicites sous quelque forme que ce soit.

Ces mesures furent jugées nécessaires « dans l'intérêt du contrôle de la violence, pour soutenir la stabilité et encourager une activité économique productive dans le temps restant avant l'impact ».

Personnellement, je connais par cœur le texte de loi.

Le moteur est arrêté, les essuie-glaces immobiles, et je regarde de petits tas irréguliers de neige grise s'amonceler sur le pare-brise.

— Bon, d'accord, d'accord, me dit-il. Je trouverai qui a bidouillé le pick-up. Laisse-moi une semaine.

— J'aimerais bien, Victor. Je vous appelle demain.

— Demain ? (Il pousse un soupir extravagant.) Connard.

Le plus ironique, c'est qu'il y a une exception : l'herbe. L'usage de la marijuana a été dépénalisé, dans un effort – resté vain, jusqu'à présent – pour tarir la demande de drogues dures, plus déstabilisantes pour la société. Et la quantité de marijuana que j'ai trouvée sur la personne de Victor France était cinq grammes : assez peu pour convaincre qu'elle était réservée à sa consommation personnelle, sauf que si je l'ai trouvée, c'est parce qu'il avait essayé de me la vendre alors que je rentrais à pied du Somerset Diner, un samedi après-midi. La décision de procéder ou pas à une arrestation, dans ces circonstances ambiguës, est laissée à la discrétion de l'officier de police, et j'ai décidé, dans le cas de France, de ne pas exercer cette discrétion… mais sous condition.

Je pourrais l'envoyer au trou pour six mois, et il le sait, si bien qu'il finit par émettre un long bruit énervé, un soupir rocailleux. Six mois, c'est dur, quand c'est tout le temps qu'il vous reste.

— Tu sais, des tas de flics démissionnent, me dit-il. Ils se barrent en Jamaïque ou autre. Ça t'a jamais traversé l'esprit, Palace ?

— On se reparle demain.

Je raccroche, range mon téléphone dans la boîte à gants et redémarre.

Personne, même ceux d'entre nous qui ont lu du début à la fin, annoté et souligné les huit cents pages du texte et fait de leur mieux pour se tenir à jour des amendements et codicilles variés, personne ne sait à cent pour cent en quoi consiste la partie « Préparation » de la loi SSPI. McGully aime à dire que, vers la fin septembre, on commencera à nous distribuer des parapluies.

***

— Ouais ?

— Oh… pardon. Je suis bien chez… chez Belknap & Rose ?

— Ouais.

— J'ai une demande à vous faire.

— N'espérez pas trop. Y nous reste pas grand-chose. On a été pillés deux fois, et nos grossistes se font la malle. Si vous voulez venir voir ce qui reste, j'suis là presque tous les jours.

— Non, excusez-moi, je suis l'inspecteur Henry Palace, de la PJ de Concord. Avez-vous gardé des copies de vos tickets de caisse pour les trois derniers mois ?

— Hein ?

— Si oui, j'aurais aimé venir les voir. Je cherche l'acheteur d'une ceinture de votre marque, en noir, taille XXL.

— C'est une blague ?

— Non, monsieur.

— Je veux dire, vous plaisantez ?

— Non, monsieur.

— C'est ça, vieux.

— J'enquête sur un décès suspect, et il y a peut-être là des informations pertinentes.

— C'est ça, j'en parlerai à mon cheval.

— Allô ?

***

La maison de Peter Zell, au 14, Matthew Street Extension, est une bâtisse neuve et bas de gamme, qui ne comprend que quatre pièces : salon et cuisine au rez-de-chaussée, chambre et salle de bains en haut. Je m'attarde sur le seuil en me remémorant le passage de *L'Enquête criminelle* qui me conseille de travailler lentement, de diviser la maison en quartiers et de m'en occuper l'un après l'autre. Le fait de penser au Farley-Leonard – et le réflexe de m'appuyer sur cet ouvrage – me rappelle Naomi Eddes : *on dirait que vous citez un manuel.* Je repousse cette idée, lisse ma moustache, et j'entre.

— Bon, monsieur Zell, dis-je à la maison vide. Voyons un peu ça.

Le premier quartier que j'ai délimité me donne peu de matière pour travailler. Une mince moquette beige, une vieille table portant des traces rondes de verres ou de tasses. Un téléviseur à écran plat, petit mais fonctionnel, des câbles sortant d'un lecteur de DVD, un vase de chrysanthèmes qui, vus de plus près, s'avèrent faits de tissu et de fil de fer.

L'essentiel des livres rangés sur les rayonnages sont consacrés aux centres d'intérêt professionnels de Zell : maths, maths avancées, ratios et probabilités, une épaisse histoire de la comptabilité actuarielle, des classeurs du Bureau des statistiques du travail et des Instituts nationaux de la santé. Ensuite, il a une étagère où tout ce qui est personnel est rassemblé, comme en quarantaine : les ouvrages de SF et de *fantasy* pour geeks, l'intégrale de *Battlestar Galactica*, des règlements de jeux de rôles vintage, un ouvrage sur le substrat mythologique et philosophique de *Star Wars*. Une flottille de maquettes de vaisseaux spatiaux est suspendue au plafond, dans le passage qui mène à la cuisine, et je dois me baisser pour les éviter.

Dans les placards, je trouve neuf boîtes de céréales, soigneusement rangées par ordre alphabétique : Alpha-Bits, Cap'n Crunch, Cheerios, et ainsi de suite. Il y a un espace vide dans la série, telle une dent manquante, entre les Frosted Flakes et les Golden Grahams, et mon esprit complète automatiquement la série : Fruity Pebbles. Un granulé rose bonbon esseulé confirme mon hypothèse.

— Tu me plais, Peter Zell, dis-je en refermant doucement le placard. Toi, je t'aime bien.

Toujours dans la cuisine, dans un tiroir qui ne contient rien d'autre à côté de l'évier, je découvre un bloc de papier blanc où quelque chose est écrit sur la première feuille : *Chère Sophia*.

Mon cœur rate une marche, je retiens mon souffle, prends le bloc, le retourne, le feuillette, mais c'est tout ce qu'il y a, une feuille portant les deux mots *Chère Sophia*. L'écriture est précise, soignée, et on voit, on sent bien que Zell n'a pas écrit là n'importe quel mot, mais un document important, ou qui aurait dû l'être.

Je m'exhorte à garder mon calme, car il se pourrait finalement que ce ne soit rien, bien que mes pensées s'embrasent déjà à l'idée que, lettre de suicide avortée ou non, je tiens là *quelque chose*.

Je fourre le bloc dans la poche de mon blazer et monte l'escalier en me demandant : qui est Sophia ?

La chambre est analogue au salon, stérile et nue, le lit fait à la va-vite. Une seule reproduction est accrochée au mur au-dessus du lit : une scène du film original *La Planète des singes*, dédicacée. Dans la penderie sont suspendus trois costards, tous d'un marron terne plus ou moins foncé, et deux ceintures marron usées. Dans une petite table de chevet en bois éraflé, le deuxième tiroir contient une boîte à chaussures hermétiquement fermée par du gros Scotch. Le nombre 12,375 est écrit sur le côté de la boîte, de la même écriture précise.

— Douze virgule trois cent soixante-quinze, dis-je à mi-voix. Puis : Qu'est-ce que c'est que ça ?

Je prends la boîte sous mon bras et me lève pour observer l'unique photo présente dans la pièce : un petit cliché dans un cadre à trois sous, la photo d'école d'un garçon âgé de dix ou onze ans, fins cheveux jaunes indisciplinés, sourire godiche. Je la sors du cadre et la retourne. Je trouve une écriture soignée au dos. *Kyle, février 2010*. L'an dernier. Avant.

J'utilise la CB pour joindre Trish McConnell.

— Salut, c'est moi. Tu as pu localiser la famille de la victime ?

— Tout à fait.

La mère de Zell est morte, enterrée ici à Concord, sur Blossom Hill. Le père, qui présente un début de démence sénile, vit à la maison de retraite de Pleasant View. La personne à qui McConnell a appris la triste nouvelle est la sœur aînée de Peter, sage-femme dans une clinique privée proche de l'hôpital de Concord. Mariée, un enfant : un fils. Elle s'appelle Sophia.

***

En sortant, je m'arrête encore sur le seuil de la maison de Peter Zell, encombré par la boîte à chaussures, la photo et le bloc de papier blanc, conscient du poids de l'affaire que je relie à un souvenir très ancien : un policier debout sur le seuil de ma maison d'enfance, sur Rockland Road, tête nue et l'air sombre, appelant : « Il y a quelqu'un ? » dans la pénombre de l'aube.

Moi debout en haut de l'escalier, en maillot des Red Sox, ou peut-être en haut de pyjama, pensant que ma sœur dort sans doute encore, du moins l'espérant. J'ai déjà une assez bonne idée de ce que le policier est venu nous dire.

***

— Laissez-moi deviner, inspecteur, dit Denny Dotseth. C'est encore un 10-54S.

— Pas un nouveau, non. En fait, je voulais faire le point avec vous sur Peter Zell.

Je suis en train de descendre Broadway au volant de l'Impala, les mains à dix heures dix. Un policier d'État du New Hampshire est garé au coin de Broadway et Stone, moteur allumé, les gyrophares bleus tournant lentement sur le toit, arme automatique à la main. Je hoche légèrement le menton, soulève deux doigts du volant, et il me retourne mon salut.

— Qui est Peter Zell ? s'étonne Dotseth.

— L'homme de ce matin, monsieur.

— Ah, oui. Dites, vous savez qu'ils ont donné la date du grand jour ? Le jour où on saura où ça va tomber, je veux dire. Le 9 avril.

— Eh oui. J'ai entendu ça.

Dotseth, comme McGully, aime à se tenir au courant du moindre détail concernant notre catastrophe planétaire. À la dernière scène de suicide, pas celle de Zell mais la précédente, il a déblatéré pendant dix minutes sur la guerre dans la corne de l'Afrique, où l'armée éthiopienne s'est déployée en Érythrée pour se venger d'anciens griefs avant que le monde cesse d'exister.

— Je ne juge pas inutile de vous présenter ce que j'ai appris jusqu'à présent, dis-je. Je connais votre sentiment de ce matin, mais je pense que nous tenons peut-être un homicide, je le crois vraiment.

— C'est un fait avéré ? murmure Dotseth, ce que je prends comme un encouragement à continuer.

Je lui détaille mes impressions sur l'affaire : l'incident d'Halloween chez Merrimack Life and Fire. Le pick-up rouge roulant à l'huile végétale qui a emporté la victime le soir de sa mort. Mon intuition à propos de la ceinture Belknap & Rose.

Toutes choses que l'assistant proc reçoit avec un « intéressant » parfaitement neutre, après quoi il soupire :

— Et une lettre peut-être ?

— Euh, non. Pas de lettre, monsieur.

Je décide de ne pas évoquer le *Chère Sophia*, car je suis assez persuadé que ce n'est *pas* une lettre de suicide avortée – mais Dotseth pensera que c'en est une, il va me dire : « Et voilà, jeune homme, vous

vous trompez de cible. » De toute manière, c'est déjà ce qu'il pense.

— Bon, vous avez quelques pistes à suivre. Vous n'allez pas signaler l'affaire à Fenton, si ?

— Si. À vrai dire, c'est déjà fait. Pourquoi ?

Un silence, puis un petit rire.

— Oh, pour rien.

— Comment ça ?

— Dites, petit, écoutez-moi. Si vous pensez vraiment pouvoir monter un dossier, bien sûr, j'y jetterai un coup d'œil. Mais n'oubliez pas le contexte. Les gens se fichent en l'air dans tous les coins, vous savez ? Pour un type comme celui que vous me décrivez, qui n'a pas beaucoup d'amis, pas vraiment de soutiens autour de lui, la tentation est forte de suivre comme un mouton.

Je garde la bouche fermée, continue de rouler, mais je n'aime pas ce genre de raisonnements. *Il aurait fait ça parce que tout le monde le fait ?* Ça ressemble bien à Dotseth, d'accuser la victime de quelque chose : de lâcheté, peut-être, ou de simple suivisme, d'une tendance à la faiblesse. Ce qui, si Peter Zell a bien été assassiné, traîné dans un McDo et laissé dans ces chiottes comme un bout de viande, ne fait qu'ajouter l'insulte au préjudice.

— J'ai une idée ! ajoute-t-il d'un ton cordial. Vous savez quoi ? Appelons ça une tentative de meurtre.

— Pardon, monsieur ?

— Oui ! C'est un suicide, mais vous tentez d'en faire un meurtre. Passez une excellente journée, inspecteur.

***

Lorsqu'on descend School Street, il y a une échoppe de marchand de glaces à l'ancienne, du côté sud de la rue, juste après le YMCA, et de nos jours on dirait bien que ses affaires sont florissantes, neige ou pas neige, prix des produits laitiers ou non. Il y a là un joli jeune couple, la petite trentaine, qui vient de sortir, cornets colorés en mains. La femme m'adresse un petit geste de la main hésitant, du genre « il faut être aimable avec les policiers », et je le lui retourne, mais l'homme me regarde froidement sans sourire.

Les gens, dans l'ensemble, vaquent simplement à leurs affaires. Ils vont au boulot, s'assoient à leur bureau, espèrent que la boîte sera toujours là lundi prochain. Ils vont au supermarché, poussent leur chariot, espèrent qu'il y aura à manger dans les rayons aujourd'hui. Retrouvent leur chérie à l'heure du déjeuner pour aller acheter une glace. D'accord, bien sûr, certains ont choisi de mettre fin à leurs jours, et d'autres d'aller réaliser leurs rêves, d'autres encore cherchent partout de la drogue ou « se baladent la bite à l'air », comme le dit volontiers McGully.

Mais beaucoup de ceux qui étaient partis s'éclater sont revenus, déçus, et bon nombre des tout récents criminels et chercheurs de paradis artificiels se sont retrouvés derrière les barreaux, à attendre octobre dans une solitude terrifiée.

Donc, oui, il y a des différences de comportements, mais elles restent à la marge. La plus grande différence, d'un point de vue policier, est plus vague, plus difficile à définir. Je comparerais l'ambiance qui règne sur la ville à l'état d'esprit d'un enfant qui n'a pas encore d'ennuis, mais qui sait que ça ne va pas tarder. Il est dans sa chambre, dans l'expectative, « attends un peu que ton père soit rentré ». Il est maussade et irritable, sur les nerfs. Perdu, triste, tremblant de savoir ce qui va lui tomber dessus, et tout au bord de la violence ; pas en colère, mais envahi par une anxiété qui peut facilement virer à la colère.

Ça, c'est Concord. Je ne peux pas parler de l'atmosphère dans le reste du monde, mais ici, c'est à peu près ça.

***

Me voilà de retour à mon bureau de School Street, à la Criminelle, et je coupe minutieusement le gros Scotch qui retient le couvercle de la boîte à chaussures. Pour la seconde fois depuis que je la connais, j'entends la voix de Naomi Eddes – plantée là, les bras croisés, me fixant du regard, *mais qu'est-ce que vous cherchez, en fin de compte* ?

— Ceci, dis-je une fois que j'ai retiré le couvercle et que je regarde à l'intérieur. Voilà ce que je cherchais.

La boîte à chaussures de Peter Zell contient des centaines de coupures de presse, de pages de magazines et de pages Internet imprimées, toutes relatives à Maïa et à son impact prochain avec la Terre. Je prends le premier article sur le haut de la pile. Il date du 2 avril de l'an dernier : un billet d'Associated Press qui parle de l'observatoire du mont Palomar et de l'objet inhabituel mais presque certainement inoffensif que ses opérateurs ont repéré, lequel a été ajouté à la liste des géocroiseurs potentiellement dangereux du Minor Planet Center. L'auteur conclut son article en notant sèchement que « quelles que soient sa taille et sa composition, le risque d'impact entre ce mystérieux objet et la Terre est estimé à 0,000047 %, soit une chance sur 2 128 000. » Je note que Zell a soigneusement encerclé ces deux nombres.

Le document suivant est une brève émanant de Thomson Reuters datant de deux jours plus tard, intitulée : « L'objet céleste récemment découvert est le plus gros observé depuis des décennies », mais l'article lui-même est plutôt succinct. Un seul paragraphe, pas de citation. La taille de l'objet – que l'on désignait encore, à ce stade, par son appellation astronomique, $2011GV_1$ – y est estimée : il s'agirait d'« un des plus volumineux observés par les astronomes depuis plusieurs décennies, puisque son diamètre pourrait être proche de trois kilomètres ». Zell a également entouré cette estimation d'un léger coup de crayon.

Je poursuis ma lecture, fasciné par cette sinistre capsule temporelle, revivant le passé récent à travers les yeux de Peter Zell. Dans tous les articles, il a encerclé ou souligné des nombres : les évaluations, en augmentation régulière, de la taille de Maïa, son angle d'approche dans le ciel, son ascension droite et sa déclinaison, les risques d'impact qui montent peu à peu, semaine après semaine, mois après mois. Il a soigneusement encadré toutes les sommes en dollars et tous les pourcentages de pertes sur les marchés dans une étude publiée par le *Financial Times*, début juillet, sur les mesures d'urgence désespérées de la Réserve fédérale, de la Banque centrale européenne et du FMI. Il a aussi engrangé des articles sur l'aspect politique du problème : querelles législatives, lois d'urgence, remaniements au département de la Justice, renflouement de la FDIC, la Caisse des Dépôts.

Je m'imagine Zell, tard dans la nuit, toutes les nuits, assis à sa table de cuisine bon marché, mangeant des céréales, ses lunettes posées près de son coude, annotant ces coupures et ces sorties imprimante au crayon porte-mine, réfléchissant à tous les détails de la calamité à mesure qu'ils se déploient.

Je ramasse un article du *Scientific American* daté du 3 septembre, qui demande en grands caractères gras : « Comment avons-nous pu le rater ? » La brève réponse, que je connais déjà, que tout le monde connaît désormais, est que l'orbite très inhabituellement elliptique de $2011GV_1$ l'amène assez près de la Terre pour qu'il soit observable une fois tous les soixante-quinze ans seulement, et qu'il y a soixante-quinze ans nous ne regardions pas, nous n'avions aucun programme en place pour repérer et suivre les géocroiseurs. Zell a encerclé toutes les occurrences du nombre 75 ; il a aussi encerclé « 1 sur 265 millions », la probabilité controversée pour qu'un tel objet existe ; il a encerclé « 6,5 kilomètres », dont on savait désormais que c'était le véritable diamètre de Maïa.

Le reste de l'article se complique : astrophysique, périhélie et aphélie, vitesse orbitale moyenne et valeurs d'élongation. Cette lecture m'embrouille la cervelle et me fait mal aux yeux, mais il est clair que Zell a tout lu jusqu'au dernier mot, abondamment annoté chaque page, fait des calculs étourdissants dans les marges, avec des flèches reliant les statistiques encerclées, les quantités et les valeurs astronomiques.

Je referme la boîte avec soin, puis regarde par la fenêtre.

Je pose mes longues paumes à plat sur le couvercle, contemple une fois de plus le nombre écrit sur le côté, d'une main ferme, au marqueur noir : 12,375.

Je le ressens une fois de plus… quelque chose… j'ignore quoi. Mais quelque chose.

***

— Pourrais-je parler à Sophia Littlejohn ? Inspecteur Henry Palace, de la PJ de Concord.

Il y a un silence, puis une voix de femme, polie mais incertaine.

— C'est moi-même. Mais il a dû y avoir un cafouillage chez vous. J'ai déjà parlé à quelqu'un. C'est… Vous m'appelez à propos de mon frère, n'est-ce pas ? On m'a appelée tout à l'heure. Mon mari et moi avons parlé à une femme policier.

— Oui, madame. Je sais.

J'appelle de la ligne fixe du commissariat central. Je jauge Sophia Littlejohn, je l'imagine, me peins son portrait à partir de ce que je sais, et du ton de sa voix : alerte, professionnelle, concernée.

— C'est l'agent McConnell qui vous a délivré la triste nouvelle. Et je suis navré de vous déranger à nouveau. Comme je vous l'ai dit, je suis inspecteur, et j'ai quelques questions à vous poser.

Tout en parlant, je prends peu à peu conscience d'un bruit désagréable qui rappelle des vomissements : là-bas, de l'autre côté de la pièce, McGully, son écharpe noire des Boston Bruins remontée au-dessus de la tête pour figurer un nœud coulant de comédie, fait semblant de s'étrangler. Je me détourne, me penche sur ma chaise et appuie le combiné contre mon oreille.

— J'apprécie votre intérêt, inspecteur, est en train de me dire la sœur de Zell. Mais franchement, je ne vois pas quoi vous dire de plus. Peter s'est suicidé. C'est affreux. Nous n'étions pas très proches.

D'abord Gompers. Puis Naomi Eddes. Et maintenant, la propre sœur de ce gars. Décidément, Peter Zell avait dans sa vie beaucoup de gens qui n'étaient pas très proches de lui.

— Madame, je dois vous demander si votre frère aurait eu des raisons de vous écrire une lettre. Un genre de message, qui vous aurait été adressé ?

Au bout du fil, il y a un long silence.

— Non, finit par lâcher Sophia Littlejohn. Non. Aucune idée.

Je laisse sa phrase flotter encore un instant, l'écoutant respirer, puis je reprends.

— Vous êtes certaine de ne pas savoir ?

— Oui. Sûre et certaine. Inspecteur, je regrette, je n'ai pas le temps de parler, là.

Je me penche encore plus en avant sur ma chaise. Le radiateur a un petit hoquet métallique dans son coin.

— Et demain ?

— Demain ?

— Oui. Pardonnez-moi, mais c'est vraiment très important.

— D'accord, fait-elle après un nouveau silence. Bien sûr. Pouvez-vous passer chez moi demain matin ?

— Tout à fait.

— Très tôt ? Huit heures moins le quart ?

— Votre heure sera la mienne. Huit heures moins le quart, très bien. Je vous remercie.

Il y a un silence, et je regarde le téléphone en me demandant s'il est raccroché, ou si les lignes fixes commencent aussi à se détériorer. McGully m'ébouriffe les cheveux en sortant, balançant son sac de bowling de l'autre main.

— Je l'aimais, vous savez, me dit soudain Sophia Littlejohn d'une voix sourde mais pleine de force. C'était mon petit frère. Je l'aimais beaucoup.

— Je n'en doute pas, madame.

Je prends l'adresse, raccroche, et reste assis une seconde à regarder par la fenêtre. Dehors, il pleut de la neige fondue sans discontinuer.

— Hé ! Hé, Palace ?

L'inspecteur Andreas est vautré dans son fauteuil, à l'autre bout de la pièce, plongé dans l'ombre. Je n'avais même pas remarqué sa présence.

— Comment ça va, Henry ?

Sa voix est monocorde, creuse.

— Ça va. Et toi ?

Je repense à ce silence miroitant, cet instant étiré, en regrettant de ne pas avoir été dans la tête de Sophia Littlejohn pendant qu'elle passait en revue toutes les raisons qui auraient pu pousser son frère à écrire *Chère Sophia* sur une feuille de papier.

— Moi, ça va, déclare Andreas. Ça va.

Il me regarde, me fait un sourire crispé, et je crois la conversation terminée, mais je me trompe.

— Je dois reconnaître, vieux, murmure-t-il en secouant la tête dans ma direction, je ne sais pas comment tu fais.

— Comment je fais quoi ?

Mais il se contente de me regarder, sans rien ajouter, et de là où je suis assis à l'autre bout de la pièce, on dirait qu'il a les yeux pleins de larmes, de grosses flaques d'eau verticales. Je détourne la tête vers la fenêtre. Je ne vois pas du tout ce que je pourrais lui dire. Pas la moindre idée.

4

Un vacarme épouvantable emplit ma chambre, une violente éruption de bruit strident qui se déverse soudain dans le noir, et je me redresse sur mon séant en hurlant. Ça y est, c'est en train d'arriver. Je ne suis pas prêt, mon cœur explose dans ma poitrine parce que ça y est, on y est, en avance, ça se passe maintenant.

Mais ce n'est que mon téléphone. Ce trille déchirant, horrible, ce n'est que la ligne fixe. Je suis en nage, la main crispée sur la poitrine, tremblotant sur le fin matelas posé par terre qui me sert de lit.

Ce n'est que mon fichu téléphone.

— Oui. Allô ?

— Hank ? Qu'est-ce que tu fais ?

— Ce que je fais ? (Je regarde le réveil. 4 h 45.) Je dors ! J'étais en train de rêver.

— Pardon. Pardon. Mais j'ai besoin que tu m'aides, vraiment, Henny.

J'inspire à fond tandis que la sueur refroidit sur mon front. En moi, le choc et la confusion cèdent rapidement la place à l'irritation. Évidemment. Ma sœur est la seule personne capable de m'appeler à cinq heures du mat', et elle est aussi la seule qui m'appelle toujours Henny, un pitoyable surnom d'enfance.

On dirait le nom d'un comédien de vaudeville, ou d'un petit poulet incapable de voler.

— T'es où, Nico ? fais-je d'une voix embrumée de sommeil. Ça va ?

— Je suis à la maison. Je flippe à mort.

La maison en question est celle où nous avons passé notre enfance, où Nico vit encore : le bâtiment de ferme rénové en brique rouge de notre grand-père, entouré de plus d'un demi-hectare de terres vallonnées le long de Little Pond Road. Je passe en revue dans ma tête la litanie de raisons pour lesquelles ma sœur peut vouloir m'appeler avec une telle urgence à une heure pareille. L'argent du loyer. Un trajet en voiture. Un billet d'avion, des courses à faire. La dernière fois, on lui avait « volé » son vélo, prêté à un ami d'ami lors d'une soirée et jamais rendu.

— Bon alors, qu'est-ce qui se passe ?

— C'est Derek. Il n'est pas rentré hier soir.

Je raccroche, jette le téléphone par terre et tâche de me rendormir.

***

Ce dont j'étais en train de rêver, c'était mon amoureuse du lycée, Alison Koechner.

Dans le rêve, Alison et moi nous promenons bras dessus, bras dessous dans le ravissant centre-ville de Portland, dans le Maine, et nous regardons la vitrine d'une librairie d'occasion. Alison s'appuie doucement sur mon bras et son bouquet de folles boucles rouge orchidée me chatouille le cou. Nous mangeons des glaces, rions d'une blague entre nous, décidons du film que nous irons voir.

C'est le genre de rêve dans lequel on a du mal à retourner même quand on parvient à se rendormir, et je n'y arrive même pas.

***

À huit heures moins vingt il fait grand jour, l'air est froid, et je suis les méandres de la route de Pill Hill, le quartier huppé de West Concord qui entoure l'hôpital, où les chirurgiens, les administrateurs et les médecins occupent des maisons coloniales d'un goût exquis. De nos jours, bon nombre de ces maisons sont surveillées par des vigiles privés, dont l'arme à feu fait une bosse sous leurs manteaux d'hiver, comme si nous étions soudain dans une capitale du tiers-monde. Pourtant, il n'y a pas de garde devant le 14, Thayer Pond Road : rien qu'une vaste pelouse couverte d'une neige si parfaite et si nette dans sa blancheur toute fraîche que je culpabilise presque de la piétiner avec mes Timberland pour gagner la porte d'entrée.

Mais Sophia Littlejohn n'est pas chez elle. Elle a dû filer très tôt pour un accouchement en urgence à l'hôpital de Concord, comme me l'explique son mari qui se répand en excuses. Il m'accueille sur le perron en pantalon de toile et col roulé : c'est un homme aux manières douces, avec une barbe dorée bien taillée, un mug de thé odorant à la main, qui m'explique que Sophia a des horaires irréguliers, surtout maintenant que la plupart de ses collègues sages-femmes ont pris la poudre d'escampette.

— Mais pas elle. Elle est bien décidée à s'occuper de ses patientes jusqu'à la fin. Et croyez-le ou non, même maintenant, il y a beaucoup de nouvelles grossesses. Je m'appelle Erik, au fait. Voulez-vous entrer quand même ?

Il paraît très légèrement étonné lorsque j'accepte.

— Ah, bon, d'accord... très bien.

Il recule dans le salon et me fait signe de le suivre. Voyez-vous, je suis levé et habillé depuis deux heures, impatient d'en apprendre davantage sur Peter Zell, et son beau-frère sait forcément quelque chose. Littlejohn me guide à l'intérieur, prend mon manteau et l'accroche à une patère.

— Je peux vous offrir une tasse de thé ?

— Non merci. Je ne vous dérangerai que quelques minutes.

— Ah, tant mieux, parce que c'est à peu près tout ce que j'ai à vous consacrer, me répond-il avec un clin d'œil destiné à m'assurer que sa réticence est jouée. Il faut que j'emmène notre fils à l'école, et moi-même je dois être à l'hôpital à neuf heures.

Il m'indique un fauteuil et s'assoit lui-même, croise les jambes, se détend. Il a un large visage aimable, une grande bouche amicale. Il dégage quelque chose de puissant mais pas menaçant, un peu comme un gentil lion de dessin animé, sympathique et maître de son orgueil.

— Les temps doivent être durs pour un policier.

— En effet, monsieur. Vous travaillez à l'hôpital ?

— Oui. J'y suis depuis environ neuf ans. Je dirige le service de Spiritualité.

— Ah. Et en quoi ça consiste, au juste ?

Littlejohn se penche en avant et croise les doigts, visiblement satisfait de la question.

— Bien. Quiconque passe les portes d'un hôpital a des besoins qui dépassent le domaine strictement physique. Je veux parler des patients, bien sûr, mais aussi des familles, des amis, et, oui, même des médecins et des infirmiers. (Son discours est fluide et assuré, rapide et ferme.) Mon travail consiste à accompagner ces besoins, sous quelque forme qu'ils se manifestent. Comme vous pouvez l'imaginer, je suis très occupé en ce moment.

Son sourire chaleureux ne vacille pas, mais j'entends les échos que contient ce mot unique, *occupé*, je les vois dans ses grands yeux expressifs : l'épuisement, les longues nuits et les heures interminables, passées à réconforter les gens perdus, terrifiés, et les malades.

Du coin de l'œil, je revois des images fugaces de mon rêve interrompu, la jolie Alison Koechner comme si elle était assise à côté de moi, à regarder par la fenêtre les cornouillers et le tupelo noir saupoudrés de neige.

— Mais… (Littlejohn se racle soudain la gorge et regarde d'un air entendu mon cahier bleu et mon stylo, que j'ai sorti et posé sur mes genoux.) Vous vouliez parler de Peter.

— Oui, monsieur.

Avant que j'aie pu poser une question précise, il reprend la parole, toujours sur le même ton rapide et assuré. Il me raconte que sa femme et Peter ont grandi ici, à West Concord, pas loin de l'endroit où nous nous trouvons. Leur mère est morte d'un cancer, il y a douze ans, et le père est à la maison de retraite de Pleasant View avec toutes sortes de problèmes physiques, auxquels s'ajoute un début de démence sénile – c'est triste, très triste, mais les voies du Seigneur sont impénétrables.

Peter et Sophia, m'explique-t-il, n'ont jamais été très proches, pas même lorsqu'ils étaient enfants. Elle était plutôt garçon manqué, extravertie ; lui était nerveux, renfermé, timide. À présent qu'ils avaient tous deux une carrière, et Sophia sa famille, ils ne se voyaient plus que rarement.

— Nous avons pris de ses nouvelles une fois ou deux, bien sûr, quand tout a commencé, mais sans grand succès. Il était assez mal en point.

Je me redresse et lève un doigt pour stopper la logorrhée de Littlejohn.

— Que voulez-vous dire par « mal en point » ?

Il inspire profondément, comme pour décider s'il a raison de me dire ce qu'il s'apprête à me révéler, et je me penche vers lui, le stylo prêt au-dessus de mon cahier.

— Bon, écoutez. Je dois vous confier qu'il était profondément dérangé.

J'incline la tête sur le côté.

— Déprimé, ou dérangé ?

— Qu'est-ce que j'ai dit ?

— Dérangé.

— Je voulais dire déprimé. Vous voulez bien m'excuser une petite seconde ?

Il se lève avant que j'aie pu répondre et traverse toute la pièce pour me donner un aperçu d'une cuisine lumineuse et visiblement aimée : une rangée de casseroles suspendues, un frigo rutilant orné de magnets alphabet, de bulletins scolaires, de photos d'école.

Littlejohn, maintenant au pied de l'escalier, ramasse un sac à dos bleu marine et une paire de patins de hockey taille enfant qui étaient suspendus à la rampe.

— Ça avance, le brossage des dents, Kyle ? crie-t-il. Heure H moins neuf minutes !

— OK, p'pa !

Ce cri nous parvient d'en haut, suivi par un bruit de cavalcade, un robinet qu'on ouvre, une porte brutalement ouverte. La photo encadrée sur la commode de Zell, le gamin au sourire godiche. Je sais que les écoles de Concord sont restées ouvertes. Il y a eu un article là-dessus dans le *Monitor* : l'équipe enseignante dévouée, l'apprentissage désintéressé. Même sur les photos du journal, on voyait que les salles de classe étaient à demi pleines. Au quart, même.

Littlejohn reprend place dans son fauteuil, passe la main dans ses cheveux. Les patins sont posés sur ses genoux.

— Il est doué, ce gosse. À dix ans, il patine comme Messier, je ne plaisante pas. Il jouera en ligue nationale un jour, il me rendra millionnaire. (Un sourire doux.) Dans un univers alternatif. Que disions-nous ?

— Vous décriviez l'état psychologique de votre beau-frère.

— Oui, voilà. Je repense par exemple à notre petite fête de l'été. Nous avions fait un barbecue, vous voyez : des saucisses, de la bière, tout ça. Et Peter, bon, il n'a jamais été très sociable, pas franchement ouvert, mais nous avons vu clairement qu'il sombrait dans la dépression. Présent mais absent, si vous voyez ce que je veux dire.

Littlejohn inspire à fond et promène son regard dans la pièce, comme s'il avait peur d'être entendu par le fantôme de Peter Zell.

— Vous savez, à vrai dire, suite à cela, nous n'étions plus très chauds pour qu'il fréquente Kyle. Tout ça, c'est déjà assez dur… pour le petit… (Sa voix se brise, il s'éclaircit la gorge.) Pardonnez-moi.

Je hoche la tête tout en prenant des notes, réfléchissant rapidement.

Bien, qu'avons-nous là ? Nous avons un homme qui, au travail, apparaît fondamentalement détaché, calme, la tête basse, qui ne montre aucune réaction à la calamité qui s'annonce, à l'exception d'un surprenant éclat le jour d'Halloween. Puis il s'avère qu'il a accumulé une somme d'informations énorme et exhaustive sur l'astéroïde, qu'en privé il est obsédé par ce qu'il semble dédaigner en public.

Et maintenant, du moins à en croire son beau-frère, il apparaît qu'en dehors du bureau il était non seulement affecté, mais même anéanti ; affolé. Le genre d'homme qui pourrait très bien, après tout, avoir été tenté de mettre fin à ses jours.

Ho, Peter. Quelle est ton histoire, l'ami ?

— Et cet état d'esprit, cette dépression, ça ne s'était pas amélioré ces derniers temps ?

— Oh, non. Dieu sait que non. Au contraire. C'était bien pire depuis, vous savez, depuis janvier. Depuis la conclusion finale.

La conclusion finale. C'est-à-dire l'interview de Tolkin. Le mardi 3 janvier. Une émission spéciale sur CBS News. 1,6 milliard de spectateurs dans le monde. J'attends un petit moment en silence, tout en prêtant l'oreille au bruit des pas de Kyle à l'étage au-dessus. Puis je me dis : *bon allez*, et je sors le petit bloc de papier blanc de ma poche de poitrine pour le tendre à Erik Littlejohn.

— Que pouvez-vous me dire là-dessus ?

Je l'observe pendant qu'il lit. *Chère Sophia.*

— Ça vient d'où, ça ?

— Est-ce l'écriture de Peter Zell, à votre connaissance ?

— Certainement. Enfin, je crois. Comme je vous l'ai dit…

— Vous ne le connaissiez pas très bien.

— Voilà.

— Il allait écrire quelque chose à votre femme, avant de mourir, et il s'est ravisé. Savez-vous de quoi il pourrait s'agir ?

— Eh bien, d'une lettre de suicide, je présume. Une lettre de suicide inachevée. (Il relève la tête, me regarde dans les yeux.) Qu'est-ce que ça pourrait être d'autre ?

— Je ne sais pas, dis-je en me levant. Merci beaucoup de m'avoir accordé un peu de temps. Et si vous pouviez prévenir Sophia que je vais la rappeler pour fixer un moment afin de lui parler…

Il se lève à son tour, les sourcils froncés.

— Vous avez encore besoin de parler avec elle ?

— En effet.

— Bon, très bien. (Il hoche la tête, soupire.) C'est une épreuve, pour elle. Tout cela. Mais bien sûr, je lui dirai.

Je monte dans l'Impala mais ne vais nulle part, pas encore. Je reste environ une minute devant la maison, le temps de voir Littlejohn accompagner Kyle dehors et traverser avec lui la pelouse, couverte d'une neige épaisse et intacte comme un glaçage à la vanille sur un gâteau. Un gamin de dix ans à la silhouette comique, traînant les pieds dans des bottes d'hiver trop grandes, ses coudes pointus sortant des manches relevées de son coupe-vent.

***

En m'éloignant, je repense à l'interview de Tolkin et j'imagine Peter Zell ce soir-là.

Nous sommes le 3 janvier, un mardi, et il est rentré du bureau, s'est installé dans son salon gris et stérile, les yeux rivés sur l'écran de son petit téléviseur.

Le 2 janvier, l'astéroïde $2011GV_1$, aussi appelé Maïa, était enfin sorti de sa conjonction avec le Soleil, était à nouveau observable depuis la Terre, était enfin assez proche et lumineux pour que les savants le voient clairement, qu'ils récoltent de nouvelles séries de données, qu'ils *sachent*. Les observations arrivaient en torrent, aussitôt compilées et traitées dans un centre unique, le Jet Propulsion Lab de la NASA, en Californie. Ce qui était, depuis septembre, un risque à cinquante pour cent allait être tranché : ce serait soit cent pour cent, soit zéro.

Et voilà donc Peter Zell sur le canapé de son salon, sa dernière moisson d'articles sur l'astéroïde étalée devant lui, les exposés scientifiques et les analyses fébriles en tout genre se réduisant finalement à des prédictions et des prières, à un *oui* ou à un *non*.

CBS avait remporté les enchères des droits de diffusion. La fin du monde était pour demain, peut-être, mais dans le cas contraire, la chaîne pourrait se réjouir d'avoir réussi le coup du siècle, en termes d'audience. Elle avait enregistré un prégénérique soigneusement réalisé, centré sur l'ingénieur en chef du Jet Propulsion Lab, Leonard Tolkin, l'homme qui supervisait ce dernier effort d'analyse des données. « Ce sera moi qui annoncerai la bonne nouvelle », avait-il promis à David Letterman trois semaines auparavant avec un sourire tressaillant. Pâle derrière ses lunettes, dans sa blouse blanche : la caricature de l'astronome d'État.

Dans l'angle inférieur droit de l'écran, un compte à rebours accompagne une séquence enregistrée plutôt ringarde : la caméra suit Tolkin dans les couloirs de l'institut, nous le montre en train d'inscrire des colonnes de chiffres sur un tableau blanc, de consulter des écrans d'ordinateur entouré de ses subordonnés.

Et le petit Peter Zell avec sa bedaine, seul dans son appartement, qui regarde en silence, au milieu de ses articles, ses lunettes perchées sur le nez, les mains posées à plat sur les genoux.

L'émission passe ensuite au direct : on voit le présentateur Scott Pelley, mâchoire carrée et air grave, le cheveu gris, arborant une expression solennelle et très télévisuelle. Pelley, au nom du monde entier, regarde Tolkin sortir de la réunion décisive : une pile de chemises cartonnées sous le bras, l'homme retire ses lunettes d'écaille et éclate en sanglots.

À présent, tout en roulant lentement vers le Somerset Diner, je m'efforce d'attraper le souvenir des sentiments de quelqu'un d'autre, de déterminer précisément ce qu'a vécu Peter Zell à cet instant-là. Pelley se penche en avant, tout en empathie, et pose la question d'une stupidité merveilleuse que le monde entier avait besoin d'entendre :

— Bien, alors, professeur. Que pouvons-nous faire ?

Le professeur Léo Tolkin tremblant, riant presque.

— Ce que nous pouvons faire ? Il n'y a rien à faire.

Et là, Tolkin continue de parler, de déblatérer plutôt, nous assurant qu'il est navré, au nom de la communauté astronomique mondiale, que cet événement n'aurait jamais pu être prédit, qu'ils avaient étudié tous les scénarios réalistes – petit objet, temps de prévision court ; gros objet, temps de prévision long – mais que ceci, ceci n'aurait jamais pu être imaginé, un objet doté d'un périhélie si proche, d'une période elliptique si formidablement longue, un objet d'une dimension si phénoménale –, que la probabilité qu'un tel objet existe était infime au point d'être statistiquement équivalente à l'impossible. Et Scott Pelley le regarde fixement, et dans le monde entier les gens sombrent dans le chagrin ou dans l'hystérie.

Car d'un seul coup il n'y avait plus d'ambiguïté, plus aucun doute. D'un seul coup, ce n'était plus qu'une question de temps. Risque d'impact : cent pour cent. Le 3 octobre. Rien à faire.

Beaucoup de gens sont restés collés à leur téléviseur après la fin de l'émission, à regarder des experts, des professeurs d'astronomie et des hommes politiques balbutier, larmoyer et se contredire les uns les autres sur les diverses chaînes câblées ; à attendre le discours à la nation promis par le président, qui en fin de compte n'a eu lieu que le lendemain midi. Beaucoup aussi se sont jetés sur leur téléphone pour tenter de joindre leurs proches, mais les circuits saturés sont tombés en panne et le sont restés pendant toute la semaine qui a suivi. D'autres sont sortis dans les rues, malgré le froid mordant de janvier, pour partager leur peine avec des voisins ou des inconnus, ou pour commettre de petits actes de vandalisme et autres délits mineurs – une tendance qui allait se poursuivre et culminer, du moins dans la région de Concord, avec une petite vague d'émeutes à l'occasion de Presidents Day[1].

Pour ma part, j'ai éteint la télé et je suis parti au boulot. C'était ma quatrième semaine en tant qu'inspecteur, je travaillais sur un cas d'incendie criminel, et j'avais la nette intuition – tout à fait juste, comme je n'ai pas tardé à le constater – que la journée du lendemain serait animée et stressante au poste.

Mais la question est la suivante : et Peter Zell ? Qu'a-t-il fait, une fois l'émission terminée ? Qui a-t-il appelé ?

Le résumé des faits bruts tend à suggérer que, derrière sa volonté de faire bonne figure, Zell était depuis le début déprimé par la possibilité d'une destruction imminente de la Terre. Et une fois cette idée confirmée, on imagine facilement que le soir du 3 janvier, apprenant la mauvaise nouvelle à la télévision, il ait dégringolé de la déprime à la dépression la

1. Jour férié national observé en hommage aux différents présidents des États-Unis.

plus noire. Il a ensuite titubé pendant onze semaines dans une brume de terreur, et puis, avant-hier soir, il s'est pendu avec une ceinture.

Alors qu'est-ce que je fais, moi, à rouler dans Concord en essayant de comprendre qui l'a tué ?

Me voilà sur le parking du Somerset Diner, qui est niché à l'intersection de Clinton, South et Downing Street. Je contemple la neige sur le sol, écrasée et remuée par l'afflux matinal de piétons et de cyclistes. Je me surprends à comparer cette soupe sale, brune et blanche, avec la couverture immaculée du jardin des Littlejohn. Si Sophia a réellement été appelée pour un accouchement en urgence ce matin, elle a dû y aller avec une catapulte, ou une cabine de téléportation.

***

Les murs du Somerset, près de l'entrée, s'ornent d'une rangée de photos de candidats à la présidentielle serrant la main de Bob Galicki, l'ancien propriétaire, maintenant décédé. Il y en a une de Nixon, le teint cireux, une de John Kerry, raide et pas convaincant pour un sou, la main tendue toute droite comme un piquet de clôture. Et voici John McCain, avec son rictus de tête de mort. John F. Kennedy, incroyablement jeune, incroyablement séduisant, condamné.

La musique qui résonne dans la cuisine est du Bob Dylan, un morceau de l'album *Street Legal*, ce qui indique que Maurice est aux fourneaux : c'est de bon augure pour la qualité de mon repas.

— Assieds-toi où tu veux, chéri, me dit Ruth Ann, qui passe en coup de vent, une carafe de café à la main.

Ses mains sont fripées mais fortes et tiennent fermement l'épaisse poignée noire du récipient. Quand je venais ici du temps où j'étais lycéen, on plaisantait sur le grand âge de Ruth-Ann en se demandant si elle avait été embauchée pour le job ou si l'établissement avait été construit autour d'elle. C'était il y a dix ans.

Je bois mon café et dédaigne la carte, en observant discrètement les visages des convives, soupesant la mélancolie présente dans les yeux de chacun, les expressions hagardes. Un vieux couple converse à voix basse, l'homme et la femme penchés sur leurs bols de soupe. Une jeune fille, de dix-neuf ans environ, au regard fixe et mou, fait sauter un bébé blafard sur son genou. Un homme d'affaires obèse étudie le menu d'un air furieux, un cigare au coin des lèvres.

Tout le monde fume, pour de vrai, les volutes gris terne s'élevant sous tous les luminaires. C'est redevenu comme avant, avant l'interdiction du tabagisme dans les lieux publics – une mesure que j'ai soutenue avec conviction, étant le seul non-fumeur dans ma bande de vauriens, en seconde. La loi est toujours officiellement valide, mais elle n'est plus appliquée, et les directives nous demandent de fermer les yeux.

Je tripote mes couverts, sirote mon café et réfléchis.

Oui, monsieur Dotseth, il est vrai que beaucoup de gens sont déprimés, et que parmi ces gens, beaucoup ont choisi de mettre fin à leurs jours. Mais je ne puis, en tant qu'inspecteur de police responsable, accepter cet élément de contexte comme la preuve que Peter Zell était bien un 10-54S. Si la destruction imminente de la planète suffisait à pousser les gens au suicide, ce restaurant serait désert. Concord serait une ville fantôme. Maïa n'aurait plus personne à tuer, parce que nous serions tous morts.

— Une omelette de trois œufs ?

— Avec un toast de pain complet. Ruth-Ann, j'ai une question à te poser.

— Et j'ai une réponse.

Elle n'a pas noté ma commande, mais il faut dire que je commande la même chose depuis mes onze ans.

— Vas-y, me dit-elle.

— Qu'est-ce que tu penses, toi, de cette histoire de ville des pendus ? Les suicides, je veux dire. Est-ce que tu te vois…

Ruth-Ann pousse un grognement dégoûté.

— Tu plaisantes ? Je suis catholique, chéri. Non. Pas une seconde.

Vous voyez ? Moi non plus, je ne crois pas que je le ferais. Mon omelette arrive et je la déguste lentement, le regard perdu dans le vide, en regrettant que l'endroit soit si enfumé.

5

L'agrandissement de l'hôpital de Concord a été annoncé en grande pompe il y a dix-huit mois : un partenariat public-privé permettrait d'ajouter un service de soins à long terme et d'apporter toutes sortes d'améliorations à la pédiatrie, à la gynécologie-obstétrique et à l'unité de soins intensifs. La première pierre a été posée en février, les progrès ont été réguliers au cours du printemps, puis le financement s'est tari, le chantier a ralenti pour enfin s'arrêter complètement fin juillet, laissant en plan un dédale de couloirs à demi construits, des tours d'échafaudages squelettiques, un bon paquet de dispositifs temporaires devenus permanents, si bien que tout le monde tourne en rond et vous envoie dans la mauvaise direction.

— La morgue ? me répond une bénévole aux cheveux blancs coiffée d'un joyeux béret rouge en consultant le plan qu'elle a entre les mains. Voyons… la morgue, la morgue, la morgue. Ah ! Ici.

Deux médecins passent d'un pas pressé, des planchettes à pince sous le bras, tandis que la bénévole me montre son plan qui, je le vois maintenant, est tout gribouillé de corrections et de points d'exclamation au stylo bille.

— Ce qu'il vous faut, c'est l'ascenseur B, et l'ascenseur B se trouve… oh, là là.

Mes mains commencent à trembler. S'il y a une chose qu'il vaut mieux éviter, quand on a rendez-vous avec le docteur Alice Fenton, c'est d'être en retard.

— Voilà, c'est par là.

— Merci, madame.

L'ascenseur B, d'après le panneau en carton rédigé au marqueur noir et scotché au-dessus des boutons, va soit vers le haut – oncologie, chirurgie spéciale, pharmacie –, soit vers le bas pour rejoindre la chapelle, les services d'entretien, et la morgue. Je sors de la cabine, jette un coup d'œil à ma montre et me presse dans le couloir. Je passe devant un ensemble de bureaux, un placard à fournitures, une petite porte noire ornée d'une croix chrétienne blanche en pensant : *oncologie*, en pensant : *tu sais ce qui serait vraiment affreux en ce moment ? Avoir un cancer.*

Mais ensuite, je pousse les épaisses portes noires de la morgue et je me retrouve devant Peter Zell, dont le corps est étendu sur la table, au centre de la pièce, théâtralement éclairé par une batterie de lampes d'autopsie de cent watts. Et debout à côté de lui, à m'attendre, se tient le médecin légiste en chef de l'État du New Hampshire. Je lui tends la main.

— Bonjour, docteur Fenton. Ou plutôt bon après-midi, pardon.

— Parlez-moi de votre cadavre.

— Oui, madame, dis-je en laissant ma main redescendre bêtement le long de mon corps. Après quoi je reste planté là comme un idiot, muet, parce que Fenton est ici, devant moi, debout dans la lumière blanche et crue de la morgue, une main posée sur son chariot de matériel en acier chromé, tel un capitaine au timon de son navire. Elle me regarde à travers ses célèbres lunettes parfaitement rondes, et elle attend avec une expression que j'ai entendu décrire à de nombreuses reprises par d'autres inspecteurs : un regard pénétrant, exigeant, intense.

— Inspecteur ?

— Oui. D'accord. Donc.

Je me ressaisis et je lui donne ce que j'ai.

Je lui parle de la scène de crime, de la ceinture de luxe, de l'absence de téléphone sur la victime, de l'absence de lettre. Pendant que je parle, mes yeux volettent de Fenton aux objets posés sur son chariot, les outils du pathologiste : la scie à os, le burin et les ciseaux, les flacons préparés pour le prélèvement de divers fluides précieux. Des scalpels d'une douzaine de largeurs et de fonctions différentes, déployés sur un tissu propre et blanc.

Fenton reste silencieuse et immobile pendant toute ma présentation, et lorsque je me tais enfin elle continue de m'observer fixement, la bouche pincée et le sourcil imperceptiblement froncé.

— Je vois, finit-elle par lâcher. Et alors, qu'est-ce qu'on fait ici ?

— Docteur ?

Elle a les cheveux gris acier, coupés court, sa frange dessinant une ligne précise en travers de son front.

— Je croyais qu'il s'agissait d'un décès suspect, dit-elle, les yeux réduits à deux points étincelants. Dans ce que je viens d'entendre, rien ne permet de conclure à une mort suspecte.

— Euh, si, non, parviens-je à balbutier. Il n'y a pas de preuves en soi.

— Pas de preuves *en soi* ? reprend-elle, sur un ton qui, allez savoir pourquoi, me rend extrêmement conscient du fait que le plafond est très bas dans ce sous-sol, et que je me tiens légèrement voûté pour ne pas me cogner la tête dans les lampes du plafond, tandis que le docteur Fenton, du haut de son mètre soixante, se tient bien droite, avec une raideur militaire, et me fusille du regard derrière ses verres de lunettes.

— Conformément à l'article LXII alinéa 630 du Code criminel du New Hampshire, tel que révisé en janvier par la Cour générale réunie en session combinée, me dit Fenton – et je hoche la tête, vigoureusement, pour bien lui montrer que je sais tout ça, que j'ai étudié les classeurs, fédéraux, d'État et locaux, mais elle continue –, les services de médecine légale ne pratiqueront plus d'autopsie chaque fois qu'il pourra être raisonnablement établi lors de la découverte du corps que le décès est consécutif à un suicide.

Je murmure des « tout à fait », des « oui » et des « bien sûr » jusqu'au moment où je peux répondre.

— Et j'ai pris sur moi d'estimer, docteur, que l'on peut ici soupçonner un acte criminel.

— Y avait-il des signes de lutte ?

— Non.

— Des signes d'effraction ?

— Non.

— Des objets de valeur manquants ?

— Eh bien, le, euh… il n'avait pas de téléphone. Je crois vous l'avoir signalé.

— Qui êtes-vous, déjà ?

— Nous n'avons pas été présentés, officiellement. Inspecteur Henry Palace. Je suis un nouveau venu.

— Inspecteur Palace, dit Fenton en enfilant ses gants d'un geste énergique, ma fille donne douze récitals de piano cette saison, et je suis, en ce moment même, en train d'en rater un. Savez-vous combien de récitals elle pourra donner à la saison prochaine ?

Je ne sais pas quoi répondre à cela. Vraiment, je ne sais pas. Si bien que je reste simplement planté là pendant une minute : un grand crétin dans une salle vivement éclairée pleine de cadavres.

— Bon, d'accord, fait-elle soudain, avec une gaieté inquiétante, en se tournant vers son chariot. Et ça a intérêt à être un meurtre, je vous le dis.

Elle s'empare de sa lame et je baisse le nez vers le sol, sentant distinctement que ce qu'il faut que je fasse, là, c'est ne plus bouger jusqu'à ce qu'elle ait terminé... Mais c'est difficile, vraiment, et tandis qu'elle s'engage dans le processus méthodique de son ouvrage, je relève la tête et me rapproche discrètement pour la regarder faire. Et c'est chose merveilleuse à voir, la superbe et froide précision de l'autopsie, Fenton en mouvement, maîtrisant une à une les étapes méticuleuses de son art.

La persévérance en ce monde, malgré tout, du travail bien fait.

Avec précaution, le docteur Fenton tranche la ceinture en cuir noir et la retire du cou de Zell, puis en mesure la largeur et la longueur. À l'aide d'un compas de cuivre, elle prend les dimensions des meurtrissures sous l'œil, puis de celle laissée par la boucle de ceinture qui s'est enfoncée sous le menton, celle-là jaunâtre et sèche comme une zone de terre pelée et remontant des deux côtés vers les oreilles, formant un vilain V irrégulier. Et elle s'arrête, à chaque étape, pour tout prendre en photo : la ceinture encore autour du cou, la ceinture seule, le cou seul.

Puis elle découpe les vêtements, rince le corps livide de l'assureur à l'aide d'un tampon humide, ses doigts gantés s'activant rapidement sur le ventre et les bras.

— Qu'est-ce que vous cherchez ? m'enhardis-je à demander.

Elle ne m'écoute pas. Je ne dis plus rien.

À l'aide d'un scalpel, elle s'enfonce dans la poitrine, et je fais encore un pas en avant. Je me retrouve à côté d'elle dans la lumière vive de la morgue, observant de tous mes yeux ses gestes lorsqu'elle pratique une profonde incision en Y, puis écarte la peau et la chair en dessous. Je me penche carrément sur le corps, saisissant ma chance, pendant qu'elle prélève le sang du mort en perçant une veine près du centre du cœur, emplissant trois flacons en succession rapide. Et je me rends compte à un moment donné que c'est à peine si je respire, que pendant que je la regarde effectuer ce processus étape par étape – pesant les organes et enregistrant leur masse, sortant la cervelle du crâne et la retournant dans ses mains – j'attends que son expression impassible change soudain, j'attends qu'elle pousse une exclamation ou qu'elle marmonne un « hum » ou qu'elle se tourne vers moi avec stupéfaction.

La stupéfaction d'avoir découvert ce qui prouvera que Zell a été tué, et pas par lui-même.

Mais au lieu de cela, elle pose finalement son scalpel et annonce d'un ton égal :

— Suicide.

Je la regarde sans bouger.

— Vous êtes certaine ?

Elle ne me répond pas. Elle regagne rapidement son chariot, ouvre une boîte qui contient un épais rouleau de sacs en plastique, et en détache un.

— Attendez, docteur. Je suis désolé… Et ça ?

— Et ça, quoi ?

Je sens mon désespoir monter, une chaleur envahir mes joues, ma voix devenir peu à peu stridente, comme celle d'un enfant.

— Ça ? Ce n'est pas un bleu ? Au-dessus de sa cheville ?

— J'ai vu, oui, me répond-elle sèchement.

— Comment s'est-il fait ça ?

— On ne le saura jamais. (Elle ne cesse pas de s'activer, ne me regarde toujours pas, la voix pleine de sarcasme.) Mais ce que nous savons, c'est qu'il n'est pas mort d'un bleu au mollet.

— Mais n'y a-t-il pas d'autres choses que nous savons ? En termes de détermination des causes de la mort ?

Tout en le disant, j'ai pleinement conscience du ridicule qu'il y a à remettre en question les conclusions d'Alice Fenton, mais elles ne peuvent pas être justes. Je fouille ma mémoire, feuilletant frénétiquement dans ma tête les manuels appropriés.

— Et le sang ? Allons-nous faire une analyse toxicologique ?

— Nous le ferions si nous avions trouvé quoi que ce soit qui aille dans ce sens. Des marques d'aiguille, des atrophies musculaires caractéristiques.

— Mais on ne peut pas… le faire quand même ?

Fenton a un rire sec en secouant le sac plastique pour l'ouvrir.

— Inspecteur, connaissez-vous le laboratoire de médecine légale de l'État ? Sur Hazen Drive ?

— Je n'y suis jamais allé.

— Eh bien, c'est le seul labo de médecine légale du New Hampshire, et en ce moment il est dirigé par un nouveau, qui est un abruti. C'est un assistant d'assistant qui a été promu toxicologue en chef, étant donné que la vraie toxicologue en chef a quitté la ville en novembre pour aller dessiner des nus en Provence.

— Ah.

— Oui. Ah. (Un dégoût évident recourbe les lèvres de Fenton.) Apparemment, c'est ce qu'elle avait toujours rêvé de faire. C'est le foutoir, là-bas. Les demandes restent en attente, traînent, sont oubliées. Un vrai foutoir.

— Ah, dis-je une fois de plus avant de me retourner vers ce qui reste de Peter Zell, dont la cavité thoracique est encore béante.

Je le regarde, je regarde ça, et je me dis que c'est très triste car, quelle que soit la manière dont il est mort, qu'il se soit tué ou non, il est mort. Il me vient l'idée idiote et évidente que c'était une personne, et qu'à présent il n'est plus là et ne reviendra jamais.

Quand je relève la tête, Fenton se tient à côté de moi et pointe le doigt pour diriger mon regard vers le cou de Zell.

— Regardez, me dit-elle d'une voix un peu changée. Que voyez-vous ?

— Rien.

Je ne comprends pas. La peau, écartée, révèle les tissus mous et le muscle, puis le blanc jaunâtre de l'os en dessous.

— Je ne vois rien.

— Précisément. Si quelqu'un était arrivé en douce derrière cet homme avec une corde, ou l'avait étranglé à mains nues, ou même avec cette ceinture de luxe qui vous préoccupe tant, le cou serait méconnaissable. Il y aurait des marques d'abrasion, il y aurait des hématomes dus à des hémorragies internes.

— D'accord, dis-je avec un hochement de tête.

Fenton se détourne vers son chariot.

— Il est mort par asphyxie, inspecteur, ajoute-t-elle. Il s'est penché en avant, volontairement, contre le nœud de la ligature ; les voies aériennes se sont fermées, et il est mort.

Elle remballe le corps de mon assureur dans la housse d'où elle l'a sorti, et remet cette housse dans le tiroir qui lui est attribué, dans le mur réfrigéré. J'assiste à tout cela en silence, comme un imbécile, en m'en voulant de ne rien trouver d'autre à dire. Je ne veux pas qu'elle s'en aille.

— Et vous, docteur Fenton ?

— Pardon ?

Elle s'arrête à la porte, se retourne.

— Pourquoi n'êtes-vous pas partie faire ce dont vous avez toujours rêvé ?

Elle incline la tête, me considère comme si elle n'était pas sûre de comprendre la question.

— C'est *ça*, ce que j'ai toujours rêvé de faire.

— Je vois. D'accord.

La lourde porte grise se referme derrière elle et je me masse les paupières en pensant : *et ensuite* ? En pensant : *et maintenant* ?

Je reste seul une seconde, seul avec le chariot à roulettes de Fenton, seul avec les corps dans leurs armoires froides. Puis je prends un flacon plein du sang de Zell sur le chariot, je le glisse dans la poche intérieure de mon blazer, et je sors.

***

Je cherche la sortie de l'hôpital de Concord en errant dans les couloirs inachevés, et là, puisque la journée a déjà été longue et difficile, puisque je suis frustré, épuisé et perplexe, et que je n'ai envie de rien faire d'autre que réfléchir à la suite, évidemment, ma sœur m'attend à ma voiture.

Nico Palace, en bonnet de ski et manteau d'hiver, est assise en tailleur sur le capot de l'Impala, laissant sans aucun doute un creux prononcé sous elle, parce qu'elle sait que ça va m'horripiler, et elle fait tomber la cendre de sa cigarette American Spirit directement sur le pare-brise. Je la rejoins en piétinant dans le néant encroûté de neige du parking, et elle m'accueille d'une main levée, paume vers le haut, telle une squaw, fumant, attendant.

— Non mais franchement, Hank, me lance-t-elle avant que j'aie ouvert la bouche. J'ai dû te laisser dix-sept messages.

— Comment tu as su où j'étais ?

— Pourquoi tu m'as raccroché au nez ce matin ?

— Comment tu as su où j'étais ?

C'est ainsi que nous nous parlons. Je tire la manche de ma veste sur ma main et m'en sers pour pousser la cendre par terre.

— J'ai appelé ton bureau. McGully m'a dit où te trouver.

— Il n'aurait pas dû. Je travaille.

— J'ai besoin de ton aide. Sérieusement.

— Eh bien, je travaille, sérieusement. Tu veux bien descendre du véhicule, je te prie ?

Au lieu de quoi elle déplie ses jambes et s'adosse au pare-brise, comme si elle s'installait dans un transat. Elle porte l'épais manteau militaire qui appartenait à notre grand-père, et je vois bien que les boutons de cuivre laissent des petites rayures dans la peinture de l'Impala de fonction.

Je regrette vraiment que l'inspecteur McGully lui ait dit où me trouver.

— Je ne veux pas t'embêter, mais je suis en pleine panique, et ça me sert à quoi d'avoir un frère flic s'il refuse de m'aider ?

— En effet, dis-je en regardant ma montre.

Il neige de nouveau, très légèrement, quelques flocons lents qui dérivent, esseulés.

— Derek n'est pas rentré hier soir. Je sais, tu vas te dire « je vois ce que c'est, ils se sont encore engueulés, il a disparu ». Mais justement, Hen : on ne s'est pas engueulés cette fois-ci. Pas de dispute, rien. On venait de dîner. Il m'a dit qu'il devait sortir, qu'il allait faire un tour. Alors j'ai dit OK, vas-y. J'ai rangé la cuisine, fumé un joint, et je suis allée me coucher.

Je fais la tête. Ma sœur, je crois bien, adore le fait qu'elle puisse fumer de l'herbe, maintenant, et que son frère policier ne puisse plus la sermonner sévèrement à ce propos. Pour Nico, j'ai l'impression que c'est une compensation. Elle fume sa dernière bouffée et jette le mégot dans la neige. Je me baisse, le ramasse entre deux doigts et le tiens en l'air.

— Je te croyais soucieuse de l'environnement.

— Plus tant que ça, me répond-elle.

Elle pivote pour reprendre une position assise, serrant le large col du manteau autour d'elle. Ma sœur pourrait être magnifique si elle prenait un peu plus soin d'elle-même : si elle se brossait les cheveux, dormait une fois de temps en temps. On dirait une photo de notre mère que quelqu'un aurait chiffonnée puis dépliée.

— À minuit, il n'était toujours pas là. Je l'appelle, pas de réponse.

— Il a dû aller dans un bar.

— J'ai appelé tous les bars.

— Tous ?

— *Oui*, Hen.

Il y a beaucoup plus de bars qu'avant. Il y a un an, vous aviez Penuche's, le Green Martini, et voilà, c'était à peu près tout. À présent, il existe quantité d'établissements, certains sous licence, d'autres pirates, certains se résumant à une piaule en sous-sol où quelqu'un a installé une baignoire pleine de bière, une caisse enregistreuse et un iPod réglé sur « random ».

— Alors il est allé chez un pote.

— Je les ai appelés. J'ai appelé tout le monde. Il a disparu.

— Il n'a pas disparu, dis-je – et ce que je garde pour moi, c'est la vérité, à savoir que si Derek s'était vraiment barré, ce serait la meilleure chose qui soit arrivée à ma sœur depuis bien longtemps.

Ils se sont mariés le 8 janvier, le premier dimanche après l'interview de Tolkin. Ce dimanche-là a battu un record, paraît-il, celui du plus grand nombre de mariages en une journée, un record qui ne sera sans doute jamais battu, sauf peut-être le 2 octobre.

— Tu vas m'aider, oui ou non ?

— Je te l'ai dit, je ne peux pas. Pas aujourd'hui. Je suis sur une enquête.

— Bon Dieu, Henry. (Son insouciance étudiée s'est soudain envolée, et elle saute de la voiture pour m'enfoncer son index dans le plexus solaire.) J'ai quitté mon job dès que j'ai su que ce merdier nous tombait vraiment dessus. Je veux dire, pourquoi perdre ton temps à bosser ?

— Tu bossais trois jours par semaine sur un marché. Moi, j'élucide des meurtres.

— Oh, pardon. Excuse-moi. Mon mari a disparu.

— Ce n'est pas vraiment ton mari.

— Henry.

— Il va revenir, Nico. Tu le sais bien.

— Ah bon ? Et qu'est-ce qui t'en rend si sûr ? (Elle tape du pied, les yeux lançant des éclairs, sans attendre de réponse.) Et sur quoi tu travailles de si important, d'abord ?

Bah, qu'est-ce que ça peut faire ? me dis-je, et je lui raconte l'affaire Zell, je lui explique que je sors de la morgue, que je remonte des pistes, j'essaie de bien lui faire comprendre le sérieux d'une enquête de police en cours.

— Non mais attends. Un pendu ? souffle-t-elle, boudeuse, maussade.

Elle n'a que vingt et un ans, ma petite sœur. C'est encore une gamine.

— Peut-être.

— Tu viens de dire qu'il s'était pendu au McDo.

— J'ai dit qu'*en apparence*, il s'était pendu.

— Et c'est ça qui t'empêche de prendre dix minutes pour retrouver mon mari ? Un couillon qui s'est suicidé *au McDo* ? Dans les chiottes, putain ?

— Allez, Nico.

— Quoi ?

Je déteste entendre ma sœur parler grossièrement. Je suis vieux jeu, que voulez-vous. C'est ma sœur.

— Je regrette, mais un homme est mort, et c'est mon boulot de découvrir comment et pourquoi.

— Ouais, ben moi aussi, je regrette. Parce qu'un homme a disparu, et que c'est mon homme, et qu'il se trouve que je l'aime, OK ?

Sa voix est nouée, tout à coup, et je sais que c'est fini, *game over*. Elle pleure, et je ferai tout ce qu'elle voudra.

— Oh, allez, Nico. Ne fais pas ça.

C'est trop tard, la voilà en sanglots, bouche ouverte, écrasant violemment ses larmes du revers de ses mains.

— Ne fais pas ça.

— C'est juste que… tout ça… (Elle a un geste vague et désolé qui embrasse le ciel entier.) Je ne peux pas rester seule, Henry. Pas en ce moment.

Un vent glacé souffle dans le parking et soulève des flocons de neige jusque dans nos yeux.

— Je sais, dis-je. Je sais.

Alors, je fais un pas prudent et prends ma petite sœur dans mes bras. La plaisanterie familiale était qu'elle avait reçu les gènes des maths, et moi ceux de la haute taille. Mon menton est à quinze bons centimètres au-dessus du sommet de sa tête, et ses sanglots s'enfoncent quelque part dans mon sternum.

— C'est bon, va, c'est bon.

Elle se dégage de mes bras, étouffe un dernier gémissement, et s'allume une nouvelle American Spirit, abritant un briquet en plaqué or contre le vent en aspirant pour faire rougir le bout. Le briquet, comme le manteau et la marque de cigarette, vient de mon grand-père.

— Alors tu vas le retrouver ? me demande-t-elle.

— Je ferai de mon mieux, Nico. D'accord ? C'est tout ce que je peux te promettre.

Je cueille la cigarette au coin de ses lèvres et la jette sous la voiture.

***

— Bonjour. J'aimerais parler à Sophia Littlejohn, si c'est possible.

J'ai une bonne couverture réseau, ici, sur le parking.

— Elle est avec une patiente en ce moment. Puis-je savoir qui la demande ?

— Euh, bien sûr. Non… c'est juste que… la femme d'un ami à moi est une patiente de… mon Dieu, comment est-ce qu'on appelle les sages-femmes ? Du docteur Littlejohn, est-ce ainsi que je dois… ?

— Non, monsieur. Rien que le nom. Mme Little-john.

— D'accord, bon, donc la femme de mon ami est une patiente de… de Mme Littlejohn, et je crois comprendre qu'elle a commencé à accoucher. Tôt ce matin ?

— Ce matin ?

— Oui. Tard dans la nuit, ou tôt ce matin ? Mon ami m'a laissé un message, à l'aube, et je jurerais que c'est ce qu'il m'a dit. Mais je n'ai pas bien entendu, il y avait de la friture sur la ligne, et… allô ?

— Oui, je suis là. Il doit y avoir une erreur. Je ne crois pas que Sophia ait eu un accouchement. Ce matin, vous dites ?

— C'est ça.

— Excusez-moi. Votre nom, déjà ?

— Laissez tomber. Ce n'est pas grave. Ça ne fait rien.

***

Au commissariat central, je passe d'un pas vif devant un trio de Coupes-en-Brosse dans la salle de pause, qui traînent devant le distributeur de Coca en riant comme des étudiants chahuteurs. Je n'en reconnais aucun, et ils ne me reconnaissent pas non plus. Parmi eux, je garantis qu'aucun ne pourrait citer le Farley et Leonard de mémoire, ni même le Code criminel du New Hampshire, ni même la Constitution des États-Unis.

Une fois arrivé dans notre bureau, j'expose mes découvertes à l'inspecteur Culverson : je lui parle de la maison, du *Chère Sophia*, des conclusions du docteur Fenton. Il m'écoute patiemment, les doigts joints en pointe, puis ne dit rien pendant un long moment.

— Eh bien, tu sais, Henry, commence-t-il lentement.

Cela me suffit déjà, je n'ai pas envie d'entendre la suite.

— Je sais de quoi ça a l'air, dis-je. Vraiment, je sais.

— Écoute. C'est ton affaire, pas la mienne. (Il incline très légèrement la tête en arrière.) Si tu sens que tu dois la résoudre, alors tu dois la résoudre.

— Je le sens, inspecteur. Franchement.

— Alors d'accord.

Je reste assis un instant, puis je regagne mon bureau et décroche le téléphone fixe pour commencer à chercher ce crétin de Derek Skeve. D'abord, je repasse les appels que Nico a déjà passés : les bars et les hôpitaux. Je joins la prison des hommes et la nouvelle annexe de la prison des hommes, je joins le bureau du shérif de Merrimack County, je joins les admissions de l'hôpital de Concord, de l'hôpital du New Hampshire et de tous les autres hôpitaux que je connais dans trois comtés à la ronde. Mais personne ne l'a vu passer, personne ne correspond à son signalement.

Dehors, il y a un gros attroupement de fous de Dieu sur la place, qui fourrent leurs tracts dans les mains des passants en psalmodiant que la prière est tout ce qui nous reste, que la prière est notre seul salut. Je les salue du menton sans m'en mêler et je passe mon chemin.

***

Et maintenant, je suis couché et je ne dors pas parce que nous sommes mercredi soir, et que c'est mardi matin que j'ai regardé pour la première fois dans les yeux morts de Peter Zell, ce qui signifie qu'il a été tué à un moment quelconque lundi soir, et que cela fait peut-être *presque* quarante-huit heures qu'on l'a tué, à moins que les quarante-huit heures soient déjà écoulées. Quoi qu'il en soit, ma fenêtre de tir se referme et je suis très loin d'avoir identifié et appréhendé son assassin.

Je suis donc allongé sur mon lit et je contemple le plafond en serrant et desserrant les poings, après quoi je me lève, j'ouvre les stores et je regarde par la fenêtre, vers les ténèbres embrumées, par-delà les quelques étoiles visibles.

— Tu sais ce que tu peux faire, toi ? dis-je à mi-voix, en tendant un doigt vers le ciel. Tu peux aller te faire foutre.

DEUXIÈME PARTIE

Probabilités non négligeables

Jeudi 22 mars
Ascension droite : 19 05 26,5
Déclinaison : – 34 18 33
Élongation : 79.4
Delta : 3,146 ua

1

— Debout, mon grand. Il est l'heure de se réveiller.

— Allô ?

Hier soir, avant d'aller me coucher, j'ai débranché mon téléphone fixe et laissé mon portable sur vibreur, si bien que cette fois mon doux rêve d'Alison Koechner a été interrompu non par la clameur infernale du fixe, Maïa hurlant dans les vitres et incendiant le monde entier, mais par une faible vibration contre la table de chevet, une sensation qui s'est insinuée dans mon rêve en adoptant la forme d'un chat ronronnant tranquillement sur les genoux d'Alison.

Et en ce moment, Victor France me roucoule dans l'oreille.

— Ouvre tes petits yeux, mon chouchou. Ouvre grand ces jolies mirettes, Joe-la-Moustache.

J'entrouvre mes jolies mirettes. Je ne vois que du noir. La voix de France susurre, grotesque et insistante. Je me réveille tout à fait et abandonne à regret une dernière image d'Alison, radieuse dans le salon brun-rouge de notre maison en bois, à Casco Bay.

— Désolé de te réveiller, Palace. Oh, attends ! Non, en fait, je ne suis pas désolé du tout !

Sa voix se dissout dans un étrange petit rire. Il est défoncé à quelque chose, aucun doute là-dessus. Peut-être à la marijuana, peut-être à autre chose. Perché comme un satellite, comme disait mon père.

— Non, décidément, pas désolé du tout.

Je bâille, fais craquer ma nuque, et regarde l'heure : 3 h 47.

— Je sais pas comment tu dors ces temps-ci, l'inspecteur, mais moi, pas trop bien, personnellement. Chaque fois que je suis sur le point de m'écrouler, je me dis : attention, Vic mon pote, ce sont des heures perdues. Des heures en or qui partent à la poubelle.

Assis tout droit dans mon lit, je cherche à tâtons l'interrupteur de ma lampe de chevet et attrape mon cahier bleu et mon stylo en pensant : *il a quelque chose pour moi*. Il n'appellerait pas à cette heure-ci s'il n'avait rien à me donner.

— Je compte les jours, chez moi, t'imagines ? J'ai une grande affiche avec tous les jours qui restent, et j'en barre un tous les matins.

Derrière son monologue éraillé, on entend le staccato et les notes de clavier robotiques d'une musique électronique, et un grand nombre de voix chantant et braillant par-dessus. Victor fait la fête dans un hangar ou un entrepôt quelconque, probablement le long de Sheep Davis Road, bien à l'est de la ville.

— C'est comme un calendrier de l'avent, tu vois ce que je veux dire, mon pote ? (Il prend alors une voix grave de narrateur de film d'horreur.) Le calendrier de l'avent… des *damnés*.

Il rit, tousse, ricane encore. Décidément, ce n'est pas de la marijuana. Je pense plutôt à de l'ecstasy, même si je frémis rien qu'en pensant à ce qu'il a dû faire pour s'en procurer, les prix des produits synthétiques étant ce qu'ils sont.

— Vous avez des infos à me donner, Victor ?

— Ha ! Palace ! (Rire, toux.) C'est une chose que j'apprécie chez toi : t'es cash.

— Alors, vous avez quelque chose pour moi ?

— Oh, t'es pas croyable.

Il rit encore, se tait, et je l'imagine, agité de tics, avec ses bras maigres et crispés, son sourire moqueur. Dans le silence, on n'entend plus que la musique drum and bass derrière lui, aigrelette et lointaine.

— Ouais, finit-il par lâcher. J'ai quelque chose. J'ai trouvé, pour ton pick-up. Pour tout te dire, j'avais déjà l'info hier, mais j'ai attendu. J'ai attendu d'être certain de te réveiller, et tu sais pourquoi ?

— Parce que vous me détestez.

— Gagné ! braille-t-il avec un nouveau ricanement. Je te hais ! T'as de quoi noter, p'tit cul ?

D'après Victor France, le pick-up rouge orné d'un drapeau a été modifié de manière à rouler à l'huile de récup par un mécanicien croate nommé Djemic, qui tient un petit atelier près des ruines carbonisées du concessionnaire Nissan, dans Manchester Street. Je ne connais pas l'endroit dont il parle, mais ce sera facile à trouver.

— Merci, Victor. (Complètement lucide, à présent, je note à toute vitesse, c'est génial, bon sang de bois, et je suis envahi par une bouffée d'enthousiasme et même d'affection pour Victor France.) Merci, vieux, c'est super. Vraiment, merci. Retourne faire la fête, va.

— Attends, attends, attends. Maintenant, c'est toi qui m'écoutes.

— Oui ? Quoi ?

Mon cœur en tremble dans ma poitrine. J'entrevois déjà la suite de l'enquête, chaque info s'enchaînant avec la suivante et me menant un peu plus loin.

— Je veux juste te dire… Je veux te dire quelque chose. (Sa voix a perdu son vernis d'ivresse et d'excitation, il est devenu très calme. Je l'imagine aussi clairement que s'il se tenait devant moi, penché sur un téléphone public, agitant l'index.) Je voulais juste te dire : cette fois c'est fini, mec.

— D'accord. C'est fini.

Et je suis sincère. Il m'a donné ce que je lui demandais et même plus, et j'ai bien l'intention de le laisser tranquille. Qu'il danse dans son hangar jusqu'à la fin du monde si ça lui chante.

— C'est… (Sa voix se brise, épaissie par les larmes, et soudain le gros dur n'existe plus, il n'est plus qu'un petit garçon suppliant qu'on arrête la punition.) C'est promis ?

— Oui, Victor. Promis.

— OK. Parce que je peux te dire à qui il est, le pick-up.

***

Au fait, je sais pourquoi je fais ce rêve. Je ne suis pas complètement idiot, quand même. Le coup de l'enquêteur qui ne sait pas élucider sa propre vie, merci bien, très peu pour moi.

Mon rêve récurrent, celui où je vois mon amoureuse du lycée, ne parle pas réellement de mon amoureuse du lycée, au fond. Ce n'est pas un rêve sur Alison Koechner, sur notre amour perdu et sur la coquette petite maison à trois chambres dans le Maine qu'on se serait peut-être fait construire s'il en était allé autrement. Je ne rêve pas d'un joli jardin avec une clôture peinte en blanc, de mots croisés le dimanche ni de thé chaud.

Il n'y a pas d'astéroïde dans le rêve. Dans ce rêve, la vie continue. Une vie simple, heureuse, clôture blanche ou non. Simplement, la vie. Qui continue.

Quand je rêve d'Alison Koechner, ce dont je rêve, c'est que je ne meurs pas.

OK ? Vu ? Je pige.

***

— Je voulais juste voir quelques points avec vous, monsieur Dotseth, histoire de vous tenir au courant : cette affaire, celle du pendu, elle se tient. Vraiment.

— Maman ? C'est toi ?

— Hein ? Non… c'est l'inspecteur Palace.

Un silence, un petit rire.

— Je sais bien, petit. Je m'amusais un peu.

— Ah. Bien sûr.

J'entends des pages de journal tourner. Un peu plus, et je sentirais l'odeur âcre du café que Denny Dotseth doit avoir devant lui.

— Dites, vous avez vu ce qui se passe à Jérusalem ?

— Non.

— Oh, là là. Je vous raconte ?

— Non, monsieur, pas maintenant. Donc, alors cette affaire, monsieur Dotseth.

— Pardon, rappelez-moi de quoi on parle, là ?

Une gorgée de café, un froissement de papier journal, il se paie ma tête, moi à la table de ma cuisine, tambourinant de mes longs doigts sur une page de mon cahier bleu. Page sur laquelle, depuis quatre heures ce matin, sont inscrits le nom et l'adresse de la dernière personne à avoir vu mon assureur en vie.

— L'affaire Zell, monsieur. Le pendu d'hier matin.

— Ah, oui. La tentative d'assassinat. C'est un suicide, mais vous tentez de…

— Oui, monsieur. Mais écoutez : j'ai une piste solide pour le véhicule.

— Et quel véhicule, petit ?

Mes doigts qui tambourinent de plus en plus vite, ratatatatata. *Allez, Dotseth, un petit effort.*

— Le véhicule dont nous avons parlé hier, monsieur. Le pick-up rouge roulant à l'huile végétale. Dans lequel la victime a été vue pour la dernière fois.

Encore un long silence. Dotseth essaie de me rendre fou.

— Allô ? Denny ?

— D'accord, bon, vous avez une piste pour le véhicule.

— Oui. Et vous m'avez dit de vous tenir au courant s'il y avait une chance sérieuse pour que ce soit autre chose qu'un pendu.

— J'ai dit ça, moi ?

— Oui. Et je crois que c'est le cas, monsieur, je crois bien que c'est le cas. Je vais aller faire un tour là-bas ce matin, m'entretenir avec le gars, et si je vois quelque chose de louche, je reviens vous voir pour qu'on obtienne un mandat, d'accord ?... Monsieur Dotseth ?

Il se racle la gorge.

— Inspecteur Palace ? Qui est votre supérieur direct, en ce moment ?

— Monsieur ?

J'attends, la main toujours en suspens au-dessus du cahier, les doigts repliés près de l'adresse : 77 Bow Bog Road. C'est juste un peu au sud de nous, à Bow, la première agglomération qui touche Concord.

— À la Criminelle. Qui supervise la brigade ?

— Euh, personne, j'imagine. Officiellement, c'est le chef Ordler. Le sergent Stassen est parti vivre ses rêves fin novembre, je crois, avant même que j'aie été promu. On attend un remplaçant.

— Je vois. D'accord. On attend. Très franchement, mon jeune ami : si vous voulez donner suite à cette affaire, donnez suite, nom de Dieu.

2

— Petey n'est pas mort.
— Si.
— Je viens de le voir. Y a juste deux-trois jours. Mardi soir, je crois.
— Non, monsieur, vous vous trompez.
— Je crois bien que non
— En fait, monsieur, c'était lundi.

Je me tiens au pied d'une échelle télescopique en métal appuyée contre une maison, un petit pavillon bas au toit d'ardoises pentu. Les mains en porte-voix, la tête renversée en arrière, je crie à travers une légère averse de neige. J. T. Toussaint, ouvrier du bâtiment et carrier au chômage, un vrai géant, est en haut de l'échelle, ses grosses chaussures de chantier marron clair fermement posées sur le dernier barreau, sa vaste bedaine appuyée contre la gouttière. Je ne distingue pas encore clairement ses traits, seulement le quart inférieur droit de son visage, baissé vers moi, encadré par la capuche d'un sweat-shirt bleu.

— Vous êtes allé le chercher à son travail lundi soir.

Toussaint émet un bruit qui signifie « ah oui ? », mais compressé dans une exclamation épaisse et floue : « houé ? »

— Oui, monsieur. Dans votre pick-up rouge orné d'un drapeau américain. C'est celui-là, là-bas ?

Je désigne l'allée d'accès et Toussaint fait oui de la tête en se recalant contre la gouttière. Le bas de l'échelle tremble un peu.

— Mardi matin, il a été retrouvé mort.

— Oh, dit l'homme tout là-haut. C'est pas vrai. Il s'est pendu ?

— En apparence, en tout cas. Voulez-vous bien descendre, je vous prie ?

La maison est vraiment moche : un cube de bois, déglingué et de travers, un peu comme un kart qu'on aurait oublié dans la boue. Le jardin de devant comprend un seul arbre, un très vieux chêne, qui lève ses branches tordues vers le ciel comme si on était venu l'arrêter ; sur le côté, une niche à chien et une rangée de buissons épineux, épais et pas taillés, qui fait office de haie. Pendant que Toussaint descend, les montants de l'échelle oscillent de manière alarmante, puis le voilà au sol, dans son sweat à capuche et ses gros godillots, un pistolet à mastic pendant d'un de ses gros poings, et il me toise de la tête aux pieds. Nous soufflons tous les deux d'épais nuages de buée froide.

C'est bien vrai, ce que tout le monde disait : il est gros, mais costaud. Il a la silhouette solide d'un ancien joueur de football américain. Il y a de la force dans son énorme volume, et on dirait qu'il pourrait courir et sauter s'il le fallait. Vous plaquer au sol si c'était nécessaire. Sa tête évoque une borne en granit : menton oblong et proéminent, front large, la chair dure et pommelée, comme érodée de manière irrégulière.

— Inspecteur Henry Palace, dis-je. Je suis officier de police.

— Sans blague.

Soudain, il fait un grand pas brusque vers moi, pousse deux jappements brefs et tape dans ses mains, et je fais un bond en arrière, surpris, cherchant mon holster à tâtons.

Mais c'est juste un chien ; il appelle son chien. Toussaint s'accroupit et l'animal arrive en gambadant : une petite bête ébouriffée avec des boucles blanches clairsemées. Une sorte de caniche, quelque chose dans le genre.

— Viens là, Houdini, dit-il en ouvrant les bras. Viens, mon chien.

Houdini frotte sa petite gueule contre la paume charnue de Toussaint, et j'en profite pour tâcher de me ressaisir, respirer à fond. Le gros homme, toujours accroupi, relève la tête vers moi, amusé, et il sait, je sais qu'il sait : je suis un livre ouvert, pour lui.

***

À l'intérieur, la maison est tout aussi moche et terne. Les cloisons miteuses sont en plâtre jaunissant, et les quelques ornements sont strictement utilitaires : une pendule, un calendrier, un décapsuleur vissé au chambranle de la porte de la cuisine. La petite cheminée est emplie d'ordures, de bouteilles de bière d'importation vides – plutôt cher, ça, alors que même les tarifs des marques bas de gamme sont fixés par l'ATF à 21,99 $ le pack de six, et peuvent monter bien plus haut au marché noir. Sur notre passage, une bouteille de Rolling Rock se libère du tas et tombe à grand fracas sur le plancher du salon.

— Alors, dis-je en sortant mon cahier bleu et mon stylo. Comment connaissiez-vous Peter Zell ?

Toussaint s'allume une cigarette et inhale lentement avant de me répondre.

— On se connaît depuis l'école primaire.

— L'école primaire ?

— Broken Ground. Juste au bout de la rue Curtisville Road.

Il jette son pistolet à mastic dans une boîte à outils, qu'il envoie d'un coup de pied sous le canapé déglingué.

— Asseyez-vous si vous voulez.

— Non merci.

Toussaint ne s'assoit pas non plus. Il me contourne d'un pas lourd pour entrer dans la cuisine, en crachant sa fumée comme un dragon.

Une maquette du Capitole du New Hampshire est posée sur le manteau de la cheminée, haute de vingt centimètres et détaillée avec précision : la façade de pierre blanche, le dôme doré, l'aigle minuscule dépassant au sommet.

— Ça vous plaît ? me demande Toussaint lorsqu'il revient en tenant une Heineken par le goulot – je repose vivement la maquette. C'est mon paternel qui a fait ça.

— Il est artiste ?

Toussaint fait basculer le dôme, révélant un cendrier à l'intérieur.

— Il est mort. Mais, oui, il était artiste. Entre autres choses.

Il laisse tomber sa cendre dans le dôme renversé du Capitole, me regarde et attend.

— Donc. L'école primaire.

— Eh oui.

D'après Toussaint, Peter Zell et lui ont été inséparables du CE1 au CM2. Tous deux étaient impopulaires : Toussaint était pauvre, recevait les petits déjeuners gratuits de l'aide sociale, portait tous les jours les mêmes vêtements récupérés dans des friperies ; Zell, lui, venait d'un milieu aisé mais il était terriblement complexé, sensible, une victime-née.

C'est ainsi qu'ils se sont liés, les deux petits gamins rejetés, jouant au ping-pong dans le sous-sol des Zell, faisant du vélo dans les collines autour de l'hôpital, jouant à Donjons et Dragons dans cette maison même, là où nous sommes assis en ce moment. L'été, ils parcouraient à bicyclette les trois ou quatre kilomètres qui les séparaient de la carrière de State Street, derrière la prison, se mettaient en caleçon et plongeaient, s'éclaboussaient, s'enfonçaient mutuellement la tête dans l'eau froide et claire.

— Vous voyez, quoi. Des bêtises de gosses, conclut Toussaint avec un sourire, en savourant sa bière.

Je hoche la tête tout en prenant des notes, intrigué par l'image mentale de mon assureur enfant : le corps prépubère mou et gras, les lunettes à verres épais, les vêtements soigneusement pliés au bord de l'étang, la version jeune de l'actuaire timide et obsessionnel qu'il était voué à devenir.

J. T. et Peter, comme c'était peut-être inévitable, se sont ensuite éloignés. La puberté a frappé et Toussaint est devenu un dur, un mec cool, a commencé à faucher des CD de Metallica au magasin Pitchfork Records, à boire de la bière en douce et à fumer des Marlboro rouges, tandis que Zell restait enfermé à double tour dans les contours raides et immuables de son personnage, rigide, anxieux et indécrottablement ringard. Au collège, ils ne faisaient plus que se saluer de la tête dans les couloirs, puis Toussaint a arrêté l'école, Peter a obtenu son diplôme du secondaire et est parti pour la fac, et vingt ans se sont écoulés sans qu'ils échangent un mot.

Je prends note de tout cela. Toussaint termine sa boisson et jette la bouteille vide dans le tas de la cheminée. Il doit y avoir des interstices entre les planches des murs, car les silences qui ponctuent notre conversation sont emplis par le sifflement du vent qui souffle fort dehors et se concentre en passant dans les fentes.

— Et puis un beau jour, voilà qu'il m'appelle, dites donc. Comme ça, sans prévenir. Il me dit : allons déjeuner.

Je fais cliqueter trois fois mon stylo.

— Pourquoi ?

— Aucune idée.

— Quand ?

— J'en sais rien. En juillet ? Non. Je venais de me faire virer. Juin. Il me dit qu'il pense souvent à moi depuis que ce merdier a commencé.

Il tend l'index et vise le ciel par la fenêtre. *Ce merdier*. Mon téléphone sonne, j'y jette un coup d'œil. Nico. Je rejette l'appel.

— Et donc, que faisiez-vous ensemble au juste, tous les deux ?

— Pareil qu'avant.

— Vous jouiez à Donjons et Dragons ?

Il me regarde, émet un rire bref, change de position sur sa chaise.

— Bon, d'accord. Pas la même chose qu'avant. On buvait des bières. On se baladait en bagnole. On faisait un peu de tir.

Je marque une pause. Le vent souffle toujours. Toussaint se rallume une clope, devine ce que je m'apprête à dire.

— Trois carabines Winchester, monsieur le policier. Dans une armoire. Déchargées. Elles sont à moi et je peux le prouver.

— Sous clé, j'espère.

Le trafic d'armes à feu est un problème. Les gens les volent, les accumulent, et d'autres les leur volent pour les leur revendre ensuite, moyennant des sommes astronomiques.

— Personne ne me piquera mes armes, putain, dit-il rapidement, d'une voix dure, en me lançant un regard menaçant, comme si j'envisageais de le faire moi-même.

Je ne relève pas. Je l'interroge sur la soirée de lundi, la dernière de la vie de Peter Zell, et il hausse les épaules.

— Je suis passé le prendre au bureau.

— À quelle heure ?

— J'en sais rien. L'heure d'après le boulot.

Je sens bien qu'il m'apprécie de moins en moins. Il a hâte que je m'en aille, et peut-être que cet homme a tué Peter, peut-être pas, mais quoi qu'il en soit, je ne peux pas éviter l'impression que je pourrais mourir sous ses coups s'il le voulait, comme ça, trois ou quatre coups de poing suffiraient, comme un homme des cavernes massacrant un cerf.

Il me raconte qu'ils se sont baladés un petit moment en voiture, puis qu'ils sont allés voir le dernier épisode de *Pâles lueurs au loin*, la série de SF, au cinéma Red River. Ils ont bu quelques bières, ils ont regardé le film, après quoi ils sont partis chacun de son côté, Peter disant qu'il voulait rentrer à pied.

— Vous avez croisé du monde au cinéma ?

— Juste les gens qui bossent là-bas, quoi.

Il tire une dernière bouffée de sa seconde cigarette, écrase le mégot dans le Capitole. Houdini arrive à petits pas, sa vive langue rose trouvant encore des miettes de biscuit aux coins de sa gueule, puis frotte sa tête mince contre la vaste cuisse de son maître.

— Faudra que je l'abatte, ce clebs, déclare subitement Toussaint d'un air absent, pragmatique, en se levant. À la fin, je veux dire.

— Quoi ?

— C'est un petit trouillard, ce pépère. (Toussaint regarde le chien, tête inclinée, comme s'il évaluait, comme s'il tâchait de se figurer l'effet que cela lui fera.) Je peux pas l'imaginer mourant comme ça, par le feu, de froid ou noyé. Je lui mettrai sans doute une balle dans la tête.

Je suis prêt à me tirer de là. J'ai vraiment envie de partir.

— Une dernière chose, monsieur Toussaint. Auriez-vous par hasard remarqué les bleus ? Sous l'œil droit de M. Zell ?

— Il m'a dit qu'il était tombé dans un escalier.

— Et vous l'avez cru ?

Il rit sous cape en grattant la tête du chien.

— De la part de quelqu'un d'autre, j'y aurais pas cru. J'aurais pensé qu'il avait sifflé la meuf d'un type qu'il fallait pas énerver. Mais avec Pete, allez savoir ? Il a bien pu se vautrer dans un escalier.

— D'accord, dis-je tout en pensant : *et moi, je parie que non.*

Toussaint prend la tête d'Houdini entre ses mains. Ils se regardent longuement, et j'entrevois l'avenir, le moment terrible et douloureux, le canon de .270 qui se lève, l'animal confiant, la détonation, la fin.

Il détourne les yeux de son chien, revient à moi, et le charme est rompu.

— Autre chose ? Monsieur le policier ?

***

Une des blagues préférées de mon père : quand on lui demandait ce qu'il faisait dans la vie, il répondait qu'il était roi-philosophe. Il le disait avec un sérieux absolu, et il était comme ça, Temple Palace : il ne lâchait jamais le morceau. À chaque fois, la personne qui lui avait posé la question – mettons le barbier, ou un invité à un cocktail, ou un parent d'un de mes amis, auquel cas je regardais par terre, mort de honte –, la personne le regardait sans comprendre, et il se contentait de répondre « quoi ? » en ouvrant les mains, implorant : « Mais quoi ? Je parle sérieusement ! »

En réalité, il enseignait la littérature anglaise – Chaucer, Shakespeare, Donne – là-bas à St. Anselm's. À la maison, il nous sortait sans cesse des citations et des allusions, murmurant des leçons de littérature du coin de la bouche, réagissant aux incidents et aux conversations banales de la maisonnée à coups de commentaires abstraits.

J'ai oublié depuis longtemps la teneur de presque tous ces apartés, mais il y en a un que je garde en tête.

J'étais rentré en pleurnichant parce qu'un camarade, Burt Phipps, m'avait fait tomber d'une balançoire. Ma mère, Peg, jolie, pragmatique et efficace, avait enveloppé trois glaçons dans un sachet plastique et les avait tenus contre ma bosse, pendant que mon père, appuyé contre le plan de travail de la cuisine en Formica vert, se demandait pourquoi ce Burt avait fait une chose pareille.

Et moi, tout en reniflant :

— Ben parce que c'est un crétin, c'est tout !

— Ah mais non ! a protesté mon père en levant ses lunettes sous la lampe pour les essuyer avec une serviette de table. Si Shakespeare nous apprend une chose, Hen, c'est que tout acte a un mobile.

Je le regarde, tout en pressant le sachet plastique mou et plein de glace contre mon front meurtri.

— Tu comprends, fils ? Chaque fois que quelqu'un fait quelque chose, et je me fiche de savoir ce que c'est, il a une raison de le faire. Nulle action ne se produit sans motivation, que ce soit dans l'art ou dans la vie.

— Au nom du Ciel, chéri, s'impatiente ma mère, accroupie devant moi, qui scrute mes pupilles pour éliminer la possibilité d'une commotion cérébrale. Une brute est une brute.

— Ça oui, fait papa en me tapotant le crâne avant de sortir de la cuisine. Mais je le demande, qu'est-ce qui en a *fait* une brute ?

Ma mère lève les yeux au ciel, dépose un baiser sur ma pauvre tête et se lève. Nico, cinq ans, est dans le coin, occupée à construire un palais en Lego à plusieurs étages. Elle est en train d'ajuster la toiture en surplomb avec mille précautions.

Le professeur Temple Palace n'aura pas vécu assez longtemps pour voir l'avènement de la malencontreuse situation actuelle ; malheureusement, ma mère non plus.

Dans un peu plus de six mois, d'après les prédictions scientifiques les plus fiables, au moins la moitié de la population planétaire mourra des suites d'un enchaînement de cataclysmes. Une explosion de dix mégatonnes, équivalant grosso modo à la puissance de mille Hiroshima, creusera un gigantesque cratère dans le sol, déclenchant une série de tremblements de terre à défier l'échelle de Richter et propulsant des tsunamis vertigineux à travers les océans.

Puis viendra le nuage de cendres, le noir, les dix-huit degrés de baisse des températures, en moyenne. Adieu les récoltes, adieu le bétail, adieu la lumière. Le sort de ceux qui auront survécu sera lent et froid.

Répondez à ceci, dans vos cahiers bleus, professeur Palace : quel effet cela a-t-il sur les motivations, toutes ces informations, toute cette *insoutenable immanence* ?

Prenez J. T. Toussaint, un cariste au chômage sans antécédents criminels.

Pas d'alibi vérifiable à l'heure de la mort. Il était chez lui, dit-il, en train de lire.

En temps normal, donc, nous nous pencherions sur la question du mobile. Nous nous poserions des questions sur ces heures qu'ils ont passées ensemble, ce dernier soir : ils sont allés voir *Pâles lueurs au loin*, ils se sont gorgés de bière au cinéma. Ils se sont disputés à cause d'une femme, peut-être, ou de quelque insulte idiote datant de l'école primaire et à demi oubliée, et le ton est monté.

Le premier problème, avec une telle hypothèse, est que justement, ce n'est pas ainsi que Peter Zell a été tué. Un meurtre résultant d'une longue soirée de beuverie, un meurtre à propos d'une femme ou d'un concours de celui qui pissera le plus loin, est un meurtre commis au moyen d'une batte de base-ball, ou d'un couteau, ou d'une carabine Winchester .270. Alors qu'ici, nous avons un homme qui a été étranglé, puis déplacé, une scène de suicide délibérément et soigneusement mise en place.

Mais le second problème, bien plus grand, est que l'idée même de mobile doit être réexaminée dans le contexte de la catastrophe imminente.

Parce que les gens font toutes sortes de choses, pour des raisons qui peuvent être difficiles ou impossibles à cerner clairement. Au cours de ces derniers mois, le monde a connu des épisodes de cannibalisme, d'orgies extatiques ; d'étonnants déploiements de charité et de bonnes actions ; des tentatives de révolutions socialistes et des tentatives de révolutions religieuses ; des psychoses collectives incluant le Second Avènement de Jésus-Christ, le retour d'Ali, beau-fils de Mahomet et Commandeur des Croyants, ou encore la constellation d'Orion descendant du ciel avec son épée et sa ceinture.

Des gens fabriquent des fusées, des gens se construisent des cabanes dans les arbres, des gens prennent plusieurs femmes, des gens tirent au hasard dans la foule, des gens s'immolent par le feu, des gens entreprennent des études de médecine tandis que les médecins abandonnent leur travail et se construisent des huttes dans le désert pour s'y installer et prier.

À ma connaissance, rien de tout cela n'est encore arrivé à Concord. Néanmoins, l'enquêteur consciencieux se voit obligé d'examiner la question du mobile sous un nouvel éclairage, de la replacer dans la matrice de notre situation présente et fort inhabituelle. La fin du monde change tout, du point de vue judiciaire.

***

Je suis sur Albin Road, juste après Blevens, lorsque la voiture dérape sur une plaque de verglas et fait une violente embardée vers la droite. J'essaie de la ramener brusquement à gauche et rien ne se passe. Le volant tourne sous mes mains sans aucun effet, je zigzague et j'entends une suite de coups métalliques inquiétants : les chaînes qui cognent salement contre les ailes.

— Allez, allez ! dis-je, mais on dirait que le volant ne communique plus du tout avec la direction, il tourne et tourne encore, et pendant ce temps la voiture entière se précipite vers la droite, comme un palet de hoquet géant qu'on aurait envoyé valser et qui glisse furieusement vers le fossé. Allez ! Allez !

Mon estomac se soulève. J'écrase le frein comme un dingue, rien ne se passe, et voilà que l'arrière remonte à la même hauteur que l'avant, si bien que l'Impala se retrouve pratiquement perpendiculaire à la route, et je sens les roues arrière se soulever tandis que l'avant se rue droit devant, rebondit par-dessus le fossé, va s'encastrer dans le large tronc solide d'un conifère, et mon crâne heurte violemment l'appui-tête.

Puis, plus rien ne bouge. Le silence est soudain et complet. Ma respiration. Un oiseau d'hiver qui chante, quelque part au loin. Un petit crachotement résigné dans le moteur.

Lentement, je prends conscience d'un cliquetis et je mets une seconde à m'apercevoir que c'est le bruit de mes dents qui claquent. J'ai les mains qui tremblent, aussi, et les genoux qui tressautent comme ceux d'un pantin.

Ma collision avec l'arbre a fait tomber beaucoup de neige, et il y en a encore un peu qui descend doucement, comme une fausse tempête toute douce, un saupoudrage qui s'accumule sur le pare-brise fêlé.

Je change de position, reprends mon souffle, palpe mes membres comme si je fouillais un suspect, mais tout va bien. Je n'ai rien.

L'avant du véhicule est enfoncé : il y a juste un creux, pile au centre, comme si un géant avait pris son élan et envoyé un grand coup de pied bien fort.

Mes chaînes se sont détachées. Les quatre. Elles sont étalées dans tous les sens tels des filets de pêche, formant des tas emmêlés autour des pneus.

— Bon sang de bois, dis-je tout haut.

Je ne pense pas qu'il l'ait tué. Toussaint. Je ramasse les chaînes et les dépose en tas dans le coffre.

Je ne pense pas qu'il soit l'assassin. Je ne pense pas que ça colle.

***

Il y a cinq escaliers en tout dans nos locaux, mais seulement deux mènent au sous-sol. L'un n'est qu'une volée de marches grossières en ciment brut descendant du garage, de sorte que quand les véhicules arrivent avec des suspects menottés à l'arrière, ceux-ci peuvent être emmenés tout droit à l'enregistrement, puis à la zone du sous-sol où l'on prend les photos d'identité judiciaire et les empreintes, puis vers la cellule ordinaire et la cellule de dégrisement. La cellule de dégrisement est toujours pleine, en ce moment. Pour accéder à l'autre partie du sous-sol, on prend en revanche l'escalier principal nord-ouest : on passe son badge d'identité devant le boîtier, on attend que la porte se débloque, et on rejoint le royaume confiné de l'officier Frank Wilentz.

— Tiens donc, l'inspecteur Monte-en-Flèche, dit Wilentz en m'adressant une parodie amicale de salut militaire. Je te trouve un peu pâlot.

— Je me suis pris un arbre. Je vais bien.

— Et l'arbre, comment va-t-il ?

— Tu peux vérifier un nom pour moi ?

— Elle te plaît, ma casquette ?

— Wilentz, allez…

Le technicien administratif de la PJ de Concord travaille dans un enclos grillagé de moins de deux mètres carrés, un ancien local à pièces à conviction, derrière un bureau jonché d'albums de BD et de paquets de bonbons. Des crochets, sur le grillage de sa cage, servent à suspendre une collection de casquettes de base-ball de ligue majeure, dont une, casquette-souvenir rouge vif à l'effigie des Phillies, repose en ce moment sur sa tête, coquettement inclinée.

— Réponds-moi, Palace.

— Cette casquette me plaît beaucoup, agent Wilentz.

— Tu dis ça pour me faire plaisir.

— Bon, j'ai besoin que tu vérifies un nom pour moi.

— J'ai les casquettes de toutes les équipes de la ligue. Tu le savais, ça ?

— Je crois que tu l'as déjà dit, oui.

Le problème est qu'en ce moment, Wilentz possède la seule connexion Internet haut débit régulière de tout le bâtiment ; pour ce que j'en sais, c'est même la seule connexion Internet haut débit régulière du comté. Il paraît que la PJ de Columbia a droit à une seule machine connectée à je ne sais quel serveur en plaqué or du département de la Justice. Concrètement, cela veut dire que si je veux me brancher sur les serveurs du FBI pour vérifier des antécédents criminels à l'échelle nationale, il me faut au préalable admirer la collection de casquettes de Frank.

— Avant, je les collectionnais avec dans l'idée de les léguer à mes gosses plus tard, mais puisque maintenant ça paraît clair que je n'en aurai jamais, de gosses, j'en profite pour mon plaisir. (Son expression pince-sans-rire cède la place à un grand sourire édenté.) Je suis du genre à voir le verre à moitié plein, moi. Tu voulais quelque chose ?

— J'ai besoin que tu vérifies un nom pour moi.

— Ah, oui, c'est ce que tu disais.

Wilentz entre le nom et l'adresse à Bow Bogs, coche les cases d'un formulaire sur la page du département de la Justice, et je reste devant son bureau, à le regarder taper, en tambourinant des doigts, pensif, sur la paroi de sa cage.

— Wilentz ?

— Oui ?

— Tu pourrais te suicider, toi ?

— Non, répond-il aussitôt, tapant toujours, cliquant sur un lien. Mais j'avoue que j'y ai pensé. Les Romains, tu sais, ils trouvaient que c'était ce qu'on peut faire de plus courageux. Quand on est confronté à la tyrannie. Cicéron. Sénèque. Tous ces mecs-là.

Il passe lentement l'index sur sa gorge : couic.

— Mais on n'est pas confrontés à la tyrannie, nous.

— Ah, mais si. Le gros facho qui tombe du ciel, mon pote. (Il se détourne de son écran pour choisir un mini Kit-Kat dans son tas de friandises.) Mais je le ferai pas. Et tu sais pourquoi ?

— Pourquoi ?

— Parce que… je… (Il se retourne, appuie sur une dernière touche.)… je suis lâche.

Avec Wilentz, c'est toujours difficile de dire s'il plaisante ou pas, mais je ne crois pas que ce soit le cas. Je tourne mon attention vers ce qui se passe sur l'écran : de longues colonnes de données qui défilent.

— Eh bien, mon ami, me dit-il en déballant sa barre chocolatée. C'est un vrai boy-scout que tu as là.

— Comment ?

Il s'avère que M. J. T. Toussaint n'a jamais commis un seul crime, ou du moins ne s'est jamais fait prendre.

Jamais il n'a été arrêté par la police de Concord, que ce soit avant ou après Maïa, ni par l'État du New Hampshire, ni par aucun autre État, comté ou autorité locale. Il n'a jamais mis le pied dans une prison fédérale, il n'a pas de dossier au FBI ni au département de la Justice. Rien à l'international, rien dans l'armée non plus. Une fois, apparemment, il a mal garé une moto dans un petit patelin appelé Waterville Valley, dans les White Mountains, et s'est attiré une amende qu'il a réglée sans délai.

— Alors, rien ?

Wilentz confirme de la tête.

— Rien. À moins qu'il ait buté quelqu'un en Louisiane. La Nouvelle-Orléans est déconnectée du réseau. (Il se lève, s'étire, ajoute l'emballage de sa friandise à ceux qui traînent sur le bureau.) Moi-même, je pense parfois à descendre là-bas. Il paraît qu'on s'éclate, dans le coin. Ça baise dans tous les sens, à ce qu'on m'a dit.

Je remonte muni d'une sortie imprimante des antécédents criminels de J. T. Toussaint, ou plutôt de l'absence desdits. S'il est du genre à zigouiller les gens et à les pendre dans des toilettes de fast-foods, c'est une pratique toute récente chez lui.

***

En haut, à mon bureau, je décroche mon fixe pour tenter de joindre Sophia Littlejohn, et je suis de nouveau accueilli par les intonations énergiques et peu aimables de la standardiste de la maternité de Concord. Non, Mme Littlejohn n'est pas là ; non, elle ne sait pas où elle est ; non, elle ne sait pas quand elle reviendra.

— Pouvez-vous lui demander de rappeler l'inspecteur Palace, à la PJ de Concord ? Puis j'ajoute, sur une impulsion : Dites-lui que je suis son ami. Dites-lui que je veux l'aider.

Elle marque un silence, puis me répond : « D'accoooord », traînant sur la seconde syllabe comme si elle ne voyait pas bien ce que je veux dire. Je ne peux pas lui en vouloir, ne le sachant pas trop moi-même. Je jette à la poubelle le mouchoir que je pressais contre mon front. Je me sens agité, insatisfait, en lisant et relisant le casier vierge de J. T. Toussaint, en repensant à la maison, au chien, au toit, à la pelouse. L'autre chose qui me tracasse, c'est que je crois bien me souvenir d'avoir soigneusement fixé mes chaînes hier matin et vérifié qu'elles tenaient, comme j'ai l'habitude de le faire une fois par semaine.

— Eh, Palace, viens un peu voir ça.

C'est Andreas, devant son ordinateur.

— Tu regardes quelque chose en ligne ?

— Non, c'est sur mon disque dur. Je l'ai téléchargé la dernière fois qu'on a pu se connecter.

— Ah. Bon, euh…

Mais c'est trop tard, j'ai déjà traversé la pièce, je suis debout à côté de lui, et il me serre le coude d'une main, désignant son écran de l'autre.

— Regarde, me dit-il, le souffle court. Regarde ça avec moi.

— Allez, quoi, Andreas. Je bosse sur une affaire, là.

— Je sais, mais regarde, Hank.

— J'ai déjà vu ce truc-là.

Tout le monde l'a déjà vu. Quelques jours après Tolkin, après l'émission spéciale de CBS, la conclusion finale, le Jet Propulsion Lab de la NASA a diffusé une courte vidéo pour bien faire comprendre au grand public ce qui se passait. C'est une animation en Java toute simple, dans laquelle des avatars grossièrement pixellisés de différents corps célestes gravitent autour du Soleil : la Terre, Vénus, Mars et, bien sûr, le clou du spectacle, ce bon vieux $2011GV_1$. Les planètes et le planétoïde mineur honni caracolent autour du Soleil, chacun à son rythme, chacun suivant son ellipse, se déplaçant clic après clic, chaque intervalle entre deux images représentant deux semaines dans la réalité.

— Attends juste une seconde, insiste Andreas en desserrant les doigts de mon coude mais sans me lâcher, de plus en plus penché sur son bureau.

Il a les joues rouges. Il scrute l'écran avec un émerveillement plein de déférence, les yeux écarquillés, tel un enfant regardant dans un aquarium.

Je reste derrière lui malgré moi, à suivre la sale trajectoire de Maïa autour du Soleil. L'animation est étrangement hypnotisante, un peu comme un court-métrage artistique, une installation dans une galerie : couleurs vives, mouvement répétitif, action simple, irrésistible. Dans les confins de son orbite, $2011GV_1$ se traîne lentement, méthodiquement, et semble lambiner dans le ciel, bien moins rapide sur son orbite que la Terre ne l'est sur la sienne. Mais ensuite, dans les dernières secondes, Maïa accélère, comme la trotteuse d'une pendule passant d'un coup de quatre à six. Et puis, obéissant scrupuleusement à la Seconde loi de Kepler, l'astéroïde avale subitement les derniers millions de kilomètres, rattrape la pauvre Terre qui ne se doute de rien, et là… *bam !*

La vidéo se fige sur la dernière image, datée du 3 octobre, jour de l'impact. *Bam !* Malgré moi, j'en ai un haut-le-cœur et je me détourne.

— Super, dis-je en grommelant. Je te remercie, vraiment.

Comme je le disais, je l'avais déjà vu.

— Attends, attends.

Andreas remonte le long de la barre de défilement pour se placer quelques secondes avant l'impact, à l'instant 2 h 39 min 14 s, puis relance l'animation ; les planètes avancent de deux crans, et il rappuie sur « pause ».

— Là ! T'as vu ?

— Vu quoi ?

Il revient de nouveau en arrière, me repasse la séquence. Moi, je pense à Peter Zell, je pense à lui regardant ceci – il a sûrement vu cette vidéo, probablement des dizaines de fois, et peut-être même l'a-t-il décortiquée, image par image, comme Andreas est en train de le faire. L'inspecteur me lâche le coude et se penche jusqu'à presque toucher le plastique froid de l'écran avec le bout de son nez.

— Là, précisément : l'astéroïde dévie d'un millipoil vers la gauche. Si tu as lu Borstner… tu as lu Borstner ?

— Non.

— Oh, Hank !

Il se retourne pour me regarder comme si c'était moi qui étais fou, puis revient à son écran.

— C'est un blogueur, reprend-il, ou c'était : maintenant il écrit une newsletter. J'ai un pote à Phoenix qui m'a appelé hier soir, il m'a tout expliqué, m'a dit de revoir la vidéo, de l'arrêter pile à… (Il rappuie sur « pause », à 2 h 39 min 14 s.)… Là, exactement. Regarde. C'est bon ? Tu as vu ? (Il repasse l'image, arrête, la repasse.) Ce que Borstner fait remarquer, là, si tu compares cette vidéo, je veux dire.

— Andreas.

— Si tu la compares avec d'autres projections de trajectoire de l'astéroïde, il y a des anomalies.

— Inspecteur Andreas, personne n'a trafiqué le film.

— Non, non, pas le film ! Bien sûr que personne n'a trafiqué le *film*.

Il tourne de nouveau la tête, me regarde les yeux plissés, et je capte une brève bouffée de quelque chose dans son haleine, de la vodka peut-être. Je recule un peu.

— Pas le film, Palace. *L'éphéméride*.

— Andreas.

C'en est trop : je lutte contre une violente envie d'arracher son ordi du mur et de le balancer à travers la pièce. J'ai un meurtre à élucider, bon Dieu. Un homme est mort.

— Tu vois ? Là ! Tu vois ? continue-t-il. Tu vois comme il semble dévier un peu, et puis virer légèrement dans l'autre sens ? Si tu compares ça avec Apophis ou 1979XB... Si tu... t'as vu ?... La théorie de Borstner, c'est qu'il y a eu une erreur, une erreur fondamentale tout au début dans le, le calcul, tu vois, les mathématiques de tout le machin. Et qui commence dès la découverte, laquelle, tu dois le savoir, était sans aucun précédent. Une orbite de soixante-quinze ans, c'est délirant, pas vrai ? (Il parle de plus en plus vite, au point que ses mots s'entrechoquent en sortant.) Et Borstner a essayé de contacter le JPL, il a essayé de contacter le département de la Défense, de leur expliquer ce que, ce qui, tu vois... Eh ben ils l'ont envoyé bouler. On l'a ignoré, Palace. Complètement ignoré !

— Inspecteur Andreas !

Au lieu d'écrabouiller son ordinateur, je me penche simplement à côté de lui, plisse le nez en reniflant son odeur infecte de vieil alcool, de sueur de désespoir, et j'éteins l'écran.

Il relève la tête vers moi, les yeux comme des soucoupes.

— Palace ?

— Andreas, est-ce que vous travaillez sur des affaires intéressantes ?

Il en reste coi. Le mot « affaires » appartient à une langue oubliée qu'il a parlée autrefois, il y a longtemps.

— Des affaires ?

— Oui. Des affaires.

Nous nous regardons dans le blanc des yeux. Le radiateur émet des gargouillements indistincts dans son coin, et à ce moment-là arrive Culverson.

— Tiens, l'inspecteur Palace. Précisément l'homme que je cherchais.

Il s'est arrêté à la porte, en costume trois-pièces et cravate Windsor, un chaleureux sourire aux lèvres.

C'est un soulagement pour moi de me détourner d'Andreas, et la réciproque est vraie aussi ; il cherche le bouton pour rallumer son écran. Culverson me fait signe d'approcher en agitant un petit papier jaune.

— Tout va bien, mon gars ?

— Oui. J'ai heurté un arbre. Que se passe-t-il ?

— J'ai trouvé le jeune.

— Le jeune ?

— Celui que tu cherchais.

Il s'avère que Culverson écoutait dans son coin quand j'ai passé des coups de fil hier pour chercher l'idiot du village qui a épousé ma sœur. Et donc, que fait-il, Culverson ? Il passe lui-même quelques coups de téléphone, Dieu le bénisse, et comme il est meilleur enquêteur que je ne le serai jamais, il fait mouche, lui.

— Inspecteur. Je ne sais pas quoi dire.

— N'y pense plus, me répond-il, souriant toujours. Tu me connais, j'aime les défis. Et aussi, avant de trop me remercier, jette un œil à ce que j'ai trouvé.

Il place le petit papier dans ma paume, je le lis et je pousse un gémissement. Nous restons un instant comme ça, Culverson avec son sourire malicieux, Andreas regardant sa vidéo dans son coin en frottant ses mains moites.

— Bonne chance, inspecteur Palace, me dit Culverson avec une tape sur l'épaule. Amuse-toi bien.

***

Il se trompe.

Andreas, je veux dire.

De même que Borstner, le blogueur ou pamphlétaire ou je ne sais quoi : l'imbécile, là-bas dans l'Arizona, qui donne de faux espoirs aux gens.

Ce n'est pas ce qui manque, les hurluberlus de son espèce, et ils se trompent tous, et ça m'exaspère parce que Andreas a des responsabilités, il a un travail à faire ; la population compte sur lui, tout comme elle compte sur moi.

Malgré tout, à un moment donné, quelques heures plus tard, avant de partir, je m'arrête à son bureau pour regarder une nouvelle fois la vidéo du Jet Propulsion Lab. Je me penche en avant, me voûte, même, et louche sur l'écran. Non, il n'y a pas de déviation, pas de clignotement dans l'animation qui puisse suggérer de manière crédible une erreur dans les données sous-jacentes. Maïa ne tressaute pas et n'oscille pas sur son orbite, elle avance régulièrement du début à la fin. Elle vient, elle arrive, implacable, et elle arrivait déjà longtemps avant ma naissance.

Je ne peux pas prétendre comprendre la science, mais je sais qu'il y a des tas de gens qui s'y connaissent. Il y a des tas d'observatoires, Arecibo, Goldstone et tous les autres, il y a au moins un million d'astronomes amateurs qui suivent l'objet dans le ciel.

Peter Zell, lui, comprenait la science, il l'étudiait, il passait du temps dans son petit appartement à absorber en silence des détails techniques de ce qui est en train d'arriver, prenait des notes, soulignait des détails.

Je relance la vidéo, regarde l'astéroïde tourner une fois de plus, accélérer furieusement dans la dernière longueur, et puis… *bam !*

3

— Passez.

Le menton du soldat est parfaitement carré, son regard tranchant et sérieux, son visage froid et impassible sous un large casque noir, avec l'emblème de la Garde nationale sur la visière. Il me fait signe d'avancer du bout de son arme, qui semble être un M -16 semi-automatique. Je passe. Ce matin, j'ai remis mes chaînes, vérifié trois fois les fixations, bien serré le tout. Thom Halburton, le mécano du poste, m'a assuré que la voiture roulerait très bien même avec la calandre enfoncée, et pour l'instant tout semble lui donner raison.

Je ne suis même pas à un kilomètre du centre de Concord, j'aperçois encore la flèche du Capitole d'un côté et le panneau publicitaire de l'Outback Steakhouse de l'autre, et pourtant je suis dans un autre monde. Des chevaux de frise, des bâtiments de plain-pied, en brique rouge et sans fenêtres, une voie de service goudronnée marquée de flèches blanches, de flèches jaunes et de plots en pierre. Des minarets, des pancartes vertes pleines d'acronymes incompréhensibles. Encore des soldats. Encore des armes automatiques.

La loi SSPI est connue pour comprendre une quantité d'articles dits « noirs », des passages top secret dont on suppose qu'ils s'appliquent aux diverses branches des forces armées. Le contenu exact de ces articles noirs est inconnu de tous – à l'exception, sans doute, de leurs rédacteurs, c'est-à-dire un comité militaire associé à la Chambre et au Sénat ; du commandement militaire et des officiers haut gradés des branches concernées ; et de divers membres de l'exécutif, en fonction de leurs responsabilités.

Mais chacun sait, ou du moins tout le monde dans la police est assez convaincu, que l'organisation de l'armée des États-Unis a été largement remaniée, son pouvoir et ses ressources augmentés… toutes choses qui font que ceci est le dernier endroit où je voudrais me trouver si j'avais le choix, par un vendredi matin gris et venteux, alors que je suis plongé jusqu'au cou dans une enquête pour meurtre : au volant de ma Chevrolet Impala, dans le quartier général de la Garde nationale du New Hampshire.

Merci, Nico. À charge de revanche.

Je descends de voiture pour rejoindre un édifice en ciment, bas et sans fenêtres, au toit plat hérissé d'une petite forêt d'antennes. Il est 10 h 43. Grâce à Culverson et à ses contacts, j'ai cinq minutes, qui commencent à 10 h 45 précises.

Une femme officier de réserve, sévère et sans charme, en treillis camouflage vert, observe mon insigne en silence pendant trente secondes avant de hocher une fois la tête et de me guider le long d'un petit couloir, jusqu'à une énorme porte métallique percée d'une petite fenêtre carrée en Plexiglas, pile au centre.

— Merci.

Elle grogne quelque chose et repart dans le couloir.

Je regarde par la lucarne, et il est bien là : Derek Skeve, assis en tailleur par terre au milieu de sa cellule, respirant lentement et d'une manière complexe.

Il médite. Oh, pour l'amour du ciel.

Je serre le poing et frappe à la minuscule vitre.

— Skeve. Hé, ho. Derek.

J'attends une seconde. Frappe encore. L'appelle d'une voix plus forte, plus dure.

— Ho ! Derek !

Skeve, sans rouvrir les yeux, lève un doigt d'une main, telle une secrétaire médicale occupée à répondre au téléphone. Je commence à bouillir de rage : c'est bon, je veux rentrer chez moi. Autant laisser cet abruti égocentrique aligner ses chakras dans une prison militaire jusqu'à l'arrivée de Maïa. Je vais tourner les talons, dire « merci quand même » à la charmeuse de la porte, appeler Nico, lui donner la mauvaise nouvelle, et me remettre au boulot pour découvrir qui a tué Peter Zell.

Mais je connais ma sœur, et je me connais. Je pourrais toujours lui dire ce que je pense, je me retrouverais à revenir ici demain.

Donc, je frappe de nouveau à la vitre, et enfin, le prisonnier se déplie et se lève. Skeve porte un survêtement marron marqué NHNG au pochoir, complément incongru à ses longues mèches de cheveux emmêlés, ces ridicules dreadlocks de Blanc qui lui donnent l'allure d'un coursier à vélo – ce qu'il a été, d'ailleurs, entre autres nombreuses quasi-professions éphémères. Une barbe folle de plusieurs jours couvre ses joues et son menton.

— Henry, me dit-il avec un sourire béat. Comment va, mon frère ?

— Qu'est-ce qui t'arrive, Derek ?

Il hausse les épaules d'un air absent, comme si la question ne le concernait pas vraiment.

— Je suis comme tu me trouves. Je profite de l'hospitalité du complexe militaro-industriel.

Il promène son regard dans la cellule : des murs en béton lisse, une couchette utilitaire au matelas mince, solidement fixée dans un coin, un petit siège de toilettes métallique dans l'autre.

Je me penche en avant, au point que mon visage emplit entièrement la fenêtre.

— Tu peux développer, s'il te plaît ?

— Pas de problème. Mais que veux-tu que je te dise ? J'ai été arrêté par la police militaire.

— Oui, Derek. Je le vois bien, ça. Arrêté pour quoi ?

— Je crois qu'on m'accuse d'avoir conduit un véhicule tout-terrain dans une zone militaire.

— C'est ça, le chef d'accusation ? Ou tu penses que ça l'est ?

— Il me semble que je pense que c'est le chef d'accusation.

Il a un sourire goguenard, et je crois bien que je le giflerais si cela m'était physiquement possible, vraiment.

Je recule de quelques pas, respire profondément pour me calmer, puis regarde ma montre. 10 h 48.

— Alors, Derek ? Est-ce vrai que, va savoir pourquoi, tu conduisais un véhicule tout-terrain sur la base ?

— Je sais plus.

Il ne sait plus. Je le regarde, planté là, toujours narquois. Chez certaines personnes, la frontière est mince entre jouer les imbéciles et en être un.

— Je ne suis pas un policier en ce moment, Derek. Je suis ton ami. (Je m'interromps, recommence.) Je suis l'ami de Nico. Je suis son frère, et je l'aime. Et elle t'aime, c'est pourquoi je suis venu t'aider. Alors commence par le début, et dis-moi exactement ce qui s'est passé.

— Oh, Hank, j'aimerais bien.

Il me parle comme si je lui faisais pitié, comme si mes prières étaient quelque chose de puéril, d'attendrissant.

— Tu aimerais bien ?

C'est du grand n'importe quoi.

— Quand dois-tu être traduit en justice ?

— Aucune idée.

— Tu as un avocat ?

— Sais pas.

— Comment ça, tu ne sais pas ?

Je regarde ma montre. Plus que trente secondes, et j'entends le pas lourd de la réserviste qui revient lentement me chercher. S'il y a une chose à dire sur les militaires, c'est qu'ils ont le sens de la ponctualité.

— Derek, j'ai fait tout ce chemin pour t'aider.

— Je sais, et c'est vraiment sympa de ta part. Mais, bon, je t'ai rien demandé, non plus.

— Non, mais Nico, si, elle m'a demandé de le faire. Parce qu'elle tient à toi.

— Je sais. Elle est géniale, hein ?

— C'est l'heure, monsieur.

La matonne. Je parle à toute vitesse à travers la vitre.

— Derek, je ne peux rien faire pour toi si tu ne me dis pas ce qui se passe.

Son sourire supérieur s'élargit un instant, ses yeux s'embuent de gentillesse, et puis il regagne lentement son lit et s'y étend de tout son long, les mains derrière la tête.

— Je comprends complètement. J'aimerais pouvoir te le dire, Henry. Mais c'est secret.

Et c'est tout. Le temps est écoulé.

***

J'avais douze ans et Nico seulement six quand nous avons quitté la maison de Rockland pour la ferme de Little Pond Road, à mi-chemin de Penacook. Nathanael Palace, mon grand-père, qui venait de prendre sa retraite après quarante années passées dans la banque, avait toutes sortes de centres d'intérêt : les trains électriques, le tir, la construction de murs en pierre. Dès la préadolescence, j'étais déjà du genre à aimer lire dans mon coin et je me désintéressais à divers degrés de toutes ces activités, mais mon grand-père me forçait à y prendre part. Alors que Nico, qui était une enfant solitaire et anxieuse, se passionnait pour toutes et était rigoureusement ignorée. Un jour, il a acheté une série de maquettes d'avions de la Seconde Guerre mondiale et nous nous sommes installés au sous-sol, tous les trois. Grand-père m'a houspillé pendant une heure, refusant de me libérer tant que je n'avais pas fixé les deux ailes à la carlingue, tandis que Nico, qui était douée pour la mécanique, restait assise dans un coin, les mains serrées sur une poignée de minuscules pièces détachées couleur vert-de-gris, en attendant son tour : d'abord impatiente, puis à bout, puis en larmes.

C'était au printemps, je crois, pas très longtemps après que nous avions emménagé avec lui. Les années se sont écoulées comme ça, pour elle comme pour moi : beaucoup de hauts et de bas.

— Alors, tu vas y retourner ?

— Non.

— Mais pourquoi ? Culverson ne peut pas t'obtenir une autre visite ? Lundi, peut-être.

— Nico.

— Henry.

— *Nico*.

Je braille presque dans mon téléphone, qui est posé en mode mains libres sur le siège passager. La ligne est très mauvaise, de portable à portable, et la conversation est hachée, ce qui n'arrange pas les choses.

— Nico, écoute-moi.

Mais elle refuse de m'écouter.

— Je suis sûre que vous avez dû mal vous comprendre. Il peut être bizarre, parfois.

— Tu m'étonnes !

Je suis garé dans le parking abandonné qui jouxte les restes du Capitol Shopping Center, lesquels s'étirent sur plusieurs blocs à l'est de Main Street, le long des berges de la Merrimack. Les émeutes de Presidents Day ont réduit en cendres les dernières boutiques qui subsistaient, et désormais il n'y a plus là que quelques tentes éparpillées occupées par des ivrognes et des SDF. C'est là que vivait mon ancien chef scout, M. Shepherd, quand les Coupes-en-Brosse l'ont embarqué pour vagabondage.

— Nico, est-ce que ça va ? Tu manges, au moins ?

— Je vais bien. Tu sais ce que je parie ?

Elle ne va pas bien. Sa voix est rauque, hagarde, comme si elle n'avait fait que fumer depuis la disparition de Derek.

— Je parie qu'il ne voulait rien dire devant les matons, c'est tout.

— Non. Non, Nico.

C'est infernal. Je lui explique avec quelle facilité je suis entré, lui dis qu'il y a très peu de gardes pour surveiller Derek Skeve.

— C'est vrai ?

— Il y a juste une femme. Une réserviste. Ils n'ont rien à faire d'un jeune qui est allé faire un tour sur une base militaire.

— Mais alors, pourquoi tu ne peux pas le sortir de là ?

— Parce que je n'ai pas de baguette magique.

La capacité de déni de Nico, aussi exaspérante que l'obstination obtuse de son mari, est un trait de caractère qu'elle a toujours possédé. Ma sœur est mystique depuis le plus jeune âge, elle a toujours cru fermement aux fées et aux miracles, et son petit esprit étoilé a toujours exigé de la magie. Aussitôt que nous avons été orphelins, elle a refusé d'accepter que cela puisse être réel, et cela m'a mis tellement en colère que je suis parti comme une furie, après quoi je suis revenu en lui criant : « Ils sont *morts*, tous les deux ! Point ! Fin de l'histoire ! Morts, morts, mooooorts, OK ? Pas d'ambiguïté ! »

C'était à la veillée mortuaire de papa, dans la maison pleine d'amis et d'inconnus bien intentionnés. Nico m'a regardé, plissant ses lèvres en bouton de rose. Le mot *ambiguïté* passait bien au-dessus de sa petite tête de six ans, mais la sévérité de ma voix ne laissait pas de place au doute. L'assemblée endeuillée a observé le triste petit couple que nous formions.

Et maintenant, le présent : l'époque a changé, mais l'incrédulité de Nico est toujours aussi inébranlable. J'essaie de changer de sujet.

— Nico, toi qui es bonne en maths. Est-ce que le nombre 12,375 veut dire quelque chose ?

— Comment ça, est-ce qu'il veut dire quelque chose ?

— Je ne sais pas, est-ce que c'est comme, euh… pi, ou je ne sais pas…

— Non, Henry, me répond-elle rapidement avant de toussoter. Bon, alors, qu'est-ce qu'on va faire ?

— Nico, allons. Tu m'écoutes, ou quoi ? C'est l'armée, les règles ne sont pas du tout les mêmes. Je ne saurais même pas comment essayer de le sortir de là.

Un SDF sort en titubant de sa tente, et je lui adresse un petit salut en levant deux doigts ; il s'appelle Charles Taylor, nous étions au lycée ensemble.

— Cette chose va tomber du ciel, reprend Nico, elle va nous tomber sur la tête. Je ne veux pas être toute seule chez moi quand ça arrivera.

— Elle ne va pas nous tomber sur la tête.

— Quoi ?

— Tout le monde dit ça, et c'est simplement… c'est arrogant, voilà.

J'en ai ma claque de cette histoire, de toute cette histoire, et je devrais me taire, mais je n'y arrive pas.

— Deux objets se déplacent dans l'espace, sur deux orbites distinctes mais qui se croisent, et à un moment donné, juste une fois, ils seront au même endroit au même moment. Ce truc ne nous « tombe » pas « sur la tête », OK ? Il ne vient pas nous chercher. Il *est*, c'est tout. Tu comprends ?

Le silence est soudain étonnant, bizarre, et je me rends compte que j'ai dû crier très fort.

— Nico. Pardon. Nico ?

Mais quand elle reparle, c'est d'une toute petite voix.

— Il me manque.

— Je sais.

— Laisse tomber, va.

— Attends.

— Ne t'en fais pas pour moi. Va résoudre ton affaire.

Elle raccroche, et je reste assis dans mon siège, la poitrine tremblante, comme foudroyé.

Bam !

***

Une série de science-fiction, voilà ce que c'est, *Pâles lueurs au loin*. Un épisode d'une demi-heure par semaine, et cela fait un tabac depuis Noël. Ici, à Concord, cela passe au Red River, la salle d'art et essai. En gros, cela parle d'un vaisseau de combat intergalactique, le *John-Adams*, piloté par le général Amelie Cheloweth, incarnée par une bombe atomique nommée Kristin Dallas, qui signe également le scénario et la réalisation. Le *John-Adams* sillonne les confins de l'Univers, vers l'an 2145. Évidemment, le sous-entendu, subtil à peu près comme un coup de poing dans la figure, est que quelqu'un a réussi à survivre, à prospérer, et que l'espèce humaine se perpétue parmi les étoiles.

Je suis allé voir un épisode, avec Nico et Derek, il y a quelques semaines, le premier lundi de mars. Personnellement, je n'ai pas adoré.

Je me demande si Peter était présent, ce soir-là ? Peut-être seul, peut-être avec J. T. Toussaint.

Je parie qu'il était là.

***

— Inspecteur Culverson ?

— Oui ?

— Dans quelle mesure peut-on se fier aux chaînes sur les Impala ?

— Dans quelle mesure ? Qu'est-ce que tu veux dire ?

— Les chaînes. Sur les voitures. Elles sont solides, non ? Elles tiennent bien, en général ?

Culverson hausse les épaules, absorbé dans son journal.

— J'imagine, oui.

Je suis sur ma chaise, à mon bureau, mes cahiers bleus empilés en un rectangle bien net devant moi, en train d'essayer d'oublier ma sœur, d'avancer dans ma propre vie. Une enquête à mener. Un homme est mort.

— C'est du béton armé, lance McGully depuis son bureau.

Son affirmation est ponctuée par le vacarme des pieds avant de sa chaise retombant au sol. Il s'est acheté un sandwich au pastrami au Works et s'est noué une serviette autour du cou, qui s'étale comme une couverture de pique-nique sur sa panse.

— Elles tiennent bon, toujours, sauf si tu les as mal attachées, poursuit-il. Qu'est-ce qui t'est arrivé ? T'es parti dans le décor ?

— Oui. Hier après-midi. Je me suis pris un arbre.

McGully mord dans son sandwich. Culverson marmonne un « mon Dieu », mais il ne parle pas de mon accident : il réagit à ce qu'il vient de lire dans le journal. Andreas n'est pas à son bureau. Le radiateur émet des bruits métalliques et éructe des bouffées de vapeur chaude. Dehors, sur l'appui de la fenêtre, la couche de neige fraîche s'épaissit.

— Les fixations ne sont pas évidentes, et il faut bien serrer, continue joyeusement McGully, qui a de la moutarde sur le menton. T'en fais pas pour ça, va.

— Oui. Mais tu sais, j'ai l'habitude de m'en servir. J'ai fait tout un hiver de patrouilles.

— D'accord, mais c'est toi qui équipais ton véhicule, l'hiver dernier ?

— Non.

Culverson, pendant ce temps, pose son journal et regarde par la fenêtre. Je me lève et commence à faire les cent pas.

— Quelqu'un aurait pu les détacher facilement, non ? S'il avait voulu.

McGully renifle avec dédain, puis avale une grosse bouchée.

— Au garage, ici ?

— Non, à l'extérieur. Pendant que j'étais garé quelque part.

— Tu veux dire… qu'on essaie de te tuer ? me demande-t-il en baissant la voix pour prendre un ton moqueur, faussement sérieux.

— Eh bien… en fait… oui, pourquoi pas.

— En détachant tes chaînes ? Pardon, petit, tu joues dans un film d'espionnage ?

McGully hennit de rire ; des morceaux de pastrami mâché jaillissent de sa grosse bouche et rebondissent sur la serviette, sur le bureau.

— Non.

— Tu es le président ?

— Non.

Il y a eu plusieurs tentatives d'assassinat du président ces trois derniers mois, signe du dérèglement actuel de la société : c'est ça, la blague.

Je regarde Culverson, mais il est toujours plongé dans ses pensées, le regard perdu dans les flocons.

— Bon, petit, reprend McGully. Sans vouloir te vexer, ça m'étonnerait que quelqu'un veuille ta peau. Tout le monde se fout de toi, tu sais.

— Très juste.

— Rien de personnel, hein. Tout le monde se fout de tout.

Culverson se lève d'un coup, jette son journal dans la corbeille.

— Qu'est-ce qui te prend, à toi ? lui demande McGully en se tordant le cou.

— Les Pakistanais. Ils veulent l'atomiser.

— Atomiser quoi ?

— Maïa. Ils ont fait une sorte de proclamation. Ils ne peuvent pas abandonner la survie de leur peuple fier et souverain aux mains des impérialistes occidentaux, et caetera et caetera et caetera.

— Les Pakistanais, hein ? Sans blague ? Je croyais que c'étaient ces connards d'Iraniens qu'il fallait tenir à l'œil sur ce coup-là.

— Non, vois-tu, les Iraniens ont de l'uranium, mais pas de missiles. Ils ne peuvent pas l'expédier là-haut.

— Parce que les Pakis, ils peuvent ?

— Ils ont des missiles.

Je pense à mes chaînes, je sens encore la route tournoyer sous mes roues, me remémore le fracas et le choc de l'impact.

Culverson secoue la tête.

— Et donc, le département d'État leur répond, en gros : « Si vous essayez de l'exploser, on vous explosera d'abord. »

— Comme au bon vieux temps !

— Je me souviens très bien d'avoir vérifié la fixation des chaînes, dis-je, ce qui fait qu'ils tournent tous les deux la tête vers moi. Lundi matin, à la première heure.

— Bon Dieu, Palace !

— Mais, donc, attendez. Imaginons que je sois un assassin. Imaginons qu'un enquêteur soit sur le coup et qu'il, qu'il… (Je m'interromps, conscient que je rougis un peu.)… qu'il se rapproche. Donc, moi, je veux sa mort.

— Oui, fait McGully – et je crois une seconde qu'il est sérieux, mais ensuite il pose son sandwich et se lève lentement avec une expression solennelle. Ou alors, c'est un *fantôme !*

— Ça va, McGully.

Il s'approche de moi. Son haleine sent les cornichons.

— Non, je ne blague pas. Si c'est le fantôme de ce pendu, et s'il est contrarié que tu veuilles faire croire qu'il s'est fait descendre, il essaie de te faire peur pour que tu abandonnes l'enquête.

— OK, McGully, on a compris. Je ne crois pas que ce soit un fantôme.

Culverson a ressorti le *Times* de la corbeille à papier, il relit l'article.

— Ouais, tu dois avoir raison, lâche alors McGully en retournant à son bureau pour terminer son déjeuner. T'as dû oublier de bien fixer les chaînes.

***

Une autre blague favorite de mon père était celle qu'il sortait chaque fois que quelqu'un demandait pourquoi nous vivions à Concord, alors qu'il travaillait à St. Anselm's, à une demi-heure d'ici, tout près de Manchester. Il prenait un air incrédule et répondait : « Parce que c'est *Concord*, voyons ! », comme si l'explication se suffisait à elle-même, comme s'il parlait de Londres ou de Paris.

Cette plaisanterie est devenue un classique entre Nico et moi à l'âge de l'adolescence maussade et jamais contente de rien, qui n'a jamais vraiment pris fin pour Nico. Pourquoi est-ce qu'on ne trouvait pas un endroit où manger un steak correct après 21 heures ? Pourquoi toutes les autres villes de Nouvelle-Angleterre avaient un Starbuck, et pas nous ?

Parce que c'est Concord, voyons !

Mais la véritable raison pour laquelle mes parents sont restés, c'est le travail de ma mère. Elle bossait à l'accueil du commissariat central de Concord : installée derrière la vitre blindée du hall, elle recevait les visiteurs, acceptait calmement les doléances des ivrognes, des vagabonds et des délinquants sexuels, commandait un gâteau en forme de semi-automatique chaque fois qu'un inspecteur donnait un pot de départ à la retraite.

Son salaire représentait peut-être la moitié des revenus de mon père, mais elle avait déjà ce travail avant de rencontrer Temple Palace, et elle l'avait épousé à la condition expresse qu'ils restent à Concord.

Il disait « parce que c'est Concord, voyons ! » pour amuser la galerie, mais au fond il se fichait de l'endroit où il vivait. Il aimait énormément ma mère et tout ce qui comptait pour lui, c'était d'être avec elle : elle était là, l'explication.

***

Nous sommes vendredi, tard, pas loin de minuit. Les étoiles luisent sourdement à travers une nappe de nuages gris. Assis sous le porche arrière, je contemple le terrain laissé en friche, les anciennes terres agricoles qui longent ma rangée de maisons.

Je suis là, à me répéter que j'ai été honnête avec Nico et que je ne peux rien faire de plus.

Mais elle a raison, malheureusement. Je l'aime, et je n'ai pas envie qu'elle meure toute seule. Pour être exact, je n'ai pas envie qu'elle meure du tout, mais ça non plus, je n'y peux pas grand-chose.

Les bureaux sont fermés depuis longtemps, mais je rentre et compose quand même le numéro sur la ligne fixe. Quelqu'un décrochera. Ce bureau-là n'a jamais été de ceux qui ferment pendant la nuit et le week-end, et je suis sûr que depuis l'astéroïde ses horaires se sont encore élargis.

— Allô ? fait une voix, tranquille et mâle.

— Oui, bonsoir. (Je renverse la tête en arrière, inspire un grand coup.) Je voudrais parler à Alison Koechner.

***

Samedi matin, je vais courir, huit kilomètres suivant un itinéraire excentrique de mon invention : je monte à White Park, rejoins Main Street, puis rentre en longeant Rockingham, la sueur coulant sur mon front et se mêlant à la légère averse de neige. J'ai les jambes un peu lourdes à cause de l'accident de voiture, et la poitrine un peu oppressée, mais il m'est agréable de courir au grand air.

D'accord. Il se peut que j'aie oublié de bien fixer une des chaînes sur les pneus, bien sûr, je peux le concevoir. J'allonge la foulée, pris d'impatience. J'ai peut-être oublié d'en fixer une. Mais les quatre ?

En rentrant, j'allume mon téléphone portable et découvre que j'ai deux barres de réseau, et que j'ai raté un appel de Sophia Littlejohn.

— Oh, non ! fais-je entre mes dents en appuyant sur la touche de la boîte vocale.

Je suis sorti trois quarts d'heure, une heure au maximum, et c'est la première fois que j'éteignais mon téléphone depuis une semaine, la première fois depuis que j'ai posé les yeux sur le corps de Peter Zell dans les toilettes du McDo pirate.

— Pardon d'avoir tardé à vous rappeler, me dit Mme Littlejohn sur le répondeur, d'une voix neutre et ferme. (Je coince le téléphone entre tête et épaule, ouvre mon cahier bleu, fais cliqueter un stylo.) Mais c'est que je ne vois pas bien quoi vous dire.

Et là, comme ça, elle se met à parler : un message de quatre minutes qui ne fait que récapituler ce que son mari m'a raconté chez eux mercredi matin. Son frère et elle n'ont jamais été proches. Il a très mal réagi à l'astéroïde, s'est plus que jamais renfermé, détaché. Elle est bien sûr déçue qu'il ait fait le choix de se suicider, mais pas étonnée.

— Et donc, inspecteur, je vous remercie pour votre diligence et votre attention.

Elle se tait, quelques secondes de silence s'ensuivent, je crois que le message est terminé, mais ensuite on entend un murmure d'encouragement derrière elle – le beau mari Erik –, et elle ajoute :

— Ce n'était pas quelqu'un d'heureux, inspecteur. Je tiens à ce que vous sachiez que je tenais à lui. Cet homme était triste, et il s'est tué. Merci de ne plus me rappeler.

Bip. Fin du message.

Je tambourine du bout des doigts sur les carrelages irréguliers du comptoir de ma cuisine, pendant que la sueur chaude de l'exercice physique devient glacée sur mon front. Dans son message, Sophia Littlejohn n'a pas fait mention de la lettre de suicide avortée, si c'est bien ce dont il s'agissait – *Chère Sophia*. Pourtant, j'en ai parlé à son mari, et on peut parier sans grand risque qu'il lui en a fait part.

Je la rappelle sur la ligne fixe. Chez elle, puis sur son portable, puis au travail, puis de nouveau chez elle.

Peut-être qu'elle ne répond pas parce qu'elle ne reconnaît pas le numéro, si bien que je réessaie partout depuis mon portable, sauf qu'à la moitié du deuxième appel je perds toutes les barres, pas de réseau, plus rien que du plastique mort, et je balance cette saleté d'appareil à travers la pièce.

***

Cela ne se voit pas dans les yeux des gens, pas par ce temps : les bonnets de laine sont tirés bien bas, les visages tournés vers le trottoir couvert de neige fondue. Mais cela transparaît dans leur allure, cette manière lasse de marcher en traînant les pieds. On devine ceux qui n'iront pas jusqu'au bout. Ici, un futur suicidé. En voilà un autre. Celui-ci ne tiendra pas le coup. Cette femme, celle qui marche bien droite, le menton haut : elle, elle va résister, faire de son mieux, prier quelqu'un ou quelque chose, jusqu'à la fin.

Sur le mur de l'ancien immeuble de bureaux, le graffiti : MENSONGES MENSONGES RIEN QUE DES MENSONGES.

Je rejoins le Somerset à pied pour prendre un dîner solitaire du samedi soir, en célibataire, et je fais un détour pour passer devant le McDonald's de Main Street. Je lorgne le parking désert, le flux des piétons qui entrent et ressortent avec leurs sacs en papier fumants. Sur le côté du bâtiment, une benne à ordures noire dont le contenu déborde masque en partie l'entrée latérale. Je reste là un moment en me mettant dans la peau d'un tueur. J'ai ma voiture – elle a un moteur converti pour l'huile végétale, à moins que j'aie réussi à dégoter un demi-réservoir d'essence.

J'ai un corps dans le coffre.

J'attends patiemment minuit, une heure. Bien après le coup de feu, mais avant l'afflux des clients tardifs sortant des bars. Le restaurant est à peu près vide.

Tranquillement, tout en surveillant le parking mal éclairé, j'ouvre le coffre et j'en sors mon ami ; je l'appuie contre moi et j'avance avec lui, cahin-caha, imitant une paire d'ivrognes se soutenant l'un l'autre. Je dépasse la benne à ordures et entre par le côté, directement dans le petit couloir qui mène aux toilettes des hommes. Je pousse le verrou. Retire ma ceinture…

Lorsque j'entre au Somerset, Ruth-Ann me salue du menton et me sert directement un grand café. Dylan chante dans la cuisine, et Maurice l'accompagne d'une voix forte sur « Hazel ». Repoussant la carte, j'étale mes cahiers bleus autour de moi. Je passe et repasse en revue les faits que j'ai réunis pour l'instant.

Peter Zell est mort il y a cinq jours.

Il travaillait dans les assurances.

Il avait la passion des mathématiques.

Il était obsédé par l'arrivée de l'astéroïde, rassemblait les informations et suivait sa course dans le ciel, en apprenant tout ce qu'il pouvait. Il conservait ces documents dans une boîte marquée « 12,375 », pour une raison que je ne comprends pas encore.

Son visage. Il est mort avec des bleus au visage, au-dessous de l'œil droit.

Il n'était pas proche de sa famille.

Il n'avait apparemment qu'un ami, un homme appelé J. T. Toussaint, qu'il avait adoré enfant puis décidé, pour des raisons connues de lui seul, de recontacter.

Je reste assis pendant une heure devant mon dîner, à lire et relire mes notes en parlant tout seul, balayant de la main les volutes de fumée qui m'arrivent des tables voisines. À un moment donné, Maurice sort de la cuisine, en tablier blanc, les mains sur les hanches, et considère mon assiette avec une réprobation sévère.

— Y a un problème, Henry ? me dit-il. Une coccinelle dans tes œufs, peut-être ?

— Je n'ai pas très faim, c'est tout. Ne le prends pas mal.

— Bah, tu sais que je déteste gaspiller la nourriture, me répond-il avec un tremblement de rire dans la voix, qui fait que je relève les yeux, sentant venir une chute. Mais ce n'est pas la fin du monde !

Maurice, écroulé de rire, retourne dans sa cuisine.

Je sors mon portefeuille, compte lentement trois billets de dix pour l'addition, et rajoute un bon pourboire. Le Somerset doit se plier au contrôle des tarifs sous peine de fermeture, si bien que j'essaie toujours de compenser ainsi.

Puis je ramasse mes cahiers et les fourre dans la poche intérieure de mon blazer.

En gros, je ne sais rien.

4

— Palace ?

— Mmm, oui ? (Je bats des paupières, me racle la gorge, renifle.) Qui est-ce ?

Mes yeux trouvent le réveil. 5 h 42. Dimanche matin. Apparemment, le monde a décidé que je ferais mieux de suivre le plan de Victor France : ne pas dormir, pas de temps à perdre. *Le calendrier de l'avent... des damnés*.

— C'est Trish McConnell, inspecteur Palace. Désolée de vous réveiller.

— C'est pas grave. Qu'est-ce qui se passe ?

Je bâille, m'étire. Il y a des jours que je n'ai pas parlé avec McConnell.

— C'est juste que… Comme je vous le disais, je regrette de vous déranger. Mais j'ai le téléphone de votre victime.

Dix minutes plus tard, elle est chez moi – petite ville, pas d'embouteillages –, et nous sommes assis à ma table de cuisine bancale, qui bouge chaque fois que l'un d'entre nous soulève ou repose son café.

— Je n'arrivais pas à oublier la scène de crime. Je ne pouvais pas m'empêcher d'y penser sans cesse, me dit McConnell, en uniforme de pied en cap, la fine rayure grise descendant le long de son pantalon bleu.

Son expression est intense, concentrée : cette femme a une histoire à raconter.

— Oui, dis-je à mi-voix. Moi pareil.

— Tout sonnait un peu faux, vous voyez ce que je veux dire ?

— Tout à fait.

— Surtout l'absence de téléphone. Tout le monde en a un. Tout le temps. Surtout par les temps qui courent. Pas vrai ?

— Si, exact.

Sauf la femme de Denny Dotseth.

— *Donc.* (McConnell marque une pause, lève un doigt pour renforcer son effet, et un fin sourire commence à étirer les commissures de ses lèvres.) J'étais au milieu de mon service il y a deux nuits, dans le secteur 7, et ça m'est tombé dessus. Ce type, quelqu'un lui a piqué son téléphone.

Je hoche la tête comme un grand sage, tâchant de donner l'impression que j'ai envisagé cette possibilité et que je l'ai rejetée pour une raison supérieure, conforme à mon grade d'inspecteur, alors qu'en fait je pourrais me gifler car j'avais à peu près complètement oublié la question du téléphone.

— Vous pensez que c'est le tueur qui l'a pris ?

Elle secoue la tête, et sa queue-de-cheval serrée se balance de droite et de gauche.

— Non, Hank. Inspecteur. Il avait encore son portefeuille sur lui, m'avez-vous dit. Son portefeuille et ses clés. Si on l'avait tué pour le dépouiller, on aurait tout pris, pas vrai ?

— Alors il a peut-être été tué uniquement pour le téléphone. Il contenait quelque chose ? Un numéro. Une photo. Un document quelconque ?

— Je ne crois pas.

Je me lève pour aller poser nos tasses sur le comptoir, ce qui fait une fois de plus vaciller la table.

— Alors je me dis : ce n'est pas l'assassin qui l'a pris, c'est quelqu'un sur place, continue McConnell. Quelqu'un, dans ce McDo, a pris le téléphone dans la poche du mort.

— C'est un délit grave, de voler un cadavre.

— Oui. Mais il faut analyser les risques.

Je relève la tête du comptoir, où j'étais en train de vider la cafetière dans nos tasses.

— Pardon ?

— Disons que je suis un citoyen lambda. Je ne suis ni SDF ni fauché, puisque je me trouve dans un restaurant, un matin, en semaine.

— D'accord.

— J'ai un boulot, mais je suis payé une misère. Si je peux fourguer un portable à un receleur de métaux, quelqu'un qui revend le cadmium, je me ferai un bon paquet. Assez pour tenir un mois ou deux, peut-être même pour arrêter de travailler jusqu'à la fin. C'est une incitation, du moins j'ai un bon pourcentage de chances d'y gagner une rétribution intéressante.

— Oui, sans aucun doute.

J'aime sa manière de procéder.

— Je suis donc là, au McDo, et on attend la police. Je calcule que j'ai dix pour cent de chances de me faire prendre.

— Alors que les flics se pointent sur la scène ? Vingt-cinq pour cent.

— L'un d'entre eux est Michelson. Dix-huit pour cent.

— Quatorze.

Elle rit. Moi aussi, mais en même temps je pense à mon père, à Shakespeare, à J. T. Toussaint : la motivation repensée à l'aune des temps nouveaux.

— Mais si vous vous faites prendre, cela veut dire pas de remise de peine, pas d'habeas, c'est-à-dire cent pour cent de chances de mourir en prison.

— Bah, je suis jeune, je suis téméraire, fait-elle, toujours imprégnée de son personnage. Je décide de risquer le coup.

— D'accord, j'écoute, dis-je, touillant toujours mon café. Qui a piqué le téléphone ?

— C'est le gamin. Le jeune qui était au comptoir.

Je le revois immédiatement, le jeune dont elle me parle : cheveux gras, longs dans la nuque, visière remontée, cicatrices d'acné, regardant tour à tour le patron haï et les flics honnis. Son sourire narquois nous hurle : *Je vous ai bien baisés, bande de connards, pas vrai ?*

— Le petit fumier !

McConnell est rayonnante. Elle est entrée dans la police en février de l'an dernier, ce qui veut dire qu'elle a eu, quoi ? quatre mois de service actif avant que quelqu'un prenne un manche de pioche pour massacrer la tronche de la planète.

— Je prends ma radio, j'informe la Régulation que je quitte mon secteur – tout le monde s'en fiche un peu, vous savez bien – et je fonce droit vers ce McDo. J'entre, et aussitôt que le gamin voit ma tête, il met les bouts. Il saute par-dessus le comptoir, prend la porte, traverse le parking, file dans la neige, et moi je me dis : « Pas aujourd'hui, mon ami. Pas aujourd'hui. »

Je ris.

— Pas aujourd'hui.

— Je sors mon arme et je le prends en chasse.

— C'est pas vrai !

— Si.

C'est fabuleux. L'agent McConnell, avec son mètre cinquante-cinq, ses quarante kilos toute mouillée, vingt-huit ans, mère célibataire de deux petits. Et la voilà debout, qui marche de long en large dans ma cuisine en faisant de grands gestes.

— Il entre dans le petit square qu'il y a là-bas. Je veux dire qu'il file comme le Bip-Bip de *Vil Coyote*, dérapant sur les graviers, dans la gadoue de neige et tout. Alors moi, je gueule : « Police ! On ne bouge plus, enfoiré ! »

— Vous n'avez quand même pas crié : « On ne bouge plus, enfoiré ! »

— Si. Parce que vous savez, Palace, c'était l'occasion ou jamais. C'était ma dernière chance de cavaler derrière un coupable en braillant : « On ne bouge plus, enfoiré. »

McConnell a passé les menottes au gamin, l'a bien enfoncé dans la neige sale du terrain de jeux de West Street, comme ça, toute seule, et il a craché le morceau. Il avait refilé le téléphone à une vieille dame aux cheveux bleus appelée Beverly Markel, qui tient une boutique de bric-à-brac dans le local condamné d'un ancien garantisseur de cautions, pas loin du tribunal du comté. Markel est une receleuse d'or, elle amasse les pièces et les lingots, mais elle fait aussi un peu de prêt sur gages. McConnell a remonté la piste : Beverly avait déjà revendu le téléphone, à un gros idiot nommé Konrad, lequel collectionne les batteries de téléphone lithium-ion pour communiquer avec les extraterrestres qui, croit-il, vont arriver de la galaxie d'Andromède pour embarquer l'espèce humaine sur une flottille de vaisseaux de sauvetage. McConnell est allée voir Konrad, et comme elle lui a bien fait comprendre qu'elle n'était pas une visiteuse de l'espace mais de la PJ, c'est à regret qu'il lui a tendu le téléphone – lequel, par miracle, était encore intact.

J'accueille cette spectaculaire conclusion par un long sifflement admiratif et une salve d'applaudissements, tandis que McConnell sort de sa poche le gros lot et le fait glisser entre nous deux sur la table : c'est un fin smartphone noir, design et luisant. Il est de la même marque et du même modèle que le mien, et pendant un bref instant de confusion j'ai l'impression que c'est bien le mien, que pour une raison inconnue Peter Zell est mort en possession du téléphone de l'inspecteur Henry Palace.

Je prends l'appareil en main et apprécie son poids frais et lisse dans ma paume. C'est un peu comme tenir un des organes de Zell : un rein, ou un lobe du cerveau.

— Eh bien, agent McConnell, voilà du beau boulot de policier.

Elle baisse les yeux sur ses mains, puis relève la tête vers moi, et c'est tout, notre affaire est conclue. Nous restons là dans ce confortable silence matinal, deux humains encadrés par l'unique fenêtre d'une petite cuisine blanche, tandis que le soleil se bat pour apparaître à travers les nuages bas et gris qui se gonflent d'humidité. J'ai une assez belle vue, de cet endroit-là, surtout au petit matin : un joli bosquet de pins, les terres agricoles derrière, des traces de chevreuil qui dansent dans la neige.

— Vous ferez un grand enquêteur un jour, agent McConnell.

— Oh, je sais, je sais.

Elle me décoche un sourire et finit son café d'un trait.

***

En allumant le téléphone, je tombe tout de suite sur un fond d'écran personnalisé qui représente

Kyle Littlejohn, le neveu de Peter Zell, en action sur la glace, le visage recouvert d'un énorme masque de hockey, les coudes pointés sur les côtés.

Le petit doit être terrifié, me dis-je, et je ferme les yeux pour chasser cette pensée. *Ne te disperse pas. Reste concentré sur l'objectif.*

Ma première observation est que sur la période de trois mois couverte par la liste des « appels récents », deux appels ont été passés au numéro enregistré sous le nom de Sophia Littlejohn. Dont un, dimanche dernier à 9 h 45 du matin, qui a duré douze secondes : juste assez pour qu'il soit tombé sur sa boîte vocale ou, mettons, qu'elle ait décroché, reconnu sa voix et raccroché. L'autre appel, de treize secondes, date de lundi, le jour de sa mort, à 11 h 30.

Mon cahier bleu est ouvert devant moi et j'y inscris ces observations et réflexions, la pointe de mon stylo grattant rapidement la page, tandis qu'en bruit de fond ma cafetière gargouille pour une seconde tournée.

Ma deuxième observation est qu'il y a eu sept conversations, au cours de cette même période de trois mois, avec le contact intitulé « JTT ». La plupart le lundi, dans l'après-midi, peut-être pour fixer un rendez-vous afin d'aller voir *Pâles lueurs au loin*. Le dernier appel, entrant, long d'une minute quarante, date de lundi dernier à 13 h 15.

Intéressant… intéressant… très intéressant. Merci encore, agent McConnell.

Mais c'est ma troisième observation qui me fait vraiment battre le cœur et qui me cloue à ma chaise, téléphone en main, indifférent aux bips-bips impérieux de la cafetière, les yeux rivés sur l'écran, les pensées s'entrechoquant dans ma tête. Car il y a là un numéro sans nom, que Peter Zell a appelé pendant vingt-deux secondes à vingt-deux heures, le soir de sa mort.

Et un appel de quarante-deux secondes à vingt-deux heures précises la veille au soir.

Je fais de nouveau défiler la liste, mes doigts volant sur l'écran, de plus en plus vite. Tous les soirs, le même numéro. Vingt-deux heures. Appel sortant. De moins d'une minute. Tous les soirs sans exception.

Le téléphone de Peter capte le réseau ici, deux barres, comme le mien. J'appelle le numéro mystère, et quelqu'un décroche au bout de deux sonneries.

— Allô ?

La voix est comme embrumée, chuchotante, perplexe – ce qui est tout à fait compréhensible. On ne reçoit pas tous les jours des appels du téléphone d'un mort.

Mais je la reconnais sur-le-champ.

— Mademoiselle Eddes ? Ici l'inspecteur Henry Palace, de la PJ de Concord. Désolé, mais je crois que nous allons devoir bavarder encore un peu.

***

Elle est en avance, mais je le suis encore plus qu'elle, et en me voyant qui l'attends, Mlle Eddes vient droit sur moi. Je me lève à demi – le fantôme de mon père est présent dans ce petit geste rituel de politesse –, et elle se glisse sur la banquette en face de moi. Et là, avant même de me rasseoir complètement, je lui dis que j'apprécie qu'elle soit venue, et qu'elle doit me raconter tout ce qu'elle sait sur Peter Zell et sur les circonstances entourant sa mort.

— Eh bien dites-moi, vous n'y allez pas par quatre chemins, commente-t-elle à mi-voix en s'emparant de l'épaisse carte plastifiée pour consulter le menu.

— En effet, mademoiselle.

Sur quoi je lui ressors mon speech de gros dur qui ne rigole pas, sur le fait qu'elle doit me dire tout ce qu'elle sait. Elle m'a menti, a omis des choses, et je tâche de lui faire comprendre clairement que de telles omissions ne seront pas tolérées. Naomi Eddes me considère, les sourcils levés. Elle a un rouge à lèvres sombre, les yeux noirs et immenses. La courbe blanche de son crâne.

— Et si je ne le fais pas ? demande-t-elle en consultant la carte, pas perturbée pour deux sous. Si je ne vous dis rien, je veux dire.

— Voyez-vous, mademoiselle Eddes, vous êtes un témoin essentiel. (J'ai répété ce discours plusieurs fois ce matin, tout en espérant que je n'aurais pas à le réciter.) Étant donné les informations que j'ai désormais en ma possession, c'est-à-dire le fait que vos coordonnées sont abondamment présentes dans le téléphone de la victime…

J'aurais dû répéter encore plus ; ce genre de numéro est bien plus facile à faire avec Victor France.

— … et étant donné que vous m'avez volontairement tu cette information, la dernière fois que nous nous sommes parlé… de fait, j'ai de quoi vous embarquer.

— M'embarquer ?

— En détention, oui. En accord avec la loi de l'État. La loi fédérale aussi. Code criminel révisé du New Hampshire, article… (Je prends un sachet de sucre dans la petite boîte au centre de la table.)… Il faudra que je regarde quel article.

Cette fois, elle hoche la tête avec solennité.

— D'accord. Compris.

Elle sourit et je me détends, mais elle n'a pas terminé.

— En détention pour combien de temps ?

Je baisse les yeux, détourne la tête. J'annonce la mauvaise nouvelle au sachet de sucre.

— Pour le… pour le temps qu'il reste.

— Donc, autrement dit, si je ne commence pas à tout déballer là, tout de suite, vous allez me jeter dans une oubliette sinistre et m'y laisser jusqu'à ce que Maïa atterrisse et que le monde sombre dans la nuit noire. C'est bien ça, inspecteur Palace ?

Je fais oui de la tête sans répondre, relève les yeux et découvre qu'elle sourit toujours.

— Eh bien, inspecteur, je doute que vous fassiez une chose pareille

— Et pourquoi donc ?

— Parce que je crois que vous êtes un peu amoureux de moi.

Je ne vois pas du tout ce que je peux répondre à cela, vraiment, mais mes mains s'activent frénétiquement sur la bordure de ce sachet de sucre. Ruth-Ann arrive, remplit ma tasse et prend la commande de Mlle Eddes, qui veut un thé glacé sans sucre. Ruth-Ann regarde avec sévérité le petit tas de sucre que j'ai laissé sur sa table et s'en retourne vers la cuisine.

— Mademoiselle Eddes, lundi matin vous m'avez dit que vous n'étiez pas très proche de Peter Zell. Il apparaît maintenant que ce n'était pas exact.

Elle pince les lèvres, souffle un peu.

— On pourrait commencer par autre chose, je vous prie ? Vous ne vous demandez pas pourquoi je suis chauve ?

— Non.

Je tourne une page de mon cahier bleu et commence à lire à voix haute : « Inspecteur Palace : Vous êtes l'assistante de direction de M. Gompers ? Mlle Eddes : Je vous en prie. Secrétaire. »

— Vous avez tout noté ?

Elle est en train de déballer ses couverts et joue distraitement avec sa fourchette.

— « Inspecteur Palace : Connaissiez-vous bien la victime ? Mlle Eddes : Pour être tout à fait franche, je ne suis pas sûre que j'aurais remarqué son absence. Comme je vous l'ai dit, nous n'étions pas très proches. »

Je pose mon cahier, me penche à travers la table, lui prends les couverts des mains tel un parent attentionné.

— Si vous n'étiez pas très proches, pourquoi vous appelait-il tous les soirs, mademoiselle Eddes ?

Elle me reprend sa fourchette.

— Comment pouvez-vous ne pas me demander pourquoi je suis chauve ? Vous pensez que j'ai un cancer ?

Je me gratte la moustache.

— Non, madame. Je pense, étant donné la longueur et la courbe de vos cils, que vous avez naturellement les cheveux épais et longs. Je pense que vous avez jugé que, la fin du monde arrivant, cela ne valait plus le coup de perdre du temps à les entretenir, les laver, les démêler, les coiffer, et autres gestes typiquement féminins.

Elle me regarde, passe une main sur son crâne.

— C'est très bien vu, inspecteur Palace, bravo.

— Merci. Maintenant, parlez-moi de Peter Zell.

— Commandons d'abord.

— Mademoiselle Eddes.

Elle lève les mains, paumes ouvertes, implorante.

— S'il vous plaît.

— D'accord. On va commander.

Parce que je sais, maintenant, qu'elle va parler. Quoi qu'elle m'ait caché, elle va me le livrer, je le sens, ce n'est plus qu'une question de temps, et je commence à ressentir ce puissant frisson nerveux, comme un doux bourdonnement d'anticipation contre mes côtes, comme lors d'un rencard avec une fille, quand on sait qu'il y aura un baiser – peut-être plus –, qu'il n'y a plus qu'à attendre un peu.

Eddes commande le club sandwich.

— Un bon choix, ma chère, l'approuve Ruth-Ann.

Je prends l'omelette trois œufs avec le toast au pain complet. Ruth-Ann me fait sèchement remarquer qu'il y a autre chose à manger que des œufs.

— Bien, dis-je. Nous avons commandé.

— Encore une minute. Parlons de vous. Quel est votre chanteur préféré ?

— Bob Dylan.

— Livre préféré ?

Je bois une gorgée de café.

— En ce moment, je lis Gibbon. L'*Histoire de la décadence et de la chute de l'Empire romain.*

— D'accord. Mais votre préféré ?

— *Watchmen*. C'est une BD des années 1980.

— Je connais.

— Pourquoi Peter Zell vous appelait-il tous les soirs à dix heures précises ?

— Pour vérifier que sa montre était à l'heure.

— Mademoiselle Eddes.

— Il était accro à la morphine.

— Quoi ?

J'observe son profil, car elle s'est tournée vers la fenêtre, et je suis abasourdi. C'est comme si elle venait de me dire que Peter Zell était chef indien ou général dans l'armée soviétique.

— Accro à la morphine ?

— Oui. Je crois que c'était la morphine. Un opiacé, en tout cas. Mais plus… plus maintenant… enfin évidemment, puisqu'il est mort… mais je veux dire…

Elle s'arrête : elle a perdu le fil, et elle secoue la tête, reprend plus lentement.

— Pendant un moment, l'an dernier, il a été accro à quelque chose, et puis il a arrêté.

Elle continue de parler, et je continue d'écouter, notant chacune de ses paroles, alors même qu'une partie affamée de mon esprit s'envole dans un coin en serrant contre elle cette nouvelle information – *accro à la morphine, un opiacé, pendant un moment* – et commence à la mâchonner, à en goûter la moelle, à se demander comment la digérer. À se demander si elle est vraie.

— Zell n'était pas porté sur les excitants, comme vous avez pu le découvrir, me dit Eddes. Pas d'alcool. Pas de drogue. Pas de tabac, même. Rien.

— Tout à fait.

Peter jouait à Donjons et Dragons. Peter rangeait ses céréales par ordre alphabétique. Il répartissait des données actuarielles dans des tables, les analysait.

— Et puis l'été dernier, avec tout ce qui se passait, je suppose qu'il a eu envie de changer un peu les choses. (Elle a un sourire triste.) Changer de style de vie. Il m'a raconté tout ça plus tard, au fait. Je n'étais pas dans la confidence de son processus de décision quand il commencé.

J'écris « l'été dernier » et « style de vie ». Des tas de questions me brûlent les lèvres, mais je me force à garder le silence, à rester sans bouger, à la laisser parler, maintenant qu'elle a commencé.

— Enfin bref, apparemment, ce flirt avec les substances illicites, ça ne s'est pas très bien passé pour lui. Ou plutôt, ça s'est très bien passé au début, puis très mal. C'est ce qui arrive en général, vous savez ?

Je hoche la tête comme si je savais, mais tout ce que je sais, je l'ai appris pendant ma formation de flic ou dans des films. Pour ma part, je suis comme Peter : une bière de temps en temps, à la rigueur.

Pas de joints, pas de clopes, pas d'alcool. Toute ma vie durant. Le futur policier maigrichon de seize ans que j'étais attendait dans le restaurant, avec une édition en poche de *La Stratégie Ender*, pendant que ses potes tiraient sur un bong en céramique violette dans le parking avant de revenir en rigolant se glisser sur la banquette – sur cette banquette même. Je ne sais pas trop pourquoi. Ça ne m'a jamais tellement intéressé, c'est tout.

Nos commandes arrivent, et Eddes se tait un instant pour démanteler son sandwich et former trois tas : les légumes ici, le pain là, le bacon sur le bord de l'assiette. Intérieurement, je tremble en pensant à ces nouvelles pièces qui tombent du ciel, en tâchant de les attraper et de ranger chaque brique à la place qui lui revient, comme dans ce vieux jeu vidéo.

L'astéroïde. La boîte à chaussures.

La morphine.

J. T. Toussaint.

12,375. Douze virgule trois cent soixante-quinze *quoi ?*

Sois attentif, Henry. Tends l'oreille. Vois où cela te mène.

— Au cours du mois d'octobre, Peter a arrêté de se droguer.

Eddes parle en gardant ses grands yeux fermés, la tête renversée en arrière.

— Pourquoi ?

— Je ne sais pas.

— D'accord.

— Mais il souffrait.

— Du manque.

— Oui. Et de ses efforts pour le cacher. Et de ne pas y arriver.

Je note toujours, en essayant de reconstituer la chronologie. Le vieux Gompers, avec sa voix noyée de gin et d'un puissant malaise, expliquant comment Peter a pété les plombs au travail, hurlé après cette fille. Le déguisement d'astéroïde. Le soir d'Halloween.

Eddes parle toujours.

— Se débarrasser de la morphine, ce n'est pas facile – c'est presque impossible, en fait. Alors, je lui ai proposé mon aide. Je lui ai dit qu'il fallait qu'il reste un peu chez lui, et que je l'aiderais.

— D'accord…

Une semaine ? m'a dit Gompers. *Deux ? Je le croyais parti pour de bon, mais il a fini par revenir, sans donner d'explications, et il est redevenu égal à lui-même.*

— Tout ce que j'ai fait, c'est passer le voir en allant au bureau tous les jours. Le midi, parfois. Je m'assurais qu'il avait ce qu'il fallait, je lui apportais une couverture propre, de la soupe, ce genre de choses. Il n'avait pas de famille. Pas d'amis.

Mais, ajoute-t-elle, la semaine d'avant Thanksgiving, Peter était debout, encore faible sur ses jambes mais prêt à reprendre le travail, à se remettre aux données d'assurance.

— Et les coups de fil quotidiens ?

— Eh bien, c'est le soir que c'est le plus dur, et il était seul. Tous les soirs, il me faisait signe. Pour que je sache qu'il allait bien, et que lui sache que quelqu'un attendait d'entendre sa voix.

— Tous les soirs ?

— J'ai eu un chien, à une époque. C'était bien plus contraignant.

Je réfléchis à cette réponse, en regrettant qu'elle ne sonne pas complètement juste.

— Pourquoi m'avoir dit que vous n'étiez pas très proches ?

— Parce que c'est vrai. Avant l'automne dernier, avant tout ça, on ne s'était jamais vraiment parlé.

— Alors pourquoi vous donner tant de mal pour ce type ?

Elle baisse les yeux, tourne la tête.

— Je devais le faire. Il souffrait.

— D'accord, mais cela fait quand même beaucoup de temps et d'efforts. Surtout en ce moment.

— Précisément. Surtout en ce moment.

Elle ne détourne plus les yeux ; elle me regarde fixement, les pupilles étincelantes, comme si elle me mettait au défi de rejeter la possibilité d'une motivation aussi farfelue : la simple bonté humaine.

— Et les bleus ?

— Sous son œil ? Je ne sais pas. Il est arrivé comme ça il y a quinze jours en disant qu'il était tombé dans un escalier.

— Vous l'avez cru ?

Elle a un petit haussement d'épaules.

— Comme je vous l'ai dit…

— Vous n'étiez pas très proches.

— Voilà.

À ce moment-là, j'éprouve l'étrange et puissant désir de tendre les bras à travers la table, prendre ses mains dans les miennes, lui dire que ça va aller, que tout va s'arranger. Mais je ne peux pas faire ça, hein ? Car ça ne va *pas* aller. Je ne peux pas lui dire que tout va bien parce que tout ne va pas bien, et aussi parce que j'ai encore une question à poser.

— Naomi, dis-je, et ses yeux étincellent parce qu'elle sait que je ne l'avais encore jamais appelée par son prénom. Que faisiez-vous là-bas ce matin-là ?

L'étincelle s'éteint ; ses traits se tendent, son teint pâlit. Je regrette d'avoir posé la question. Je voudrais qu'on puisse rester là tranquillement, deux personnes qui commandent des desserts.

— Il en parlait. Au téléphone, le soir, surtout vers le mois de décembre. Il avait arrêté la drogue, je le crois sincèrement, mais il était encore… il n'était pas complètement heureux. D'un autre côté, personne ne l'est. Complètement heureux. Comment pourrait-on l'être ?

— Certes. Mais, bon, il parlait du McDonald's ?

— Oui. Il me disait : « Tu connais cet endroit ? Si je devais me tuer, c'est là que je le ferais. Non mais regarde un peu cet endroit. »

Je ne réponds rien. Ailleurs dans le restaurant, des cuillers tintent contre des tasses à café. La conversation mélancolique des autres gens.

— Alors, dès que j'ai vu qu'il n'arrivait pas au bureau, je suis allée au McDo. Je le savais. Je savais qu'il y serait.

De la radio de Maurice, dans la cuisine, nous parviennent les premiers accords de *Mr. Tambourine Man*.

— Tiens ! fait Naomi. C'est Dylan, ça, non ? Vous l'aimez, celle-là ?

— Non. Je n'aime que le Dylan des seventies et le Dylan post-années 1990.

— C'est ridicule.

Je hausse les épaules. Nous écoutons un instant. Nous écoutons un instant la musique. Elle prend une bouchée de tomate.

— Mes cils, hein ?

— Eh oui.

***

Tout cela est probablement faux.

Il est presque certain que cette femme me raconte des bobards, cherche à m'embrouiller pour des raisons que j'ignore encore.

D'après tout ce que j'ai appris, l'idée que Peter Zell ait goûté à une drogue dure – sans compter la difficulté de la dégoter et de l'acheter, étant donné la rareté et les prix astronomiques de ces substances, ainsi que la sévérité des peines s'appliquant à cet achat selon le Code criminel post-Maïa –, il n'y a pas plus d'une chance sur un million. D'un autre côté, ne faut-il pas que même cette chance sur un million soit la bonne de temps en temps, faute de quoi il n'y aurait pas de chance du tout ? C'est ce que tout le monde dit. Les statisticiens dans les émissions télévisées, les scientifiques témoignant devant le Congrès, tous ceux qui s'efforcent d'expliquer, tous ceux qui cherchent désespérément à donner un sens à cette histoire. Oui, c'était extrêmement improbable. Une probabilité statistique proche de zéro. Mais la forte improbabilité d'un événement donné ne vaut plus rien, dès lors que cet événement survient quand même.

Quoi qu'il en soit, je ne pense pas qu'elle m'ait menti. C'est comme ça, j'ignore pourquoi. Je ferme les yeux et je la revois en train de me parler, ses grands yeux noirs sont fermes et tristes, elle les baisse vers ses mains, la bouche immobile et décidée, et pour je ne sais quelle folle raison, je me dis qu'elle était sincère.

La question de Peter Zell et de la morphine décrit une lente ellipse dans ma tête, et s'approche peu à peu de l'autre fait nouveau qui y gravite aussi : son penchant pour le McDonald's comme lieu de suicide. Et alors, inspecteur ? On l'a tué, et son assassin a déposé son corps pour qu'on le trouve, par coïncidence, précisément à cet endroit ? Quelles sont les chances pour que *ça* arrive ?

La neige a changé de texture, ce sont maintenant de gros flocons qui tombent lentement, presque un par un, chacun ajoutant son poids aux tas qui jonchent le parking.

— Ça va, Hank ? s'enquiert Ruth-Ann tout en glissant dans son tablier, sans la regarder, la monnaie que j'ai laissée sur la table.

Je secoue lentement la tête, regarde le parking par la fenêtre, soulève ma tasse pour prendre une dernière gorgée de café.

— Je sais pas. J'ai l'impression de ne pas être fait pour cette époque.

— J'en suis pas si sûre, petit, me répond-elle. Moi, je pense que tu es peut-être le seul qui soit taillé pour.

***

Je me réveille à quatre heures du matin, émergeant de je ne sais quel rêve abstrait dans lequel il y a des pendules, des sabliers et des roues de la Fortune, et je n'arrive pas à me rendormir, car soudain ça y est, je tiens une pièce du puzzle, je tiens *quelque chose*.

Je m'habille, blazer et pantalon, je fais chauffer du café, je glisse mon semi-automatique de service dans son holster.

Les mots tournent en rond dans ma tête, décrivant un grand cercle lent : *quelles sont les probabilités ?*

J'aurai du pain sur la planche quand le jour se lèvera.

Il faut que j'appelle Wilentz. Il faut que j'aille à Hazen Drive.

Je regarde la lune, grosse, lumineuse et froide, et j'attends l'aube.

5

— Excusez-moi ? Bonjour, bonjour. J'aurais besoin que vous fassiez une analyse pour moi.

— Oui, bon. On est là pour ça. Une seconde, d'accord ?

— J'en ai besoin tout de suite.

— Je viens de vous dire « une seconde », non ?

Ça, c'est l'assistant d'assistant contre qui Fenton m'a mis en garde, l'individu qui fait désormais tourner le labo d'État de Hazen Drive. Il est jeune, débraillé et en retard au boulot, et il me dévisage comme s'il n'avait jamais vu un policier de sa vie. Il traîne les pieds jusqu'à son bureau et m'indique d'un geste vague une rangée de chaises en plastique orange, mais je décline.

— Il faut que ce soit fait immédiatement.

— Mais c'est pas vrai ! Une seconde, je vous dis.

Il tient à la main un sac de donuts, taché de graisse dans le fond, et il a les yeux rouges, le menton pas rasé, visiblement la gueule de bois.

— Alors ?

— J'arrive à peine ! Il est dix heures du matin !

— Il est onze heures moins le quart. J'attends depuis neuf heures.

— Oui, bah, c'est la fin du monde, vous savez.

— En effet, j'ai entendu ça.

Ce soir, cela fera une semaine que Peter Zell a été tué, et j'ai enfin un angle d'attaque. Un élément. Une idée. Mes mains tambourinent sur le bureau du toxicologue pendant qu'il se laisse lourdement tomber sur sa chaise à roulettes, la bouche ouverte, après quoi je dépose mon prélèvement sur son bureau. Un flacon de sang rouge sombre extrait du cœur de Peter Zell, que j'ai pris ce matin dans le fond de mon freezer et enfermé dans ma boîte à déjeuner isotherme.

— Nan mais attendez, c'est même pas étiqueté ! (Le fonctionnaire élève le flacon dans la lumière blafarde de l'halogène.) Y a pas de date, rien. Ça pourrait tout aussi bien être du sirop de chocolat.

— Ce n'en est pas.

— D'accord, mais on n'est pas dans la *procédure*, là, monsieur l'inspecteur.

— C'est la fin du monde, dis-je, ce qui m'attire un regard haineux.

— Faut que ce soit étiqueté, et qu'il y ait une demande officielle. Ça vient de qui, ça ?

— De Fenton.

— Sérieux ?

Il abaisse le flacon, plisse ses yeux rouges. Il se gratte la tête, et une petite pluie de pellicules dégringole sur le bureau.

— Tout à fait, monsieur. Elle m'avait prévenu que cet endroit était un vrai foutoir. Que des commandes sont perdues en permanence.

Je marche sur une glace très fine. J'en ai conscience. Je n'y peux rien. Le type me regarde, un peu effrayé, me semble-t-il, et je me rends compte que j'ai les poings serrés, la mâchoire crispée. Il faut absolument que je sache si Zell avait de la morphine dans le sang. Il faut que je sache si Naomi Eddes me dit la vérité. Je pense que oui, mais il faut que je sois fixé.

— Allez, l'ami, dis-je à mi-voix. Analysez-moi ça. Faites-le, c'est tout.

***

— Mon frère ? Connais-tu la bonne nouvelle ? m'interpelle un barbu à lunettes entre deux âges, alors que je sors du parking, de l'autre côté de School Street, pour rejoindre le commissariat en retournant des possibilités dans ma tête, reconstituant la chronologie.

— Oui, dis-je avec un sourire poli. Je la connais par cœur. Merci.

Il faut que j'entre, que je raconte mes découvertes à mes collègues, que je trace un plan d'action. Mais d'abord, je dois passer au bureau de Wilentz, récupérer les résultats de la recherche que je lui ai demandée par téléphone à neuf heures moins le quart ce matin. Mais le barbu s'accroche, et en relevant le nez je constate qu'ils sont là en force ce matin : un petit troupeau de religieux, en long manteau noir, qui sourient à tous les vents en brandissant leurs tracts chiffonnés.

— N'aie pas peur, me dit une femme au physique ingrat qui apparaît devant moi.

Elle louche un peu et elle a les dents tachées de rouge à lèvres. Les autres sont tous dans le même genre : trois femmes et deux hommes, tous souriant béatement et tenant de minces brochures entre leurs doigts gantés.

— Merci, dis-je en me renfrognant. Merci bien.

Ce ne sont pas les juifs : les juifs ont des chapeaux. Pas les témoins de Jéhovah : les témoins de Jéhovah restent plantés sans rien dire en tendant leur littérature devant eux. Mais peu importe qui ils sont, je fais ce que je fais toujours dans ces cas-là, c'est-à-dire regarder mes pieds et avancer sans m'arrêter.

— N'aie pas peur, répète la femme tandis que les autres se déploient en demi-cercle derrière elle pour me barrer le passage, tels les défenseurs d'une équipe de hockey.

Je recule d'un pas, manque me casser la figure.

— Je n'ai pas peur, pour tout vous dire. Mais merci beaucoup.

— Il ne t'appartient pas de refuser la vérité, murmure la femme en me fourrant sa brochure dans la main.

Je regarde le fascicule, ne serait-ce que pour fuir ses yeux vitreux de dévotion, et parcours le texte en caractères gras souligné en rouge : TOUT SIMPLEMENT LA PRIÈRE, est-il écrit en haut de la couverture, et aussi en bas : TOUT SIMPLEMENT LA PRIÈRE !

— Lis-le, me dit une autre femme, une petite Afro-Américaine corpulente qui porte une écharpe jaune citron et une broche en argent.

Où que je me tourne, il y a un manteau qui vole, un sourire céleste. Je retourne le pamphlet et lis les paragraphes en diagonale.

• SI LA CÉCITÉ D'UN HOMME PEUT ÊTRE GUÉRIE PAR LA PRIÈRE DE DOUZE AUTRES, LE CATACLYSME DE L'HUMANITÉ PEUT ÊTRE GUÉRI PAR LA PRIÈRE D'UN MILLION D'HOMMES.

Je n'accepte pas vraiment le postulat, mais continue de parcourir le texte. Si nous sommes assez nombreux à renoncer au péché et à nous agenouiller dans la lumière aimante du Seigneur, soutient la brochure, alors la boule de feu infléchira sa course et filera par-delà l'horizon sans nous faire de mal. C'est bien gentil, tout ça, mais je voudrais rejoindre mon bureau, moi. Je plie la brochure et la repousse vers la première femme, celle qui a le strabisme et les dents tachées.

— Non merci.

— Garde-le, insiste-t-elle gentiment mais fermement, rejointe par les autres qui reprennent en chœur : lis-le !

— Puis-je vous demander, monsieur, m'apostrophe alors l'Afro-Américaine à l'écharpe, si vous êtes un homme de foi ?

— Non. Mes parents l'étaient.

— Dieu les bénisse. Et où sont vos parents, à présent ?

— Morts. Ils ont été assassinés. Excusez-moi, je vous prie.

— Foutez-lui la paix, bande de vautours ! tonne une grosse voix.

Je lève la tête : mon sauveur est l'inspecteur McGully, une bière ouverte à la main, un cigare entre les dents.

— Si vous voulez prier quelqu'un, continue-t-il, priez Bruce Willis dans *Armageddon* !

Il me décoche un salut, lève le majeur et le brandit en direction des vrais-croyants.

— Ris maintenant, pécheur, mais la méchanceté sera punie, lui lance la sainte au rouge à lèvres en reculant, tandis qu'une brochure tombe de son livre ouvert sur le trottoir. Tu affronteras les ténèbres, jeune homme.

— Devine quoi, ma sœur, lui répond McGully en me tendant sa bouteille de Sam Adams pour placer ses mains en mégaphone. Toi aussi !

***

— C'est un pourcentage.

— Quoi donc ?

— Le nombre, dis-je. C'est 12,375 *pour cent*.

Je fais les cent pas, et je la tiens sous mon bras comme un ballon de football, la boîte à chaussures de Zell, celle qui est bourrée d'informations sur l'astéroïde, pleine de nombres encerclés et doublement soulignés. Je révèle tout à mes collègues, expliquant ce que j'ai, ce que je *pense* avoir. McGully, le front plissé, renversé en arrière sur sa chaise, fait rouler sa bouteille de bière matinale, déjà vide, entre ses paumes. Culverson est à son bureau. Dans son impeccable costume gris, il boit lentement son café en réfléchissant. Andreas, là-bas dans son coin sombre, a la tête baissée, les yeux fermés : il dort. La brigade criminelle, quoi.

— Quand Maïa est apparue, au tout début, lorsqu'ils l'ont repérée et qu'ils ont commencé à la surveiller, Peter s'est mis sur-le-champ à suivre l'histoire de près.

— Peter, c'est ton pendu ?

— La victime, oui.

Je prends la première dépêche d'Associated Press, du 2 avril – celle qui conclut à un risque d'un sur deux millions cent vingt-huit mille –, et la tends à Culverson.

— Et il y en a une autre, quelques jours plus tard.

Je m'empare d'une autre sortie imprimante cornée et commence à lire.

— « Bien que l'objet semble être extrêmement massif, avec un diamètre estimé à plus de six kilomètres et quart, les astronomes de la fondation Spaceguard estiment actuellement que son risque de collision avec la Terre est à peine supérieur à zéro – c'est-à-dire, pour reprendre l'expression de Mme Kathy Goldstone, professeur d'astrophysique à l'université de l'Arizona, qu'il "entre à peine dans le domaine des probabilités non négligeables". » Et M. Zell a souligné aussi ce nombre : six kilomètres et quart.

Je sors encore une feuille de papier, puis une autre. Zell ne faisait pas que surveiller les chiffres concernant Maïa, sa trajectoire, les projections sur sa densité et sa composition. Sa boîte contient aussi des articles sur tous les changements sociétaux liés à l'astéroïde : lois nouvelles, modifications du paysage économique, et il les observe aussi, ces nombres, écrivant au verso des feuilles, griffonnant des calculs – de longues colonnes de données, des points d'exclamation –, additionnant le tout dans la matrice.

— Nom de Dieu, souffle tout à coup Culverson.

— Quoi, nom de Dieu ? Quoi ? s'impatiente McGully.

Vous voyez, dis-je… donc…

Mais c'est Culverson qui achève ma phrase, sans un accroc :

— Une forte possibilité de décès consécutif à une catastrophe mondiale peut être considérée comme un facteur d'atténuation du risque de décès par mésaventure liée à la drogue.

— Oui ! C'est ça. Oui !

— Oui *quoi* ? gronde McGully.

— Le pendu de Palace, ce qu'il faisait, c'était de l'évaluation des risques.

Je rayonne de joie. Culverson me gratifie d'un hochement de tête approbateur, et je remets le couvercle sur la boîte. Il est 11 h 30, l'heure du changement d'équipe, et dans la salle de pause, à quelques portes de nous, nous entendons le tapage des agents de patrouille, les jeunes Coupes-en-Brosse avec leurs matraques. Ils chahutent, se lancent des insultes, gobent leurs fines petites canettes de boisson énergétique, se harnachent de leurs gilets pare-balles. Prêts à sortir braquer leur flingue sur des pillards, prêts à remplir la cellule de dégrisement.

— Ma théorie, c'est que Zell a décidé, à un stade très précoce, que si un jour le risque d'impact montait au-dessus d'un certain niveau déterminé mathématiquement, il essaierait quelque chose de dangereux et d'illégal, quelque chose qui l'intéressait mais qui avait toujours été trop risqué pour qu'il s'y adonne. Jusqu'à maintenant.

Début juin, le risque dépasse en effet ce seuil, et Zell fonce chez son vieux copain J. T. Toussaint, qui trouve le moyen de mettre la main sur quelque chose, et tous les deux se défoncent, perchés comme des satellites.

Mais ensuite, fin octobre, Zell a une mauvaise réaction, ou il change d'avis, ou peut-être qu'il n'a plus accès à la drogue. Il se retrouve en manque.

McGully lève lentement la main, très sarcastique, comme un adolescent maussade qui donne du fil à retordre à son prof de maths.

— Euh, oui, inspecteur ? Excusez-moi ? En quoi cette tragique histoire fait-elle de ce type une victime d'homicide ?

— Ça, je n'en sais rien. Mais c'est ce que j'aimerais découvrir.

— OK. Super ! (Il applaudit, saute de son bureau.) Allez, on fonce chez ce Toussaint et on l'embarque, le salopard.

Je tourne la tête vers lui, mon cœur accélérant un peu dans ma poitrine.

— Tu crois ?

— Un peu, que je crois.

De fait, il semble même enchanté par l'idée, et cela me rappelle McConnell, la grande question philosophique de notre époque : *Combien de fois aurai-je encore l'occasion de brailler « On ne bouge plus, enfoiré » ?*

— Mais je n'ai pas de motif suffisant !

Je me retourne vers Culverson en espérant qu'il objectera à mon objection, espérant l'entendre dire :

« Bien sûr que si, petit », mais il reste silencieux dans son coin, à ruminer.

— Un motif suffisant ? s'exclame McGully avec dédain. Mais mon pote, t'en as des caisses. Tu as le type qui procure une substance prohibée et qui la distribue. Allez directement en prison, ne passez pas par la case départ, article IX de la loi SSPI… Pas vrai, grosse tête ? Tu as le mensonge à un officier de police. Même topo, article Je-sais-pas-combien, alinéa Perpète.

— Enfin, je *pense* qu'il a fait tout ça. Je ne peux pas dire que je le *sais*.

J'en appelle à Culverson, l'adulte de notre petite troupe.

— Est-ce qu'on pourrait obtenir un mandat ? Pour fouiller la maison ?

— Un mandat ?

McGully jette les mains en l'air, implorant la pièce, les cieux, la silhouette muette de l'inspecteur Andreas, qui a ouvert les yeux juste assez pour regarder fixement quelque chose sur son bureau.

— Attendez, attendez, vous savez quoi ? Il roule à l'huile végétale, pas vrai ? Ça, il l'a avoué, non ? Le moteur modifié ?

— Oui. Et alors ?

McGully sourit d'une oreille à l'autre et fait le geste de l'arbitre indiquant un *touchdown* : mains levées, paumes face à face.

— Et alors ? Trois nouvelles provisions qui viennent d'être ajoutées à l'article XVIII, objet : gestion de la pénurie des ressources naturelles.

Il sautille jusqu'à son bureau, exhume le nouveau classeur, épais et noir avec le drapeau américain collé sur la couverture.

— Ça vient de sortir, *mis amigos*. À partir du moment où ton bonhomme coupe son huile de friture au diesel, son véhicule est en infraction flagrante.

Je secoue la tête.

— Je ne peux pas l'arrêter rétroactivement pour avoir enfreint un décret tout récent.

— Ah, Eliot Ness, quelle noblesse de ta part !

Il me présente ses deux majeurs et tire la langue pour faire bonne mesure.

— Tu as un autre problème, intervient Culverson.

Je sais ce qu'il va dire ; j'y suis préparé. Je l'attends même avec un peu d'excitation.

— Tu m'as dit hier que Toussaint avait un casier impeccable. Travailleur. Sérieux. Même en imaginant que Zell ait continué à le suivre de loin, en imaginant qu'il ait pensé à lui de temps en temps, pourquoi serait-il allé le voir pour trouver de la drogue ?

Je suis radieux.

— Excellente question, inspecteur. Regarde un peu ça.

Je lui montre la sortie imprimante que je suis passé prendre chez Wilentz avant de monter ici, les résultats de recherche sur le père de Toussaint. Parce c'est ça que je me suis rappelé, c'est ça que j'ai trouvé dans mes notes d'hier, quelque chose dans la manière dont J. T. avait parlé de son père : *« C'était un artiste ? – Oui, entre autres choses. »* Je regarde Culverson parcourir le rapport. Roger Toussaint ; *alias* Rooster Toussaint ; *alias* Marcus Kilroy ; *alias* Toots Keuring. Possession. Possession avec intention de distribuer. Possession avec intention de distribuer. Possession. Infraction mineure. Possession.

Donc, quand Peter Zell a décidé de mettre la main sur une substance prohibée – quand le risque d'impact a emporté sa décision –, il s'est souvenu de son vieux copain, parce que le père de son vieux copain était dealer.

Culverson, enfin, hoche la tête, se lève lentement de sa chaise. McGully est debout en un éclair. Mon cœur est lancé au grand galop.

— Bon, très bien, lâche Culverson. Allons-y.

J'acquiesce, il y a un moment comme suspendu, puis soudain nous fonçons vers la porte, trois policiers se lançant dans l'action, tâtant leurs holsters et enfilant leurs manteaux, et la poussée d'anticipation et de joie est si forte dans mes tripes qu'elle se transforme presque en appréhension. Je suis en train de vivre un instant que j'ai imaginé toute ma vie, trois inspecteurs de police partant en mission, portés par des jambes robustes, sentant l'adrénaline couler à flots dans leurs veines.

McGully s'arrête à la porte pour attendre Andreas – « Tu viens, chérie ? –, mais le dernier inspecteur de la Criminelle n'a aucune intention de bouger. Figé sur sa chaise, une tasse de café à moitié vide près du coude, les cheveux en pétard, il fixe des yeux une brochure posée sur son bureau : TOUT SIMPLEMENT LA PRIÈRE.

— Allez, mon poteau, le presse McGully en saisissant vivement le papier chiffonné. Le nouveau nous a trouvé un sac à merde.

— Allez, viens, ajoute Culverson.

Et je le dis aussi :

— Allez, viens.

Il pivote d'un demi-centimètre, marmonne quelque chose.

— Quoi ? fais-je.

— Et s'ils avaient raison ? balbutie Andreas. La… La…

Il indique la brochure d'un geste mou, et je commence à ne plus en pouvoir. Je pose une main ferme sur son épaule.

— Mais non, ils n'ont pas raison. Ce n'est pas le moment d'y penser, d'accord ?

— Pas le moment d'y penser ? reprend-il, pitoyable, avec des yeux de hibou. Pas le moment d'y *penser* ?

D'un petit coup sec, je renverse sa tasse de café sur son bureau, et le liquide brun se répand, dégouline sur la brochure, inonde son cendrier, ses paperasses et son clavier d'ordinateur.

— Hé, ho, fait-il mollement en se repoussant du bureau avant de se retourner complètement.

— Tu sais ce que je suis en train de faire, en ce moment ? lui dis-je en regardant le fluide bourbeux couler vers le bord du meuble. Je suis en train de penser : Oh, non ! Le café va couler par terre ! Comme je suis inquiet ! Continuons d'en parler !

À ce moment-là, le café franchit le bord, éclabousse les chaussures d'Andreas et forme une flaque par terre sous le bureau.

— Regarde-moi ça, dis donc ! C'est arrivé quand même.

***

Rien n'a changé depuis la dernière fois.

La niche, les buissons d'aubépine et le chêne, l'échelle appuyée contre le bord du toit. Voici le petit chien blanc, Houdini, qui tournicote avec impatience entre les pieds de l'échelle, et voilà J. T. Toussaint, en train de fixer des ardoises là-haut, penché sur sa tâche dans le même pantalon de travail marron et les mêmes chaussures de chantier. Il lève la tête en entendant crisser le gravier de l'allée, et je ressens une impression fugace, celle d'un animal solitaire surpris dans son antre par l'arrivée des chasseurs.

Je suis le premier descendu de voiture et je me redresse en tirant sur l'ourlet de mon veston, une main en visière contre le soleil hivernal, l'autre levée, paume ouverte, pour le saluer.

— Bonjour, monsieur Toussaint ! J'ai encore deux ou trois questions à vous poser.

— Quoi ?

Il tend les jambes pour se mettre debout, reprend son équilibre, et se dresse de toute sa hauteur sur le toit, en contrejour devant le soleil qui lui dessine autour de lui un curieux halo pâle. Les autres portières claquent derrière moi lorsque McGully et Culverson s'extirpent du véhicule, et Toussaint, effarouché, remonte à reculons sur le toit, trébuche.

Il lève une main pour se retenir, j'entends McGully crier « Il a une arme ! », et je tourne la tête pour dire « Quoi ? Non ! », parce que c'est vrai.

— C'est un pistolet à mastic !

Mais McGully et Culverson braquent déjà sur lui leurs SIG Sauer P 229 de service.

— Pas un geste, connard ! braille McGully.

Mais Toussaint ne peut *pas* s'immobiliser, ses chaussures glissent sur les ardoises en pente, il agite les mains, les yeux agrandis par la peur, pendant que McGully braille toujours – et moi aussi, je crie :

— Non, non, ne… non !

Parce que je ne veux pas qu'il meure. Je veux connaître toute l'histoire.

Toussaint tourne les talons, essaie de s'enfuir vers l'arête du toit ; McGully tire, un éclat de brique jaillit sur le côté de la cheminée, et Toussaint pivote, tombe de la maison, s'abat sur la pelouse.

***

— Ça sent la merde de chien, chez toi.

— Concentrons-nous sur le concret, inspecteur McGully.

— D'accord. Mais j'ai raison, non ? Ça schlingue, là-dedans.

— Inspecteur, allons.

J. T. Toussaint commence à dire quelque chose, à moins que ce ne soit juste un gémissement, et McGully lui dit de la fermer, ce qu'il fait. Il est par terre dans le salon, son corps de géant étalé sur la moquette sale, la tête enfoncée dedans, saignant du front là où il a heurté le toit lors de sa chute. McGully, assis sur son dos, fume un cigare. L'inspecteur Culverson se tient à côté de la cheminée. Moi, je fais les cent pas ; tout le monde attend, c'est moi la star.

— D'accord. Bon… bon, discutons un peu, dis-je.

Et là, mon corps est secoué par un long frisson. Il se débarrasse des derniers restes de la bouffée d'adrénaline, de l'excitation des coups de feu, de la course en avant, la charge dans la neige boueuse.

Calme, Palace. Tout doux.

— Monsieur Toussaint, il apparaît que la dernière fois que nous nous sommes parlé, vous avez omis quelques détails concernant votre relation avec Peter Zell.

— Ouais, Ducon, ajoute McGully en bougeant de manière à faire porter tout son poids sur les reins de Toussaint.

— Inspecteur, dis-je à mi-voix.

Je voudrais lui suggérer d'y aller mollo, mais sans le dire devant le suspect. Il lève les yeux au ciel.

— Et alors, on se défonçait, OK ? reconnaît Toussaint. On se mettait minable. Petey et moi, on s'est défoncés une poignée de fois.

— Une poignée de fois.

— Oui. D'accord ?

Je hoche la tête, lentement.

— Et pourquoi m'avez-vous menti, J. T ?

— Pourquoi il t'a *menti* ? reprend McGully. Parce que t'es de la police, patate !

Culverson émet un bruit amusé depuis sa place à côté de la cheminée. J'aimerais être seul avec J. T. en ce moment, dans une pièce, rien que lui et moi, et qu'il puisse me conter l'histoire. Juste deux personnes qui se parlent.

Toussaint, toujours cloué au sol par le poids de McGully, lève les yeux vers moi.

— Vous avez débarqué ici persuadé qu'il s'était fait tuer.

— J'ai dit que c'était un suicide.

— Ouais, eh ben là, c'est vous qui mentiez. Personne n'enquête sur les suicides. Plus maintenant.

Culverson pouffe encore, et je le regarde, je vois son air ironique : *il n'a pas tort, là.* McGully fait tomber un gros étron de cendre sur le tapis du suspect.

Toussaint, sans faire attention à eux, garde les yeux sur moi et continue de parler.

— Vous venez en cherchant un tueur, et si je vous dis que Pete et moi on prenait des cachets, des antalgiques, putain, vous allez en conclure que c'est moi qui l'ai buté. C'est bien ça ?

— Pas nécessairement.

Je pense : des cachets. Ils prenaient des cachets. Des petites pilules bariolées, la couche externe colorée déteignant dans une paume suante. J'essaie d'imaginer tout ça, mon assureur, les détails sordides liés à la drogue et à la dépendance.

— J. T…

— Ça fait rien, allez. De toute manière, je suis mort, maintenant. Fini.

— Tu l'as dit, bouffi ! lâche McGully avec une joie mauvaise.

Je voudrais tellement qu'il la boucle.

Parce que je crois Toussaint. C'est vrai. Une partie de moi le croit sincèrement. Il m'a menti pour la même raison que Victor France passant ses heures précieuses à fouiner dans le coin de Manchester Road pour m'obtenir les informations dont j'avais besoin : parce que de nos jours, la moindre accusation est grave. Toute condamnation est une condamnation à perpétuité. S'il avait expliqué ses vrais rapports avec Peter Zell, il serait allé en prison et n'en serait jamais ressorti. Mais il n'y a toujours aucune raison de supposer qu'il l'a tué.

— McGully. Lâche-le.

— Quoi ? Pas question.

Par réflexe, nous regardons tous les deux vers Culverson ; nous avons tous le même rang, mais c'est lui l'adulte. Il a un hochement de tête imperceptible. McGully, fou de rage rentrée, se lève tel un gorille se redressant dans la jungle, et marche exprès sur les doigts de Toussaint en allant rejoindre le canapé miteux. Toussaint se remet péniblement sur ses genoux, et Culverson murmure : « Pas plus loin. » Alors je me mets à genoux pour être à hauteur de ses yeux, et je donne à ma voix une douceur consolante, quelque chose qui s'approche du timbre de ma mère.

— Dites-moi ce qu'il y a d'autre.

Long silence.

— Il va… commence McGully.

Je lève une main sans quitter le suspect des yeux, et McGully se tait.

— S'il vous plaît, dis-je à mi-voix. Je veux juste connaître la vérité, monsieur Toussaint.

— Je ne l'ai pas tué.

— Je sais.

Et c'est la vérité. À cet instant, en le regardant dans les yeux, je ne crois pas qu'il l'ait tué.

— Je veux juste connaître la vérité. Vous avez parlé de cachets. Où les trouviez-vous, ces cachets ? Toussaint me regarde, stupéfait.

— Ce n'est pas moi qui les trouvais. C'est Peter qui les apportait.

— Quoi ?

— Je vous jure, insiste-t-il, voyant mon scepticisme.

Nous sommes là, par terre, à genoux face à face comme deux fanatiques religieux, une paire de pénitents.

— Je suis absolument sérieux, insiste Toussaint. Le mec se pointe à ma porte avec deux bocaux de pilules, des MS Contin, soixante milligrammes pièce, cent pilules par bocal. Il me dit qu'il aimerait les ingérer dans un cadre sûr et efficace.

— C'est ce qu'il a dit ? persifle McGully, calé dans le fauteuil relax, le flingue braqué sur Toussaint.

— Oui.

— Regardez-moi, dis-je. Racontez-moi ce qui s'est passé ensuite.

— J'ai dit d'accord, mais je vais te les couper. (Il relève la tête, regarde autour de lui, ses paupières plissées papillotant de nervosité, de méfiance, d'orgueil blessé.) Qu'est-ce que vous vouliez que je fasse ? J'ai travaillé toute ma vie. Tous les jours, depuis que j'ai arrêté le lycée, j'ai travaillé. Pour la raison bien précise que mon vieux était une merde, et que je ne voulais pas être mon vieux.

La force de tout ce qu'il exprime fait trembler son corps massif.

— Et là, d'un coup, ces conneries qui me tombent dessus ? Un astéroïde se pointe, personne ne construit plus rien, la carrière qui ferme, et comme ça, du jour au lendemain, plus de boulot, pas de projets, rien à faire à part attendre la mort. Deux jours plus tard, Peter Zell frappe à ma porte avec une tonne de came… Vous auriez fait quoi, vous ?

Je vois son grand corps agenouillé et tremblant, sa tête de géant tournée vers le tapis. Je me tourne vers Culverson, près de la cheminée, qui secoue tristement la tête. Je prends conscience d'une sorte de sifflement et je regarde McGully sur le canapé, son flingue sur les genoux, qui fait semblant de jouer d'un petit violon.

— D'accord, J. T. Et ensuite, que s'est-il passé ?

Ce n'était pas difficile pour Toussaint d'aider Peter à ingérer du sulfate de morphine de manière sûre et efficace, de contourner le mécanisme de libération graduelle et réduire le risque de surdose accidentelle. Il avait regardé son père faire ça un million de fois, avec un million de pilules différentes : racler la cire, broyer le comprimé, mesurer la dose, la placer sous la langue. Quand le stock a été terminé, Peter en a apporté d'autres.

— Il ne vous a jamais dit d'où ça venait ?

— Eh non. (Un silence, une demi-seconde d'hésitation, je le regarde au fond des yeux.) C'est vrai, je vous jure ! Ça a continué comme ça grosso modo jusqu'en octobre. Je sais pas où il dégotait son truc, mais ça s'est arrêté.

Après octobre, me raconte Toussaint, ils ont continué à traîner ensemble, commencé à aller voir *Pâles lueurs au loin*, ils allaient boire une bière de temps en temps après le boulot. Je pense à tout cela, réfléchis à cette avalanche de nouveaux détails, j'essaie de déterminer ce qui peut être vrai.

— Et lundi dernier ?

— Hein ?

— Que s'est-il passé lundi soir ?

— C'est comme je vous ai dit. On est allés au ciné, on s'est fait des bières, et on s'est quittés là.

— Et vous en êtes certain ? dis-je d'une voix douce, presque tendre. Certain que c'est toute l'histoire ?

Silence. Il me dévisage, et il va dire quelque chose, je vois son esprit au travail derrière le mur de pierre de son visage, il veut me dire encore une chose.

— McGully. Quelle est la peine prévue pour infraction à la loi sur les véhicules ?

— La mort, lâche McGully.

Les yeux de Toussaint s'agrandissent, et je secoue la tête.

— Allez, inspecteur. Sérieusement, dis-je.

— C'est à notre discrétion, intervient Culverson.

Je reviens à Toussaint.

— D'accord. D'accord. Bon, écoutez, on va vous embarquer. On ne peut pas faire autrement. Mais je m'arrangerai pour que vous ne preniez que deux semaines. Un mois, peut-être. Dans des conditions pas trop dures.

Je me lève, les mains tendues pour l'aider à se relever.

Et là, McGully lâche :

— Ou alors, on pourrait le descendre tout de suite.

— McGully…

Je me détourne une seconde de Toussaint, vers Culverson, pour essayer de le pousser à faire taire McGully, et le temps que je revienne à J. T., celui-ci est déjà en mouvement : il se propulse comme une fusée et projette sa tête dans ma poitrine, son poids énorme me percute comme un traîneau à bois. Je tombe à la renverse, McGully est debout, flingue sorti, et Culverson se précipite en avant. La grosse main de

Toussaint a agrippé la maquette du Capitole du New Hampshire, et voilà que Culverson a sorti son arme aussi, mais il ne tire pas, et McGully non plus, parce que Toussaint est sur moi, et qu'il menace mon œil avec le dôme-cendrier : sa vilaine flèche dorée appuie sur ma paupière, et puis tout devient noir.

— Saloperie, gronde McGully.

Toussaint me lâche et je l'entends cavaler vers la porte. Je crie « Non ! », la face en sang, les mains au-dessus des yeux.

— Ne tirez pas ! crié-je encore, mais c'est trop tard, ça tire de partout, les balles allument une série de flashes brûlants aux marges de ma cécité, j'entends Toussaint pousser un cri et s'écrouler.

Et Houdini qui aboie comme un fou depuis la porte côté cuisine, qui hurle et jappe de douleur et d'incompréhension.

***

Euh, oui, inspecteur ? Excusez-moi ? En quoi cette tragique histoire fait-elle de ce type une victime d'homicide ?

Ce sont les phrases qui résonnent amèrement dans les coins évidés de ma cervelle, alors que je repose sur mon lit d'hôpital, perclus de douleurs. La question sarcastique de McGully, au commissariat central, avant que nous partions.

J. T. Toussaint n'est plus. McGully lui a tiré dessus à trois reprises, Culverson une fois, et il était mort le temps que nous arrivions à l'hôpital de Concord.

Mon visage me fait mal. Je souffre beaucoup. Peut-être que Toussaint m'a agressé avec le cendrier et qu'il a tenté de filer parce qu'il a assassiné son ami Peter, mais je ne pense pas.

Je pense qu'il m'a attaqué simplement parce qu'il avait peur. Il y avait trop de flics dans la pièce, McGully a fait le malin et j'ai bien essayé d'avoir un autre discours, mais Toussaint avait peur, si nous l'embarquions pour cette stupide histoire de véhicule, de moisir en prison jusqu'au 3 octobre. Il a pris un risque calculé, comme Peter, et il a perdu.

McGully lui a mis trois balles dans la peau, Culverson une, et maintenant il est mort.

— Un centimètre plus haut, et votre globe oculaire explosait, me dit le médecin, une jeune femme qui a une queue-de-cheval blonde, des chaussures de sport et les manches de sa blouse blanche roulées sur les avant-bras.

— D'accord.

Elle fixe une épaisse compresse sur mon œil droit avec du sparadrap.

— On appelle ça une fracture du plancher orbitaire, m'apprend-elle, et vous allez avoir la joue un peu engourdie.

— D'accord.

— Ainsi qu'une diplopie moyenne à sévère.

— D'accord.

— Ça veut dire que vous allez voir double.

— Ah bon.

Pendant tout ce temps, la question me tourne encore dans la tête : En quoi cette tragique histoire fait-elle de ce type une victime d'homicide ?

Malheureusement, je crois connaître la réponse. J'aimerais mieux pas, mais c'est le cas.

Mon médecin n'arrête pas de s'excuser pour son manque d'expérience, pour les ampoules qui ont grillé et n'ont pas été remplacées dans cette salle des urgences, pour la pénurie générale de ressources palliatives. Elle ressemble à une gamine, et en réalité elle n'a pas terminé son internat. Je lui dis que ça ne fait rien, que je comprends. Elle s'appelle Susan Wilton.

— Docteur Wilton, lui dis-je pendant qu'elle passe le fil de soie dans ma joue, en grimaçant chaque fois qu'elle tire dessus, comme si c'était son propre visage qu'elle recousait et non le mien. Docteur Wilton, est-ce que vous pourriez vous suicider ?

— Non. Enfin… peut-être. Si je savais que je vais être malheureuse pendant tout le temps qui reste. Mais je ne le suis pas. J'aime bien ma vie, vous savez ? Si j'étais quelqu'un de déjà malheureux… Là, je me dirais peut-être : pourquoi rester à attendre ?

— Je vois. Je vois.

Je reste impassible pendant que le docteur Wilton me recoud.

Il ne reste plus qu'un mystère. Si Toussaint disait vrai, et je pense que c'est le cas, et si c'était Peter qui fournissait les pilules, où les trouvait-il ?

C'est la dernière partie du mystère, et je crois que j'en connais la solution aussi.

***

La ressemblance entre Sophia Littlejohn et son frère est troublante, même vue par l'interstice entre la porte et le chambranle, quand elle me regarde derrière la chaîne. Elle a le même petit menton, le même nez large, le même front large, jusqu'aux mêmes lunettes démodées. Elle a les cheveux coupés court, aussi, comme un garçon, avec des mèches qui dépassent ici et là, comme lui.

— Oui ?

Elle me regarde fixement, je fais de même, et là je me rappelle que nous ne nous sommes jamais vus et que je dois avoir une drôle d'allure : la grosse compresse que le docteur Wilson m'a scotchée sur l'œil, l'hématome qui commence à s'étendre autour, brun, rose et enflé.

— Je suis l'inspecteur Henry Palace, madame, de la PJ de Concord, dis-je. Je crains que nous…

La porte se referme déjà, mais aussitôt après j'entends cliqueter la chaîne et le battant se rouvre.

— D'accord, d'accord, lâche-t-elle, stoïque, comme si elle avait attendu ce jour, comme si elle savait qu'il allait venir.

Elle prend mon manteau, m'indique le fauteuil relax trop rembourré sur lequel j'étais déjà assis lors de ma dernière visite, je sors mon cahier, et la voilà qui m'explique que son mari n'est pas là, qu'il travaille tard, qu'en ce moment quand ce n'est pas l'un d'eux qui est absent, c'est l'autre. La cérémonie laïque semi-occasionnelle d'Erik Littlejohn a maintenant lieu tous les soirs, et les membres du personnel de l'hôpital y viennent si nombreux qu'il a dû fermer la petite chapelle du sous-sol pour s'installer dans un auditorium en haut. Sophia parle juste pour parler, c'est clair, un dernier effort pour retarder la conversation qui s'annonce, et ce que je me dis, c'est que les yeux de Peter devaient être comme les siens quand il était en vie : prudents, analytiques, calculateurs, un peu tristes.

Je souris, remue dans le fauteuil, je laisse sa voix s'éteindre, et ensuite je peux poser ma question – c'est plus une affirmation qu'une question, en fait.

— Vous lui avez donné votre bloc d'ordonnances.

Elle baisse les yeux vers le tapis, sur lequel s'enchaînent sans fin de délicats motifs cachemire, puis les relève vers moi.

— Il l'a volé.

— Ah. Je vois.

J'ai passé une heure à l'hôpital, avec mon visage en compote, à penser à cette question avant que la possibilité ne m'effleure, et je n'étais encore pas sûr. J'ai demandé à ma nouvelle amie, le docteur Wilton, et elle-même a dû se renseigner : les sages-femmes peuvent-elles prescrire des médicaments ?

Il s'avère que oui.

— J'aurais dû vous le dire avant, et je suis désolée, reconnaît-elle à mi-voix.

Derrière la porte-fenêtre qui donne sur le jardin, je vois Kyle et un autre gamin, tous deux en combinaison de neige et bottes, qui jouent avec un petit télescope dans la lumière irréelle des spots d'extérieur. Au printemps dernier, quand la probabilité d'impact était encore à un chiffre, il y a eu une vogue de l'astronomie : tout le monde s'intéressait soudain au nom des planètes, à leur orbite, à leur distance relative. De même qu'après le 11-Septembre, tout le monde a appris les provinces de l'Afghanistan, la différence entre chiites et sunnites. Kyle et son copain ont recyclé le télescope en épée et s'adoubent chevalier tour à tour, s'agenouillant et riant dans le clair de lune de ce début de soirée.

— C'était en juin, début juin, commence Sophia, et je me retourne vers elle. Peter m'a appelée, comme ça, pour me dire qu'il aimerait déjeuner avec moi. Je lui ai répondu que ce serait avec plaisir.

— Et vous avez mangé ensemble dans votre bureau.

— C'est ça.

Ils ont déjeuné, échangé les dernières nouvelles et ils ont eu une conversation formidable entre frère et sœur. Ils ont parlé des films qu'ils avaient vus enfants, de leurs parents, de leurs jeunes années.

— Vous voyez, des petites choses. La famille.

— Oui, madame.

— C'était vraiment agréable. C'est sans doute ce qui m'a fait le plus mal, inspecteur, quand j'ai compris ce qu'il mijotait en réalité. Nous n'avions jamais été très proches, Peter et moi. Qu'il m'appelle comme ça, sans raison particulière ? Je me rappelle avoir pensé : « Quand cette folie sera passée, on sera amis. Comme cela se fait entre frère et sœur. » (Elle écrase une larme.) La probabilité était encore très faible, à l'époque. On pouvait encore se dire des choses comme « quand ce sera passé ».

J'attends patiemment. Mon cahier bleu est ouvert, en équilibre sur mes genoux.

— Enfin bref, je fais rarement des ordonnances. Notre pratique est largement holistique, et quand des substances entrent en jeu, c'est pendant le travail et l'expulsion, pas sur ordonnance pendant la grossesse.

De nombreuses semaines se sont donc écoulées avant que Sophia Littlejohn se rende compte qu'il lui manquait un bloc dans le tiroir supérieur droit de son bureau. Et encore d'autres avant qu'elle comprenne que son frère timoré l'avait dérobé pendant leur si plaisant déjeuner de retrouvailles. Elle marque une pause à ce moment de son récit, regarde au plafond, secoue la tête en ayant l'air de se faire des reproches ; et moi, j'imagine Peter l'assureur aux manières douces dans son moment de bravoure… il a pris sa décision fatale… Maïa a dépassé le seuil de 12,372… il rassemble son courage, sa sœur est sortie un instant de son bureau, pour aller aux toilettes ou régler une affaire urgente… nerveux, une perle de sueur roulant de son front sous ses lunettes… il se soulève de sa chaise, ouvre le tiroir supérieur du bureau…

Dehors, Kyle et son copain hurlent de rire. Je ne quitte pas Sophia des yeux.

— Et donc, en octobre, vous avez tout compris.

— Voilà, dit-elle, relevant la tête un instant mais sans prendre la peine de se demander comment je le sais. Et j'étais furieuse. Je veux dire, bon Dieu, on est encore des êtres humains, non ? On ne pourrait pas se comporter humainement jusqu'à ce que ce soit fini ?

Il y a une vraie colère dans sa voix. Elle secoue la tête avec amertume.

— Ça paraît ridicule, je sais.

— Non, madame. Ça n'a rien de ridicule.

— J'ai mis Peter au pied du mur, il a avoué son vol, et c'est tout. Je ne lui ai pas… Je suis désolée de le dire, mais je ne lui ai pas reparlé depuis.

Je hoche la tête. Donc, j'avais tout bon. Épatant. Il est temps de partir. Mais il faut que je sache tout. Il le faut.

— Pourquoi ne m'avez-vous pas dit cela avant, pourquoi ne me rappeliez-vous pas…

— Eh bien, c'était une… J'ai pris une décision pragmatique. J'avais juste… décidé…

— Chérie, dit alors Erik Littlejohn depuis la porte.

Il se tient sur le seuil, allez savoir depuis combien de temps, dans la neige qui tombe doucement autour de lui.

— Chérie, non.

— Tout va bien.

— Non, pas du tout. (Il entre, et les flocons fondent en eau sur ses épaules revêtues de cuir.) Rebonjour, inspecteur. C'est moi qui lui ai dit de mentir. Et s'il y a des conséquences, c'est sur moi qu'elles doivent retomber.

— Je ne pense pas qu'il doive y avoir de conséquences. Je veux juste connaître la vérité.

— Très bien. La vérité, c'est que je ne voyais aucune raison de vous parler du vol et des problèmes de drogue de Peter, et c'est ce que j'ai dit à Sophia.

— Nous avons pris la décision ensemble.

— Je t'ai persuadée de la prendre.

Erik Littlejohn secoue la tête et me regarde droit dans les yeux, presque avec sévérité.

— Je l'ai convaincue que ce serait une bêtise de vous raconter ça.

Je me lève, soutiens longuement son regard, et il reste immobile, sans ciller.

— Pourquoi ?

— Ce qui est fait est fait. L'incident avec le bloc d'ordonnances de Sophia était sans rapport avec la mort de Peter, c'était inutile d'en parler à la police.

Il dit « la police » comme si c'était un concept abstrait, quelque part dans le monde, « la police », par opposition à moi, une personne, présentement debout au milieu de leur salon, un cahier bleu ouvert dans les mains.

— Informer la police serait revenu à informer la presse, le public.

— Mon père, murmure alors Sophia, qui relève la tête. Il veut dire « informer mon père ».

Son père ? Je fouille ma mémoire, me gratte la moustache, et je me remémore le rapport de l'agent McConnell. Père : Martin Zell, domicilié à la maison de retraite de Pleasant View, début de démence sénile.

— Ça a déjà été assez dur pour lui d'apprendre que Peter s'était suicidé. Alors découvrir qu'en plus, son fils était devenu un drogué ?

— Oui, pourquoi lui imposer une douleur pareille ? confirme Erik. En ce moment, en plus ? J'ai dit à Sophia de se taire. C'est ma décision, et j'en assume l'entière responsabilité.

— D'accord. D'accord.

Je soupire. Je suis fatigué. J'ai mal à l'œil. Il est temps que je m'en aille.

— Encore une dernière question. Madame Littlejohn, vous semblez absolument certaine que Peter s'est suicidé. Puis-je vous demander ce qui vous en rend si sûre ?

— Parce qu'il me l'a dit, répond-elle dans un souffle.

— Hein ? Quand ça ?

— Ce jour-là. Quand nous avons déjeuné dans mon bureau. Cela avait déjà commencé, vous savez. Il y en avait déjà eu un, les infos en parlaient. À Durham. L'école élémentaire, vous savez ?

— Oui.

Un homme qui avait grandi à Durham, dans le quartier de Seacoast. Il y était revenu pour se pendre dans l'armoire de sa classe de CM1, de manière que ce soit son ancienne maîtresse détestée qui le trouve.

Sophia se presse les paupières du bout des doigts. Erik va se placer derrière elle pour poser les mains sur ses épaules.

— Et donc, Pete… Peter m'a dit que si jamais un jour il passait à l'acte, il le ferait au McDonald's. Celui de Main Street. Ça ressemblait à une blague quand il l'a dit, vous savez ? Mais il faut croire que… que ce n'en était pas une…

— Non, madame. Il faut croire que non.

Et voilà, inspecteur McGully. *En quoi cette tragique histoire fait-elle de ce type une victime d'homicide ?* La réponse est : en rien.

La belle ceinture, le pick-up, rien de cela n'est pertinent. Quand son expérience avec les substances illicites a tourné au désastre… quand son unique geste audacieux de vol et de trahison a été découvert… quand il s'est retrouvé face à sa honte et aux douloureux symptômes du manque… face à tout cela, et à l'imminence de la fin du monde… l'actuaire Peter

Zell a procédé à un dernier calcul soigneux, à une évaluation du risque et de la rétribution… et il a mis fin à ses jours.

Bam !

— Inspecteur ?

— Oui.

— Vous ne prenez plus de notes.

Erik Littlejohn me regarde d'un air presque soupçonneux, comme si je cachais quelque chose.

J'ai mal à la tête. La pièce oscille devant mes yeux ; deux Sophia, deux Erik. Comment le docteur Wilton a-t-elle appelé ça ? La diplopie.

— Vous avez arrêté de noter ce que nous disions.

Je déglutis, me remets debout.

— Non. C'est juste que… l'affaire est close. Navré de vous avoir dérangés.

***

Cinq heures plus tard, six heures peut-être, je ne sais pas. C'est le milieu de la nuit.

Andreas et moi sommes dehors, nous sortons tous deux de chez *Penuche's*, le bar en sous-sol de Phenix Street, nous venons de fuir le bruit, la fumée et l'ambiance lugubre et nous retrouvons dans la gadoue du trottoir. Ni lui ni moi n'avions envie d'aller y boire une bière. C'est McGully qui y a littéralement traîné Andreas depuis son bureau, pour fêter la clôture de mon enquête ; une affaire que je n'ai pas résolue, et qui n'en était même pas vraiment une. Enfin bref, c'est horrible là-dedans : la fumée nouvelle s'y ajoute à l'odeur de tabac froid, les téléviseurs braillent, les gens se pressent contre les étais couverts de graffitis qui empêchent le plafond de s'effondrer. En plus, je ne sais quel petit malin a rempli le juke-box de titres ironiques : Elvis Costello « Waiting for The End of The World », Tom Waits, « The Earth Died Screaming », et bien sûr ce morceau de R.E.M., là, qui passe quasiment en boucle.

Il neige dehors, par gros paquets sales qui glissent et rebondissent sur les murs de brique. Je fourre les mains au fond de mes poches et renverse la tête en arrière pour observer le ciel de mon seul œil valide.

— Bon, écoute.

— Mmm ?

J'hésite. Je déteste ça. Andreas sort une Camel de son paquet, je regarde les gros flocons se perdre dans sa tignasse humide.

— Je te demande pardon, dis-je une fois qu'il a allumé sa cigarette.

— Hein ?

— Pour tout à l'heure. Quand j'ai renversé ton café.

Il a un rire sec, tire une taffe.

— Oublie ça.

— Je…

— Sérieux, Henry. On s'en fout.

Une petite bande de jeunes se déverse de l'escalier qui monte du bar, avec des rires hystériques. Ils sont attifés selon une bizarre mode préapocalyptique : une jeune fille en robe de bal vert émeraude et diadème, son copain en grand attirail gothique. Un autre gamin, de sexe indéterminé, porte un short large sur des collants écossais et de larges bretelles rouges de clown. De la musique – U2, il me semble – s'échappe par la porte ouverte, puis s'assourdit quand elle se referme.

— La presse dit que le Pakistan veut faire sauter le bazar, dit Andreas.

— Oui, j'ai entendu ça.

Je m'efforce de me rappeler quelle chanson de U2 parle de la fin du monde. Je me détourne des jeunes pour scruter la route.

— Mmm, continue Andreas. Ils disent qu'ils savent, qu'ils peuvent y arriver. Mais nous, on réplique qu'on ne les laissera pas faire.

— Ah non ?

— Il y a eu une conférence de presse. Le secrétaire d'État, le secrétaire à la Défense. Quelqu'un d'autre, aussi. Ils disent que si les Pakistanais essaient, on les atomisera avant qu'ils atomisent Maïa. Pourquoi dire une chose pareille ?

— Je ne sais pas.

Je me sens creux à l'intérieur. J'ai froid. Andreas m'épuise.

— Ça paraît complètement dingue.

J'ai mal à l'œil ; à la joue. En sortant de chez les Littlejohn, j'ai passé un coup de fil à Dotseth, qui a gracieusement accepté mes excuses pour le temps que je lui ai fait perdre, m'a ressorti la blague de faire comme s'il ignorait qui je suis et de quoi je parle.

Andreas commence à dire autre chose, mais un klaxon résonne à notre droite, au bout de Phenix Street, en haut de la côte, là où la route commence à tourner vers Main Street. La trompe sonore d'un bus qui arrive dans la rue à toute allure. Les jeunes l'acclament en braillant, lui font de grands signes des bras, et Andreas et moi échangeons un regard. La desserte des bus est interrompue, et de toute manière aucune ligne de nuit n'est jamais passée par Phenix Stret.

Le véhicule se rapproche, brinquebalant à pleine vitesse, deux roues sur le trottoir. Je sors mon arme de service et la braque dans la direction du large pare-brise. C'est comme un rêve, dans le noir, cet énorme autobus dont le fronton affiche « PAS DE PASSAGERS », dévalant la butte vers nous tel un vaisseau fantôme. Maintenant qu'il se rapproche, nous pouvons distinguer le chauffeur : homme blanc, vingt à vingt-cinq ans, casquette à l'envers, petite moustache mal taillée, les yeux agrandis par la joie de l'aventure. Son copain, noir, même âge, casquette également, se penche par la portière pneumatique ouverte en hurlant : « Ya-houu ! » Nous avons tous une chose que nous avons toujours voulu faire, et pour ces deux-là, c'était un rodéo dans un bus urbain.

Les jeunes qui sont avec nous sur le trottoir, morts de rire, se réjouissent à grands cris. Andreas regarde fixement les phares, et je suis là avec mon flingue, à me demander comment réagir. Le mieux est sans doute de ne rien faire, de les laisser passer.

— Bon, dit Andreas.

— Bon quoi ?

Mais c'est trop tard. Il vrille le haut de son corps, jette sa cigarette à demi fumée en direction du bar, et se précipite devant le bus.

— Non !

C'est tout ce que j'ai le temps de dire, cette triste et froide syllabe.

Il a minuté la chose, calculé les vecteurs, un bus et un homme dont les trajectoires se croisent dans l'espace, chacun à sa vitesse. *Bam !*

Le bus freine dans un grand crissement de pneus et le temps se fige, arrêt sur image : la fille en robe de bal, la tête enfouie dans le creux du bras du garçon gothique… moi, bouche bée, arme sortie et inutilement pointée sur le flanc du bus… le bus de travers, le cul sur le trottoir, l'avant dépassant dans la rue.

Puis l'inspecteur Andreas se détache et glisse lentement sur la chaussée, pendant que la clientèle du bar se répand sur le trottoir, m'entoure, jacasse et bourdonne. Le chauffeur improvisé et son copain descendent du marchepied et s'arrêtent à quelques pas du corps brisé d'Andreas, le regard fixe et la bouche ouverte. Puis l'inspecteur Culverson me rejoint et pose une main ferme sur mon poignet pour abaisser doucement mon bras. McGully se fraie un chemin dans la foule, joue des coudes en criant « Police » et en brandissant son insigne, une Coors dans l'autre main, cigare entre les dents. Il met un genou à terre au milieu de Phenix Street et pose un doigt sur la gorge d'Andreas. Culverson et moi, au milieu de la foule médusée, soufflons de lentes bouffées de buée froide, mais la tête d'Andreas est complètement tordue, la nuque brisée. Il est mort.

— Alors, Palace, qu'est-ce que t'en penses ? me demande McGully en se relevant lourdement. Suicide ou meurtre ?

TROISIÈME PARTIE

Vœu pieux

Jeudi 27 mars
Ascension droite : 19 11 43,2
Déclinaison : – 34 36 47
Élongation : 83.0
Delta : 3,023 ua

1

— Dieu tout-puissant, Henry Palace, mais qu'est-ce qui t'est arrivé ?

Je trouve ça un peu dur, comme remarque, de la part d'une ancienne amoureuse que je n'ai pas vue depuis six ans, jusqu'au moment où je me rappelle la tête que j'ai : mon visage, mon œil. Je rajuste la grosse compresse, me lisse la moustache, passe la main sur mon menton mal rasé.

— J'ai eu quelques soucis ces derniers jours.

— Mon pauvre.

Il est six heures du matin, Andreas est mort, Zell est mort, Toussaint est mort, et me voici à Cambridge, sur un pont piétonnier qui enjambe la Charles River, en train d'échanger des politesses avec Alison Koechner. Et il fait étonnamment bon, ici, la température doit dépasser les dix degrés, comme si en entrant dans le Massachusetts j'avais été projeté sous une latitude méridionale. Tout cela, la douce brise printanière, le soleil matinal brillant sur le pont, les vaguelettes apaisantes de la rivière, tout cela serait bien agréable dans un autre monde, à une autre époque. Mais je ferme les yeux, et tout ce que je vois c'est la mort : Andreas aplati contre la calandre d'un bus ;

J. T. Toussaint rejeté contre le mur, un trou béant dans le thorax ; Peter Zell dans les toilettes.

— Ça me fait plaisir de te voir, Alison.

— D'accord... fait-elle.

— Sincèrement.

— Évitons ce terrain-là, veux-tu ?

La folle chevelure rouge orchidée dont je me souvenais a été coupée à une longueur plus adulte, et disciplinée dans un chignon grâce à un système de petites pinces efficaces. Elle porte un pantalon gris, un blazer gris avec une discrète broche dorée sur le revers : c'est vrai, elle est très en beauté.

— Alors, dit-elle en tirant d'une poche intérieure une fine enveloppe format correspondance. Cet ami à toi ? M. Skeve ?

— Ce n'est pas mon ami, précisé-je tout de suite en levant l'index. C'est le mari de Nico.

Elle arrondit un sourcil.

— Nico, ta sœur Nico ?

— L'astéroïde.

Je dis ça pour justifier la chose. Un mariage impulsif. Sur un coup de tête. Le plus gros coup de tête qu'on puisse imaginer. Alison hoche la tête et se contente de souffler :

— Wow.

Nico avait douze ans quand elle l'a connue, et ma sœur n'était déjà pas le genre de fille qu'on imagine rangée. Elle fumait en cachette, piquait des bières dans la glacière du garage de notre grand-père, enchaînait les mauvaises coupes de cheveux et les problèmes disciplinaires.

— Bon, d'accord. Donc, ton beau-frère Skeve ? C'est un terroriste.

Je pouffe de rire.

— Non. Skeve est tout sauf un terroriste. C'est un imbécile.

— L'intersection entre ces deux ensembles peut contenir beaucoup de monde, tu sais.

Je soupire, appuie une hanche contre le bronze vert-de-grisé du garde-corps. Un bateau d'aviron passe, tranchant la surface de l'eau. On entend les rameurs souffler. J'aime bien ces garçons qui se lèvent à six heures pour aller s'entraîner, se maintenir en forme, se tenir à leur programme. Ils me plaisent, eux.

— Qu'en penserais-tu, continue Alison, si je te disais que le gouvernement des États-Unis, ayant anticipé depuis longtemps une catastrophe de ce genre, a préparé un plan d'évasion ? Qu'il a construit, dans le plus grand secret, un environnement habitable, hors de portée des effets destructeurs de l'astéroïde, où l'élite de l'humanité pourrait être transportée en sécurité afin de repeupler l'espèce ?

Je porte une main à mon visage et frotte ma joue, qui commence seulement maintenant à sortir de son engourdissement pour entrer dans une douleur active.

— Je dirais que c'est cinglé. Du grand n'importe quoi façon Hollywood.

— Et tu aurais raison. Mais il y a des gens qui ne sont pas si perspicaces.

— Oh, non, c'est pas vrai !

Je me souviens de Derek Skeve étendu sur le fin matelas de sa cellule, un sourire de clown sur son visage de sale gosse pourri gâté. *J'aimerais pouvoir te le dire, Henry. Mais c'est secret.*

Alison ouvre l'enveloppe, déplie trois feuilles de papier blanc et net, me les tend, et ma première impulsion est de lui dire : « Tu sais quoi ? Laisse tomber tout ça. J'ai un meurtre à élucider. » Mais je n'en ai pas. Plus maintenant.

Trois pages tapées en interligne simple, sans filigrane, sans sceau d'agence, semées ici et là d'épaisses lignes noires laissées par la censure. En 2008, la Direction de la planification stratégique de l'armée de l'air américaine a mis sur pied une simulation faisant appel aux ressources et au personnel de seize discrètes agences gouvernementales, parmi lesquelles le département de la Sécurité intérieure, la DTRA[1] et la NASA. L'exercice consistait à imaginer un événement « dépassant le niveau d'une catastrophe mondiale » et laissant « un temps de préparation court » – autrement dit, exactement ce qui se passe en ce moment – et à envisager toutes les réactions possibles : contre-attaque nucléaire, actions pour dévier l'objet, solutions cinétiques. La conclusion fut que les seules solutions réalistes se limiteraient à la défense civile.

Je poursuis ma lecture. J'en suis encore à la première page.

— Alison ?

Elle lève légèrement les yeux au ciel, et cette petite touche de sarcasme bienveillant m'est si familière qu'elle me serre le cœur. Elle me reprend les papiers.

— Il y a eu un désaccord, Palace. Une astrophysicienne de Lawrence Livermore[2], appelée Mary Catchman, a insisté pour que le gouvernement anticipe la catastrophe en construisant des environnements habitables sur la Lune. Quand Maïa est apparue, certains individus se sont persuadés que le département de la Défense l'avait écoutée, et que ces refuges existaient.

1. Defense Threat Reduction Agency, agence dépendant du département de la Défense qui a pour mission de protéger la nation contre les armes de destruction massive.

2. Le Lawrence Livermore National Laboratory. L'une des missions de ce laboratoire, qui dépend du département de l'Énergie, est de créer des armes nucléaires.

— Des bases ?

— Oui.

— Sur la Lune ?

— C'est ça.

Je plisse les paupières pour regarder le soleil gris et je revois Andreas se décollant du bus, glissant lentement vers le sol. TOUT SIMPLEMENT LA PRIÈRE. Des bases de repli secrètes bâties par le gouvernement. L'incapacité des gens à faire face à cette chose est encore pire que la chose elle-même, vraiment.

— Donc, Derek fouinait autour de la base de la Garde nationale dans son véhicule tout-terrain pour chercher… quoi, des plans ? Des capsules spatiales ? Un lance-pierre géant ?

— Ou quelque chose dans le genre.

— Ça ne fait pas de lui un terroriste.

— Je sais, mais c'est le terme qui s'applique. Et vu comme le système militaro-judiciaire fonctionne en ce moment, une fois qu'on lui a collé cette étiquette, il n'y a plus rien à faire.

— Bah, je ne suis pas fan de ce type, mais Nico l'aime, que veux-tu. Il n'y a vraiment rien à faire ?

— Rien. Du tout.

Alison contemple longuement la rivière, les rameurs, les canards, les nuages qui voguent parallèlement au cours d'eau. Elle n'est pas la première fille que j'ai embrassée, mais elle demeure celle que j'ai le plus embrassée, de toute ma vie jusqu'à présent.

— Désolée. Ce n'est pas mon rayon.

— Et d'ailleurs, c'est quoi, ton rayon ?

Pas de réponse. Je m'y attendais. Nous avons toujours gardé le contact, échangé un mail de temps en temps, un coup de fil un an sur deux. Je sais qu'elle vit en Nouvelle-Angleterre, et je sais qu'elle travaille pour une agence fédérale, à un niveau qui dépasse très largement le mien. Avant que nous sortions ensemble, elle voulait faire l'école vétérinaire.

— D'autres questions, Palace ?

Je jette un regard à la rivière, puis reviens à elle.

— Non. Attends. Si. Un ami m'a demandé pourquoi on ne laisse pas les Pakistanais essayer de faire sauter l'astéroïde, puisqu'ils en ont envie.

Alison a un bref rire sans joie, et commence à déchirer les papiers en fines bandelettes.

— Dis à ton ami, me répond-elle en déchirant les bandelettes en bandelettes plus fines, et ainsi de suite, que s'ils le touchaient – ce qui n'arrivera pas, d'ailleurs –, mais s'ils y arrivaient, au lieu d'un gros astéroïde nous en aurions des milliers, plus petits mais destructeurs quand même. Des milliers et des milliers d'astéroïdes radioactifs.

Je garde le silence. De ses petits doigts efficaces, Alison jette les miettes de papier dans la Charles, puis se tourne vers moi et sourit.

— Et à part ça, inspecteur Palace ? Sur quoi est-ce que tu bosses, en ce moment ?

— Rien. (Je détourne la tête.) Rien, je t'assure.

***

Mais je lui parle quand même de l'affaire Zell, c'est plus fort que moi. Nous remontons la rue John-F.-Kennedy depuis Memorial Drive jusqu'à Harvard Square, et je lui raconte toute l'histoire, du début à la fin, après quoi je lui demande, d'un point de vue professionnel, ce qu'elle en pense. Nous avons atteint un ancien kiosque à journaux, à présent couvert de guirlandes lumineuses. Un petit groupe électrogène bourdonne à côté, sifflant et ahanant comme un char d'assaut miniature. La vitre du kiosque est condamnée, et quelqu'un a scotché sur la porte un grand carton sur lequel on peut lire l'inscription docteur café en grandes lettres au marqueur noir.

— Eh bien, me dit-elle tandis que je lui tiens la porte ouverte, même si je n'ai pas vu les preuves moi-même j'ai bien l'impression que tu as tiré les bonnes conclusions. Il y a 95 % de chances pour que ton bonhomme soit un pendu parmi d'autres.

— Eh oui.

Il fait sombre dans le kiosque réaménagé, éclairé seulement par deux ampoules nues et une autre guirlande. Il y a une caisse enregistreuse d'un modèle ancien, et une machine à expresso, compacte et luisante, est garée comme un tank sur le comptoir noir.

— Salutations, humains ! nous lance le proprio, un jeune Asiatique qui ne doit pas avoir plus de dix-neuf ans et qui arbore un chapeau à petit bord, des lunettes d'écaille et une barbe clairsemée.

Il accueille Alison avec effusion.

— C'est un plaisir, comme toujours.

— Merci, docteur Café, lui répond-elle. Qui gagne ?

— Voyons ça.

Je suis le regard du garçon : sept gobelets en carton sont alignés au bout du comptoir, chacun marqué du nom d'un continent. Il en renverse deux, les remue, jette un coup d'œil au nombre de haricots que contenait chacun.

— L'Antarctique. Haut la main.

— Un vœu pieux, commente Alison.

— Tu m'étonnes, frangine.

— La même chose que d'habitude, deux.

— Tes désirs sont des ordres.

Rapide et efficace, il aligne deux délicates petites tasses en faïence, plonge un tube dans un pichet de lait en inox et envoie la vapeur.

— Le meilleur café du monde, note Alison.

— Et les cinq pour cent de chances ? crié-je dans le vacarme du percolateur.

Elle a un très léger sourire.

— Je savais que tu allais dire ça.

— Je me demande, c'est tout.

— Henry, fait-elle pendant que le jeune homme nous sert nos deux petits cafés. Je peux te dire quelque chose ? Tu peux suivre cette affaire à jamais, tu peux découvrir ses petits secrets, tu peux reconstituer la chronologie de la vie de cet homme en remontant jusqu'à sa naissance, et celle de son père et celle du père de son père… la fin du monde arrivera quand même.

— Hum. Oui, ça, je sais.

Nous sommes installés dans un recoin de cet ersatz de café, blottis autour d'une vieille table de jeu en plastique que le docteur Café nous a installée.

— Mais c'est quoi, ces cinq pour cent de chances, dans ton analyse ?

Elle sourit, et a de nouveau ce roulement d'yeux sarcastique et doux.

— Les cinq pour cent, les voici : le dénommé Toussaint, qui te saute dessus comme ça avec le cendrier, et essaie de se faire la malle ? Avec trois policiers armés dans la pièce ? C'est un pari fou. Un acte désespéré.

— McGully venait de le menacer d'exécution.

— Du bluff.

— Il avait peur. Il n'en savait rien.

— Bien sûr, bien sûr. (Elle incline la tête de droite et de gauche en réfléchissant.) Mais au même moment, tu menaces de l'arrêter pour un délit mineur.

— Deux semaines. Pour fraude sur un moteur. Un geste symbolique.

— Oui. Mais même pour un geste symbolique, tu vas quand même fouiller sa maison, pas vrai ?

Alison se tait pour boire son café. Je ne touche pas au mien pour l'instant : je la regarde fixement. *Oh, Palace*, me dis-je. *Oh, Palace, nom d'un chien.* Quelqu'un d'autre entre dans le café, une étudiante apparemment ; le docteur Café lui lance « Salutations, humaine », actionne sa machine, et elle jette un haricot dans la tasse marquée EUROPE.

— Tout de même, cinq pour cent de chances, lâche Alison.

Mais tu sais ce qu'on dit sur les probabilités.

— Ouaip. (Je goûte à mon café, qui se révèle délicieux.) Ouaip ouaip ouaip.

***

Je bourdonne de l'intérieur. Je le sens. Le café, le matin. Cinq pour cent de chances.

Route 93 vers le nord, 90 km/h, 8 heures du matin, pas d'autres voitures.

Quelque part entre Lowell et Lawrence, mon téléphone capte trois barres, et j'appelle Nico, je la réveille, je lui annonce la mauvaise nouvelle : Derek s'est empêtré dans une histoire idiote et il ne sortira pas. Je reste flou sur les détails. J'évite d'employer le mot « terroriste ». Je ne lui parle pas de l'organisation secrète, je ne lui parle pas de la Lune. Je veux juste lui faire comprendre ce que m'a dit Alison sur la justice militaire en ce moment : on lui a collé une étiquette qui exclut toute libération.

Je me montre compatissant, mais clair : c'est comme ça et il n'y a rien à faire. Puis je me prépare à une réfutation larmoyante, dépitée ou furieuse.

Mais non, elle reste muette, au point que j'élève mon téléphone pour m'assurer que les barres n'ont pas disparu.

— Nico ?

— Oui, je suis là.

— Donc… tu comprends ?

Je roule vers le nord, sans dévier, et franchis la limite de l'État. Bienvenue dans le New Hampshire. Vivre libre ou mourir.

— Oui, souffle Nico, qui se tait le temps d'exhaler sa fumée de cigarette. Je comprends.

— Derek va sans doute passer le temps qui reste dans ce complexe.

— *OK*, Henry, j'ai pigé, s'énerve-t-elle, comme si elle me reprochait d'en faire trop. C'était comment, de voir Alison ?

— Hein ?

— Elle était comment ?

— Euh, bien. Elle a bonne mine.

Et là, je ne sais comment, la conversation prend une tout autre tonalité. Nico me confie qu'elle a toujours bien aimé Alison, et bientôt nous voilà en train d'évoquer l'histoire ancienne : notre enfance, les premiers jours chez Grand-Père, puis plus tard, quand nous faisions entrer en douce des amoureux et amoureuses au sous-sol. Le paysage défile derrière mes vitres, et pendant un moment nous discutons comme avant : deux gamins, frère et sœur, le monde réel.

Si bien que quand nous raccrochons, je suis presque arrivé : j'aborde le sud de la zone métropolitaine de Concord. Comme j'ai encore un bon signal réseau, j'en profite pour passer un appel de plus.

— Monsieur Dotseth ?

— Tiens, petit. On m'a dit, pour l'inspecteur Andreas. Bon Dieu.

— Je sais, je sais. Bon, écoutez, je vais retourner jeter un coup d'œil.

— Un coup d'œil où ça ?

— La maison de Bow Bog Road, vous savez ? Celle où nous avons tenté d'arrêter un suspect hier, dans l'affaire du pendu.

— Oui, une belle interpellation. Sauf que vous avez descendu le bonhomme.

— Certes, monsieur.

— Dites, vous avez entendu parler de ces crétins, sur Henniker ? Deux gamins sur un de ces vélos à deux places, là. Ils traînaient une valise à roulettes au bout d'un élastique. La police d'État les arrête, la valise est remplie d'*escopetas*, ces petits fusils mexicains. Ces mioches trimbalaient pour cinquante mille dollars d'armes à feu.

— Ah bon.

— Aux prix actuels, en tout cas.

— Tiens. Donc, Denny, je vais retourner dans cette maison tout de suite, jeter un coup d'œil.

— Quelle maison, déjà ?

***

La petite maison moche de J. T. Toussaint a été délimitée n'importe comment. Une fine bande de Cellophane jaune forme une série de festons mous qui flottent au vent entre les poteaux du porche, puis rejoint une des branches basses du chêne, puis traverse le jardin jusqu'au drapeau de la boîte à lettres. Mal accrochée à chaque étape, glissant à demi, maltraitée par les bourrasques, comme si cela ne comptait pas, comme s'il s'agissait d'une guirlande de goûter d'anniversaire.

En principe, suite à la fusillade d'hier, cette maison aurait dû être sécurisée et fouillée par une équipe d'agents de police, conformément à la procédure, mais j'ai mes doutes, qui se fondent tout d'abord sur la négligence avec laquelle le ruban a été accroché, et deuxièmement sur le fait qu'à l'intérieur rien ne semble avoir été déplacé. Les meubles sales et déglingués de Toussaint sont tous exactement au même endroit qu'hier. Ce n'est pas difficile d'imaginer, disons, l'agent Michelson dégustant un sandwich œuf-saucisse tout en déambulant dans les quatre petites pièces, soulevant un coussin du canapé pour le laisser retomber aussitôt, ouvrant le frigo, bâillant et décidant qu'il en a assez fait.

Six grosses taches de sang forment un archipel noir et rouge sur la moquette du salon et le plancher de l'entrée. Mon sang, tombé de mon œil ; celui de Toussaint, de sa coupure au front et des multiples blessures par balle qui l'ont tué.

Je prends soin d'enjamber et de contourner le sang, puis je me plante au milieu du salon et pivote lentement sur moi-même, divisant mentalement la maison en quatre quartiers, comme recommandé par Farley et Leonard. Enfin, je me lance dans une fouille en règle. J'explore la maison centimètre par centimètre, rampant à plat ventre lorsque c'est nécessaire, allant jusqu'à me tasser entièrement, dans une position tordue fort inconfortable, sous le lit. J'exhume un escabeau du débarras encombré et monte dessus pour défoncer à coups de poing les plaques légères du plafond, mais ne trouve dans les combles que de la laine de verre et d'antiques stocks de poussière secrète. Je passe au peigne fin l'armoire de la chambre de Toussaint – pour chercher quoi, au juste ? Un présentoir de ceintures de luxe en cuir, où il en manquerait une ? Un plan des toilettes du McDonald's de Main Street ? Je n'en sais rien.

Enfin bref... pantalons, chemises, bleus de travail. Deux paires de bottes. Rien.

Cinq pour cent de chances, c'est l'estimation d'Alison. Cinq pour cent.

À côté de l'arrière-cuisine, une petite porte donne sur une courte volée de marches en béton, sans rampe. Une cave sinistre, une ampoule nue qu'on allume en tirant sur un bout de ficelle. En face d'une énorme chaudière, l'antre du chien : un coussin, une collection de jouets mâchouillés, une écuelle nettoyée à coups de langue, une autre où il reste un fond d'eau croupie.

— Pauvre bête, dis-je tout haut.

Et justement il apparaît, Houdini, comme matérialisé par mes mots, en haut des marches. Un tout petit chien frisé avec une tête comme un balai à franges, qui montre ses dents jaunes, les yeux exorbités, sa fourrure blanche maculée de gris.

Que faire ? Je déniche du bacon et le fais cuire, puis, pendant qu'Houdini mange, je reste à la table de la cuisine en imaginant Peter Zell assis en face de moi, ses lunettes posées à côté de lui, concentré sur cette tâche délicate et insignifiante : sniffer soigneusement la poudre blanche qui vient d'un comprimé d'antalgique broyé.

Et puis soudain, un grand fracas : la porte d'entrée qui claque. Je bondis sur mes pieds, ma chaise se renverse par terre, second vacarme, Houdini se met à aboyer, et je cours à toutes jambes, traverse la maison, ouvre la porte en grand et crie : « Police ! »

Rien, le silence, le jardin blanc, les nuages gris.

Je fonce vers la route, manque tomber, reprends mon équilibre, glisse sur le dernier mètre comme si j'étais à skis.

« Police ! », crié-je une fois de plus, vers un bout de la route puis vers l'autre, hors d'haleine. J'ignore qui c'était, mais il est parti. Il était là, avec moi depuis le début, à moins qu'il ne se soit glissé dans la maison peu avant d'en ressortir, à la recherche de la même chose que moi. Et à présent, il n'est plus là.

— Mince, dis-je tout bas.

Je fais demi-tour pour observer le sol, en essayant de différencier les empreintes de l'intrus des miennes dans la gadoue de neige fondue. De gros flocons tombent un par un, comme s'ils s'étaient mis d'accord à l'avance pour prendre chacun son tour. Mon rythme cardiaque revient lentement à la normale.

Houdini est sur le seuil, il se lèche les babines. Il veut encore à manger.

Mais attendez. J'incline la tête, scrute la maison, l'arbre, le jardin.

— Une minute.

Si Houdini dort en bas à côté de la chaudière, qu'y a-t-il dans la niche ?

***

La réponse est simple : des cachets. Des cachets et des tas d'autres choses.

Des enveloppes en kraft bourrées de flacons contenant chacun plusieurs douzaines de comprimés de trente ou soixante milligrammes, chaque comprimé portant en creux le nom du médicament ou de son fabricant. Pour la plupart, ce sont des MS Contin, mais il y en a d'autres : OxyContin, Dilaudid, Lidocaïne. Six grosses enveloppes au total, des centaines de pilules par enveloppe. Il y a aussi une petite boîte en carton pleine de morceaux de papier paraffiné ; un broyeur de pilules comme on en trouve dans les pharmacies ; dans une autre boîte, emballé dans un pochon en plastique, à l'intérieur d'un sac en papier de supermarché, un pistolet automatique à canon court, qui dans le contexte actuel doit bien valoir plusieurs milliers de dollars. Il y a aussi des liquides sombres dans des fioles et plusieurs dizaines de seringues emballées individuellement dans du plastique à bulles. Dans un autre sac en papier, du cash : de grosses briques de billets de cent dollars.

Deux mille. Trois mille.

J'arrête de compter à cinq mille. Mes mains tremblantes m'empêchent de le faire, mais en tout cas il y a une grosse somme.

Puis je rejoins ma voiture en clopinant pour aller y prendre un rouleau de ruban jaune dont j'entoure toute la scène en le fixant bien, tendu, attaché comme il faut. Houdini m'accompagne en trottinant, puis reste à mes pieds, haletant, et je ne l'invite pas à monter dans l'Impala, mais je ne l'empêche pas non plus de le faire.

***

— Stretch. Mon frère. Tu vas jamais me croire. (McGully est à la fenêtre, qui est entrouverte, et une odeur lourde et doucereuse flotte dans la pièce.) Donc ces couillons, dans Henniker Street, ils étaient sur des dix-vitesses, et ils traînaient une valise à roulettes…

— On m'a raconté.

— Oh, tu gâches tout.

— Est-ce que tu es en train de fumer de l'herbe ?

— Un peu, oui, en effet. La semaine a été dure. J'ai descendu un type, je te rappelle. T'en veux ?

— Non merci.

Je lui décris ma fouille de la maison de Toussaint, lui raconte comment j'ai découvert que l'histoire n'était pas terminée, loin de là. Il m'écoute, les yeux vitreux, et de temps en temps tire longuement sur le petit papier roulé, puis souffle par l'entrebâillement de la fenêtre. Culverson n'est pas là et le bureau d'Andreas est rangé, son écran tourné face au mur, son téléphone débranché. On croirait que personne n'a travaillé là depuis des années.

— Donc il mentait, le fumier, conclut McGully. J'aurais pu te le dire. C'était un dealer, il a rendu son copain accro, et puis son copain s'est tué.

— Sauf que c'est vrai que Zell a apporté des drogues en premier. Il a volé le bloc d'ordonnances de sa sœur.

— Ah. Tiens. (Il sourit, se gratte le menton.) Eh, attends, tu sais quoi ?… Tout le monde s'en tape !

— Ouais. C'est pas faux.

— Ho dis donc ! Putain, c'est le chien de la scène de crime ?

— Peut-être…

— Peut-être quoi ? me coupe McGully.

Voilà que je fais vigoureusement les cent pas, suivi par le chien qui ne me quitte pas d'une semelle.

— Peut-être que ce qui s'est passé, c'est ça : Peter apporte des pilules à Toussaint en juin. Ils traînent ensemble, se défoncent, et ensuite, quand Peter devient accro et arrête, J. T. continue. Peut-être qu'à un moment il a commencé à revendre le surplus, et qu'il s'est habitué à gagner du pognon, il s'est fait une base de clientèle. Alors, il se trouve une nouvelle source.

— Bon sang, mais c'est bien sûr ! lance McGully de manière exubérante en tapant du poing sur la table. Le type qui a essayé de te tuer avec des chaînes à neige !

C'est clair : il se paie ma tête. Je me rassois.

Inutile de lui parler de la porte claquée : il me dirait que c'est mon imagination, ou un fantôme, et je sais que ce n'était ni l'un ni l'autre. Quelqu'un a voulu m'empêcher de trouver ces drogues, et ce n'était pas J. T. Toussaint, car Toussaint est mort et gît à la morgue, au sous-sol de l'hôpital de Concord.

Houdini renifle sous le bureau d'Andreas et s'installe pour une sieste. Mon portable sonne.

— Allô ? Inspecteur Palace ?

C'est Naomi Eddes, elle semble nerveuse, et le son de sa voix me rend moi aussi nerveux, comme un gosse.

— Lui-même. Bonjour.

Comme je sens le regard de McGully sur moi, je me lève de mon bureau et m'approche de la fenêtre.

— Que se passe-t-il ?

— C'est que…

La ligne grésille une seconde, et mon cœur bondit de terreur à l'idée d'avoir perdu la connexion.

— Mademoiselle Eddes ?

— Je suis là. C'est juste que… j'ai pensé à une chose qui pourrait peut-être vous aider, dans votre enquête.

2

— Bonsoir, me dit-elle, et je réponds de même, après quoi nous restons une seconde ou deux à nous regarder.

Naomi Eddes porte une robe rouge vif avec une ligne de boutons noirs sur le devant. Je suis sûr que je présente terriblement mal. Je regrette, maintenant, de ne pas m'être arrêté pour me changer, retirer mes fringues de bureau, veste grise et cravate bleue, et enfiler une tenue plus appropriée pour un dîner avec une dame. Mais à vrai dire, toutes mes vestes sont grises, et toutes mes cravates, bleues.

Eddes habite dans le quartier de Concord Heights, au sud d'Airport Road, un nouveau lotissement où toutes les rues portent des noms de fruits, et où la récession entraînée par l'astéroïde a frappé en plein chantier. Elle habite rue des Ananas, et toute la zone qui s'étend à l'ouest de la rue des Kiwis est inachevée : cadres en bois brut, intérieurs vandalisés, cuisines jamais utilisées, dépouillées de leur cuivre et de leur laiton.

— Vous ne pouvez pas entrer, il y a trop de bazar, me prévient-elle avant de sortir sur le seuil, son caban sur le bras, enfonçant un chapeau sur sa tête chauve.

(C'est un genre de chapeau que je n'ai jamais vu, une sorte de petit panama pour fille.) Où allons-nous ?

Elle s'approche de ma voiture et je la suis, glissant sur une petite plaque de verglas.

— Vous m'avez dit... vous m'avez dit que vous aviez peut-être des informations relatives à mon enquête. À la mort de Peter.

— C'est vrai. Enfin, je crois. Pas une information. Plutôt, simplement, une idée. Qu'avez-vous à la figure ?

— Longue histoire.

— Ça fait mal ?

— Non.

— Tant mieux.

C'est vrai, mon œil meurtri va bien depuis ce matin, mais juste au moment où je dis non, un élancement de douleur intense éclate dans tout le côté droit de ma tête, irradiant depuis l'orbite, comme si la blessure me punissait de mon mensonge. Je plisse mon œil intact, laisse passer une vague de nausée, et retrouve Naomi debout à côté de la porte passager, attendant que je lui ouvre la portière, à l'ancienne, ce que je fais. Une fois que j'ai fait le tour et que je suis monté en voiture, elle tend la main vers l'ordinateur de bord, avec fascination, sans aller jusqu'à toucher l'écran mais presque.

— Alors, qu'est-ce que c'est, cette idée ?

— Comment ça marche, ça ?

— C'est un ordinateur. Ça permet de savoir où sont tous les autres policiers, à n'importe quel moment.

— Et RGL, ça veut dire quoi ?

— Régulation. Quelle était votre idée, à propos de l'enquête ?

— Ce n'est sûrement rien.

— D'accord.

Elle regarde le paysage, ou peut-être son propre reflet fantomatique dans la vitre.

— Si on en parlait plutôt en dînant ?

Eddes refuse catégoriquement le Somerset Diner, et il ne reste en gros que les bars, les fast-foods pirates et le Panera. J'ai entendu parler d'un restaurant gastronomique encore ouvert à Boston, où les propriétaires graissent des pattes pour échapper au contrôle des prix, où on peut dîner avec nappe blanche et tout et tout, mais d'après ce qu'on dit, cela me coûterait à peu près tout l'argent qu'il me reste.

Naomi et moi échouons chez Mr. Chow, et nous nous regardons par-dessus une théière de thé au jasmin, de part et d'autre d'une table en Formica pleine de taches de gras.

— Alors, comment ça avance ?

— Quoi ?

— Pardon, comment dit-on ça, en jargon de flics ? (Un petit sourire taquin.) Quel est le statut de l'enquête ?

— Eh bien en fait, on a appréhendé un suspect.

— Ah oui ? Et comment ça s'est passé ?

— Bien.

Je pourrais lui en dire plus, mais je préfère éviter. Le suspect m'a attaqué avec un modèle réduit du Capitole New Hampshire. Le suspect était trafiquant de drogue, et fournissait ou était fourni par la victime. Le suspect est mort. Mlle Eddes paraît se satisfaire de ne pas savoir, et de toute manière notre commande arrive rapidement : un énorme plateau tournant couvert de raviolis, soupes variées et poulet aux noix de cajou. Le mot *Chow ! Chow !* clignote en néon rose dans la vitrine, juste derrière notre table.

— Alors, quelle était votre idée à propos de l'enquête ?

— Vous savez quoi ?
— Quoi ?
Je savais qu'elle allait faire ça. Retarder, repousser, éluder. J'ai l'impression bizarre de déjà bien la connaître.
— Prenons une heure.
— Une heure ?
— Henry, je vous en prie, j'ai vraiment...
Son regard est limpide de sincérité, sa figure débarrassée de son ironie moqueuse. Je les aime intensément, ce visage aux yeux clairs, ces joues pâles, la symétrie de son crâne rasé.
— Je sais que je vous ai appelé en annonçant que j'avais quelque chose à vous dire. Mais pour être honnête, je me disais aussi que j'adorerais simplement, vous savez... dîner avec un être humain.
— Bien sûr.
— Vous voyez ? Avoir une conversation normale. Prendre un repas sans parler de la mort.
— Bien sûr.
— À supposer que cette activité soit encore possible, j'aimerais essayer.
— Bien sûr.
Elle élève son poignet, mince et pâle, défait la petite boucle argentée de son bracelet-montre, et le pose entre nous sur la table.
— Une heure de vie normale. Ça marche ?
— Ça marche.

***

Et c'est ce que nous faisons, nous restons manger une nourriture chinoise plutôt très médiocre et avons des sujets de conversation normaux.

Nous parlons du monde dans lequel nous avons grandi, l'étrange monde d'avant, de musique, de films et de séries télé vieilles de dix et quinze ans, de 'N Sync, de Beverly Hills, des premières émissions de téléréalité et de *Titanic*.

Il s'avère que Naomi Eddes est née et a grandi dans une zone résidentielle appelée Gaithersburg, dans le Maryland, qu'elle appelle « l'État le moins remarquable des États-Unis ». Elle a fait quelques semestres dans la petite fac locale, a abandonné ses études pour devenir la chanteuse d'un groupe punk-rock « atroce mais bien intentionné » et puis, quand elle a compris ce qu'elle voulait vraiment, elle est allée à New York décrocher un diplôme d'études supérieures. J'aime bien l'entendre parler quand elle est lancée, il y a de la musicalité là-dedans.

— Et qu'est-ce que c'était ? Ce que tu voulais vraiment faire ?

Elle sirote son thé.

— De la poésie. Je voulais écrire des poèmes, et pas simplement mon petit journal dans ma chambre. Je voulais écrire de bons poèmes, et les publier. Ça ne m'a pas passé, d'ailleurs.

— Tu plaisantes !

— Non, monsieur. Donc, j'allais en cours, je sortais à New York, je faisais la serveuse, je mettais trois sous de côté. Je me nourrissais de nouilles chinoises. Comme tout le monde. Et je sais ce que tu penses.

— Quoi donc ?

— Tout ça pour finir dans les assurances.

— Eh non. Pas du tout ce que je pense.

Ce que je pense en fait, tout en tâchant de faire tenir un paquet de grosses nouilles sur mes baguettes, c'est qu'elle est le genre de personne que j'ai toujours admirée : une fille qui a un but difficile à atteindre et qui fait ce qu'il faut pour y arriver. Évidemment, c'est facile de faire ce qu'on a toujours voulu, *maintenant.*

La petite aiguille de la montre de Naomi fait le tour de l'heure, et la dépasse, le grand plateau tournant se vide, des nouilles égarées et des sachets de sauce soja vides traînent dans nos assiettes comme des mues de serpent, et voilà que je lui raconte toute mon histoire : mon père le professeur, ma mère qui travaillait au commissariat central, la totale, même le fait qu'ils ont été tués quand j'avais douze ans.

— Tous les deux ?

— Ben oui. Bah. Ouais.

Elle pose ses baguettes, et je me dis : *allez, tant pis.*

Je ne sais pas pourquoi je lui raconte l'histoire. Je prends la théière, fais couler les dernières gouttes, Naomi se tait, je cherche notre serveuse des yeux et lui montre la théière vide.

Quand on raconte une histoire comme celle-là, sur l'assassinat de ses parents, les gens vous regardent très attentivement, droit dans les yeux, comme pour bien montrer leur empathie, alors que ce qu'ils font c'est essayer de scruter votre âme, de voir quel genre de marques et de taches restent imprimées dessus. C'est pourquoi je n'en ai parlé à personne depuis des années ; c'est une règle chez moi, je n'adore pas que les gens aient des opinions sur cette affaire… je n'adore pas qu'ils en aient sur moi en général, d'ailleurs.

Mais il faut reconnaître une chose à Naomi Eddes : quand elle reprend la parole, c'est juste pour dire : « Waouh. » Pas d'étincelle de fascination dans ses yeux, pas de tentative de « comprendre ». Rien que cette petite syllabe honnête, émise dans un souffle : *waow.*

— Alors tes parents se font tuer, et tu consacres ta vie à la lutte contre le crime. Comme Batman.

Ils remportent le grand plateau et nous continuons de parler, dans le clignotement entêtant du néon qui finit par s'éteindre avec un dernier hoquet. Le très vieux couple qui tient le restaurant passe en poussant de longs balais, comme dans les films, et lorsqu'ils finissent par retourner les chaises sur les tables autour de nous, nous partons.

***

— Bien, inspecteur Palace. Sais-tu ce que c'est qu'une clause de contestabilité ?

— Absolument pas.

— Eh bien, c'est plutôt intéressant. Ou peut-être pas. À toi de me le dire.

Naomi cherche une position confortable dans sa chaise de plage pliante. Je m'excuserais bien une fois de plus pour le fait qu'il n'y ait pas de meubles dignes de ce nom dans mon salon, rien que deux transats autour d'une brique de lait, sauf que je l'ai déjà fait de manière répétée et qu'elle m'a dit d'arrêter.

— La clause de contestabilité, dans une police d'assurance-vie, signifie que si une police est souscrite et que le sujet décède dans les deux ans, quelle que soit la raison, la compagnie a le droit d'enquêter sur les circonstances de la mort avant de payer.

— OK. Est-ce que cette clause figure dans beaucoup de polices d'assurance-vie ?

— Oh oui, me répond Naomi. Toutes.

Je lui ressers un verre de vin.

— Et elle est appliquée ?

— Oh oui.

— Hum, fais-je en me grattant la moustache.

— À vrai dire, les gens qui sont assurés chez Merrimack ont de la chance, parce que beaucoup de compagnies plus grosses ont mis la clé sous la porte ; elles ne paient plus du tout. Mais ce que dit Merrimack, en gros, c'est : « Oui, vous pouvez recevoir votre argent, parce que nous vous avons vendu cette assurance et que c'était le marché, astéroïde ou pas. » Le grand patron, à Omaha, je crois qu'il se prend un peu pour Jésus.

— Bien, dis-je. Bien, bien.

Houdini entre, renifle par terre, lorgne Naomi avec méfiance et file dehors. Je lui ai préparé un lit dans la salle de bains, juste un vieux sac de couchage que j'ai ouvert d'un coup de cutter, un bol d'eau.

— Mais la ligne de conduite de la boîte, c'est de bien veiller à ne pas se faire arnaquer, parce que beaucoup de gens trichent. Je veux dire, c'est le bon plan pour être à l'aise jusqu'à la fin, pas vrai ? On simule la mort de maman, on reçoit un gros chèque et hop, on file aux Bahamas. Donc, la ligne en ce moment, c'est ça.

— C'est quoi ?

— Enquêter sur tous les sinistres. Et tous ceux qui sont contestables, on les conteste.

Je me fige, la bouteille à la main, et soudain je me dis : *Palace, abruti ! Espèce d'abruti total.* Parce que dans ma tête je revois le boss, Gompers, tout pâle avec ses bajoues, calé dans son gros fauteuil, me dire que Zell ne faisait plus de travail actuariel au moment de sa mort. Plus personne ne prend d'assurance-vie, il n'y a plus de données à analyser, pas de tableaux à dresser. Et donc Zell, comme tout le monde dans ce bureau, travaillait à vérifier les sinistres suspects.

— C'est un peu dur, quand on y pense, pour tous les gens qui ne fraudaient pas, dont le mari ou autre s'est vraiment tué, continue Naomi. À cause de ça, ils vont devoir attendre le fric encore un mois, deux mois ? C'est raide.

— Sûr, sûr, dis-je, la cervelle tournant à fond, pensant à Peter, Peter au McDo, les yeux exorbités.

Depuis le début, la réponse était sous mon nez. Dès le premier jour de mon enquête, dès le premier témoin que j'ai interrogé, elle était là, devant moi.

— Ce que je me demande, dit Naomi – que j'écoute avec une attention soutenue –, c'est si Peter n'aurait pas découvert quelque chose, ou s'il était tout près de découvrir quelque chose… Je ne sais pas. C'est sans doute idiot. Il aurait mis le doigt par hasard sur une histoire louche, et ça l'aurait tué ?

— Ça ne me paraît pas idiot du tout, à moi.

Pas du tout. Un mobile. Ça ressemble bien à un mobile.

Palace, espèce d'âne bâté.

— OK, dis-je à Naomi en m'asseyant dans l'autre transat. Dis-m'en plus.

Ce qu'elle fait ; elle me parle encore du genre de cas sur lesquels travaillait Peter, très probablement des dossiers d'intérêt assurable, dans lesquels le preneur n'est pas une personne mais une organisation. Une entreprise souscrit une assurance pour son directeur des opérations, ou son PDG, contrat qui couvre le risque de désastre en cas de décès de cet individu crucial. Je m'assois pour écouter, mais en fait c'est difficile d'être attentif quand on est assis – compte tenu du vin, compte tenu de l'heure tardive, compte tenu des lèvres rouges de Naomi et de la pâle luminescence de son crâne dans le clair de lune –, c'est pourquoi je me relève, marche de long en large dans la pièce, entre le petit téléviseur et la porte de la cuisine, et

Naomi, la tête penchée en arrière, me regarde avec une expression malicieuse, amusée.

— C'est comme ça que tu gardes ta ligne ? me demande-t-elle.

— Ça aide. Il faut que je voie sur quoi il travaillait.

— D'accord.

— Son bureau… (Je ferme les yeux, rassemble mes souvenirs.) Il n'y avait pas de pile de dossiers en cours dessus.

— Non. Non, depuis qu'on a arrêté d'utiliser les ordinateurs et que tout était sur papier. C'est Gompers qui a imaginé ce système assommant. Ou peut-être le bureau régional, je ne sais pas. Mais tous les soirs, ce sur quoi on travaille retourne dans les armoires d'archives. On les reprend le matin.

— Les dossiers sont rangés par employé ?

— Comment ça ?

— Ceux de Peter seraient-ils tous ensemble ?

— Euh… En fait, je n'en sais rien.

Je souris, les joues rouges, les yeux brillants.

— OK. Ça me plaît. C'est bon, ça.

— Quelle drôle de personne tu fais, dit-elle, et d'une certaine manière je n'en reviens pas qu'elle soit réelle, qu'elle soit assise là chez moi, sur mon vieux transat merdique, dans sa robe rouge à boutons noirs.

— C'est vrai, ça me plaît. Je vais peut-être me reconvertir, finalement. Tenter ma chance dans les assurances. J'ai toute la vie devant moi, pas vrai ?

Naomi ne rit pas. Elle se lève.

— Non. Pas toi. Toi, tu es un policier jusqu'au bout des ongles, Hank.

Elle me regarde, bien en face, je baisse un peu la tête avant de lui retourner son regard, et je me dis soudain, farouchement, douloureusement, que ça y est. Je ne retomberai jamais amoureux. C'est la dernière fois.

— Quand l'astéroïde arrivera, tu seras encore là, une main tendue devant toi, en train de crier : « Halte ! Police ! »

Je me rends compte que je ne sais pas quoi répondre à cela.

Je me penche un peu, et elle arque le cou, et nous nous embrassons très lentement, comme si nous avions tout le temps au monde. Nous sommes en plein baiser quand le chien entre à petits pas, se frotte contre ma jambe, et je le repousse doucement. Naomi passe un bras autour de mon cou, puis ses doigts suivent doucement le col de ma chemise.

Une fois ce baiser terminé, nous nous embrassons encore, plus fort, avec une hâte soudaine, et lorsque nous nous décollons, Naomi suggère que nous allions dans la chambre, et je m'excuse de ne pas avoir un vrai lit, juste un matelas par terre. Je ne me suis pas encore décidé à en acheter un, et elle me demande depuis combien de temps je vis comme ça et je réponds cinq ans.

— Alors tu ne te décideras sans doute jamais, murmure-t-elle en m'attirant à elle.

— Tu as sans doute raison, dis-je tout bas en l'entraînant avec moi sur le lit.

Bien plus tard, dans le noir, alors que le sommeil commence à alourdir nos paupières, je chuchote à Naomi :

— Quel genre de poésie ?

— Des villanelles, me répond-elle, et je ne sais pas ce que ça veut dire. Une villanelle est un poème de dix-neuf vers, ajoute-t-elle, toujours à voix basse. Cinq tercets, composés chacun de trois vers rimés. Et les premier et dernier vers du premier tercet reviennent sans cesse au cours du poème, en dernier vers de chacun des tercets suivants.

— D'accord, dis-je, sans vraiment tout enregistrer, plutôt concentré sur la douce présence électrique de ses lèvres sur ma gorge.

— Ça se termine par un quatrain, qui se compose de quatre vers rimés, et les deuxième et troisième vers du quatrain reprennent encore les premier et dernier vers du premier tercet.

— Ah. (Un silence.) Il va me falloir un exemple.

— Il y en a beaucoup qui sont excellents.

— Récite-moi une de celles que tu écris en ce moment.

Son rire est un petit courant d'air chaud dans mon cou.

— Je n'en écris qu'une et elle n'est pas terminée.

— Tu n'en écris qu'une ?

— Mais une belle. D'ici octobre. C'est mon projet.

— Ah.

Nous restons un moment sans bouger ni parler.

— Tiens, me dit-elle. Je vais t'en dire une célèbre.

— Je ne veux pas la villanelle célèbre. Je veux la tienne.

— Elle est de Dylan Thomas. Tu l'as sans doute déjà entendue. On l'a beaucoup vue dans les journaux ces derniers temps.

Je secoue la tête.

— J'essaie de ne pas trop lire la presse.

— Tu es un drôle de type, inspecteur Palace.

— On me le dit souvent.

***

À un moment, tard dans la nuit, je m'éveille vaguement et Naomi est là, debout dans l'encadrement de la porte, vêtue de ses seuls sous-vêtements, en train de passer sa robe rouge par-dessus sa tête. Elle me voit la regarder, s'arrête, sourit, sans aucune gêne, puis finit de s'habiller. Je remarque, même dans la pâle pénombre du couloir, que tout son rouge à lèvres est parti. Elle apparaît dépouillée et adorable, comme quelque chose qui vient de naître.

— Naomi ?

— Henry. (Elle ferme les yeux.) Une chose. (Rouvre les yeux.) Encore une chose.

Je place ma main en visière contre le clair de lune pour tenter de mieux la voir. Les draps sont froissés contre mon torse, mes jambes dépassent un peu sur le côté du matelas.

Elle s'assoit sur le lit, à mes pieds, dos à moi.

— Naomi ?

— Non, oublie.

Elle secoue rapidement la tête, se relève, parle, un torrent de mots dans le presque noir.

— Henry, sache que quoi qu'il arrive, quelle que soit la manière dont ça finira… tout ça, c'était réel, et bon, et juste.

— Bah, oui. Oui, bien sûr.

— Réel et bon et juste, et je ne l'oublierai pas, dit-elle. D'accord ? Quelle que soit la manière dont ça finira.

— D'accord.

Elle se penche sur moi, m'embrasse fort sur la bouche, et disparaît.

3

— Palace.

— Quoi ? Allô ?

Je me redresse d'un coup, regarde autour de moi. J'ai tellement l'habitude d'être tiré de mes rêves par le téléphone que je mets un petit moment à comprendre que je rêvais non pas d'Alison Koechner mais de Naomi Eddes, et puis l'instant d'après je prends conscience que ce n'était pas un rêve, pas cette fois – Naomi était réelle, est réelle, et je la cherche des yeux, mais elle n'est plus là. Mes stores sont relevés, le soleil hivernal envoie des rectangles jaunes et flottants sur les draps froissés, sur mon vieux matelas, et il y a une femme au téléphone qui me crie dans l'oreille.

— Connaissez-vous les peines encourues par quiconque se fait passer pour un représentant officiel de l'État ?

Oh, purée. Oh, non. Fenton.

— Oui madame, tout à fait.

Le sang, le flacon de sang. Hazen Road.

— Je vais vous les rappeler quand même.

— Docteur Fenton.

— Quiconque usurpe d'identité d'un représentant officiel de l'État encourt une peine de dix à vingt-cinq ans d'emprisonnement au titre de l'article VI, c'est-à-dire que vous allez directement en prison en attendant le procès, lequel n'aura jamais lieu.

— J'en suis conscient.

— La même peine s'applique au délit d'obstruction à une enquête criminelle.

— Puis-je m'expliquer ?

— Non merci. Mais si vous n'êtes pas à la morgue dans vingt minutes, vous allez au trou.

Je prends deux minutes pour m'habiller et deux de plus pour remplacer la compresse de mon œil. Avant de fermer ma porte, je promène mon regard dans le salon : les transats, la bouteille de vin vide. Pas trace des vêtements de Naomi, de son livre de poche, de son manteau, pas trace des talons de ses bottes sur le tapis. Pas trace de son odeur.

C'est arrivé, pourtant. Je ferme les yeux et je le sens, le cheminement de son doigt me chatouillant la nuque, m'attirant à elle. Je n'ai pas rêvé.

Vingt minutes, m'a dit Fenton, et elle ne plaisantait pas. Je dépasse les limites de vitesse sur tout le trajet jusqu'à l'hôpital de Concord.

***

Fenton est exactement telle que je l'ai vue la dernière fois, seule avec son chariot à roulettes dans la froide lumière de la morgue. Les tiroirs d'acier avec leurs poignées grises, l'étrange armoire de rangement des damnés.

À mon entrée, elle regarde sa montre.

— Dix-huit minutes quarante-cinq secondes.

— Docteur Fenton, j'espère que vous… J'espère… Écoutez…

Il y a des larmes dans ma voix, je ne sais pas pourquoi. Je m'éclaircis la gorge. J'essaie de formuler dans ma tête une explication satisfaisante, justifier le fait que j'aie pu voler du sang et le faire analyser sous un faux prétexte… j'essaie de dire à quel point j'étais persuadé que c'était une affaire de drogue, combien je tenais à confirmer ou infirmer que Peter Zell était toxicomane… Sauf que cela n'a plus d'importance, en fait cela n'en a jamais eu, c'était une histoire d'assurances, depuis le début… et pendant ce temps je fonds sous les effets combinés de son regard furieux et des lampes ultrapuissantes… et bien sûr, Peter aussi est là, elle a sorti son corps de son tiroir et l'a disposé sur la froide surface de la table d'autopsie, toujours aussi mort, les yeux braqués sur le plafond.

— Je suis désolé – voilà tout ce que j'arrive enfin à balbutier. Absolument navré, docteur Fenton.

— Oui. Moi aussi.

Son expression est neutre, impassible, derrière les deux O parfaits de ses lunettes.

— Pardon ?

— Je dis que moi aussi je suis navrée, et si vous pensez que je vais le redire une troisième fois, vous vous trompez gravement.

— Je ne comprends pas.

Fenton se tourne vers son chariot pour y prendre une feuille de papier.

— Ce sont les résultats de la sérologie, et comme vous le verrez ils m'ont poussée à réviser mes conclusions sur cette affaire.

— En quel sens ? dis-je, un peu tremblant.

— Cet homme a été assassiné.

Ma bouche s'ouvre toute seule, et c'est plus fort que moi, je pense les mots et ils sortent tout seuls aussi.

— Je le savais. Oh mon Dieu, je le savais depuis le début.

Fenton remonte légèrement ses lunettes qui ont glissé sur son nez, et lit le papier.

— Tout d'abord. L'analyse sanguine révèle non seulement une alcoolémie élevée mais aussi la présence d'alcool dans l'estomac, ce qui indique qu'il avait bu en abondance au cours des heures qui ont précédé la mort.

— Ça, je le savais.

J. T. Toussaint, lors de notre premier entretien : ils sont allés voir *Pâles lueurs au loin*. Ils ont descendu bon nombre de bières.

— Également présentes dans le sang : des traces significatives d'une substance contrôlée.

Je hoche la tête, l'esprit en ébullition car j'ai une longueur d'avance sur elle.

— Tout à fait. De la morphine.

— Non, dit-elle en relevant les yeux sur moi, curieuse, étonnée et un peu agacée. De la morphine ? Non. Aucune trace d'opiacée d'aucune sorte. Ce qu'il avait dans l'organisme était un composé chimique appelé acide gamma-hydroxybutyrique.

Je tords le cou pour mieux apercevoir le rapport, une fine feuille de papier décorée de calculs, de cases cochées, le tout tracé d'une écriture précise, penchée vers l'arrière.

— Excusez-moi. Quel genre d'acide ?

— Du GHB.

— Vous voulez dire… la drogue du viol ?

— Taisez-vous, inspecteur, tranche Fenton en sortant de sa poche une paire de gants en latex translucide. Venez par ici et aidez-moi à retourner le corps.

Nous passons nos doigts sous le dos de Peter Zell, le soulevons et le retournons sur le ventre, après quoi nous observons son large dos pâle, la chair qui s'écarte de l'échine. Fenton se coince dans l'œil une petite lentille semblable à une loupe d'horloger, puis lève la main pour diriger la lampe qui surplombe la table d'autopsie – et dont l'éclat est si fort qu'il vous donnerait presque des hallucinations – vers une meurtrissure brune et enflée derrière le mollet droit de Zell, juste au-dessus de la cheville.

— Ça vous dit quelque chose ?

Je me penche en avant.

Je pense encore au GHB. Il me faudrait un carnet, il faut que je note tout cela. J'ai besoin de réfléchir. Naomi s'est arrêtée à la porte de ma chambre, elle a failli me dire quelque chose, puis elle s'est ravisée et s'est éclipsée. J'éprouve une bouffée de manque si forte que j'en ai un instant les jambes molles, et je m'appuie contre la table, m'y raccroche à deux mains.

Tout doux, Palace.

— En fait, c'est surtout pour ceci que je vous dois des excuses, me dit Fenton. Dans ma hâte de conclure à un suicide évident, j'ai omis d'envisager sérieusement tout ce qui pourrait provoquer un anneau de contusions au-dessus d'une cheville.

— D'accord. Et donc…

Je m'interromps. Je ne sais pas du tout ce qu'elle veut dire.

— À un moment donné, au cours des heures qui se sont écoulées avant qu'il finisse là où vous l'avez retrouvé, cet homme a été neutralisé et traîné par la jambe.

Je la dévisage, incapable de prononcer un mot.

— Probablement jusqu'à un coffre de voiture, continue-t-elle en reposant la feuille sur le chariot. Probablement pour être déplacé jusqu'à la scène, puis pendu. Je vous l'ai dit, j'ai considérablement revu ma compréhension de cette affaire.

Dans ma tête, j'ai une vision éclair des yeux morts de Peter Zell, de ses lunettes disparaissant dans les ténèbres d'un coffre.

— Avez-vous des questions ? s'enquiert Fenton.

Je n'ai que ça, des questions.

— Et son œil ?

— Comment ça ?

— L'autre contusion. Sur sa joue, sous l'œil droit. Il prétendait être tombé dans un escalier. Est-ce possible ?

— Possible, mais improbable.

— Et vous êtes certaine qu'il n'avait pas du tout de morphine dans le corps ? Qu'il n'en a pas absorbé le soir où il est mort ?

— Oui. Pas depuis au moins trois mois.

Il faut que je repense tout l'ensemble, que je reprenne tout de A à Z. Que je revoie la chronologie, Toussaint, Peter Zell lui-même. Avoir eu raison depuis le début, avoir deviné qu'on l'avait assassiné ne me donne aucune joie. Je n'éprouve pas la puissante excitation de celui qui savait. Au contraire, je me sens perdu… triste… incertain. J'ai l'impression qu'on m'a jeté, moi, dans le coffre d'une voiture, l'impression d'être cerné par les ténèbres et de lever les yeux vers un mince rai de lumière du jour. En sortant de la morgue, je m'arrête devant la petite porte noire ornée d'une croix et passe les doigts sur le symbole. Cela me rappelle que les gens sont si nombreux à se sentir au fond du trou, en ce moment, qu'il a fallu fermer cette petite salle, transférer les offices quotidiens dans un local plus vaste, ailleurs dans le bâtiment. Voilà où nous en sommes.

***

À l'instant où je pose le pied sur le parking de l'hôpital, mon téléphone sonne.

— Bon Dieu, Hank, t'étais passé où ?

— Nico ?

Je l'entends mal car il y a un raffut d'enfer derrière elle, une sorte de rugissement.

— J'ai besoin que tu m'écoutes attentivement, s'il te plaît.

Le bruit de fond est intense, comme celui du vent s'engouffrant par une fenêtre ouverte.

— Nico, tu es sur l'autoroute ?

Il y a trop de boucan sur le parking. Je fais demi-tour et rentre dans le hall.

— Henry, *écoute*.

Le vent derrière elle rugit de plus en plus fort, et je commence à percevoir la plainte caractéristique des sirènes, un hurlement lointain et menaçant mélangé au souffle du vent. J'essaie de reconnaître le son de ces sirènes-là, ce ne sont pas celles de la police de Concord. Des véhicules de la police d'État ? Je n'en sais rien… Que conduisent les marshalls fédéraux, de nos jours ?

— Nico, où es-tu ?

— Je ne t'abandonne pas.

— Mais bon Dieu, de quoi tu parles ?

Sa voix est raide comme de l'acier ; c'est elle, et ce n'est pas elle. On dirait que ma sœur lit un script écrit pour elle. Le rugissement cesse d'un seul coup, et j'entends une porte claquer, j'entends des pas qui courent.

— Nico !

— Je reviendrai. Je ne t'abandonne pas.

La ligne est coupée. Silence.

***

Je fonce à la base de la Garde nationale du New Hampshire à 200 km/h, sirène hurlante et gyrophare allumé, en actionnant l'émetteur du tableau de bord pour faire passer les feux au vert sur mon passage, brûlant ma précieuse essence comme un incendie de forêt.

Le volant tremble sous mes mains, et je m'engueule moi-même à pleine voix : *connard, connard, connard !* J'aurais dû lui dire, pourquoi ne l'ai-je pas fait ? J'aurais dû lui relater en détail tout ce que m'a appris Alison : que Derek lui mentait depuis le début sur les histoires dans lesquelles il s'était embringué, sur l'endroit où il se rendait ; qu'il était mêlé à cette affaire débile de société secrète ; que le gouvernement le considérait comme un terroriste, un criminel violent, et que si elle persistait à essayer de le suivre, elle connaîtrait le même sort que lui.

Je serre le poing, cogne dans le volant. J'aurais dû lui montrer que ça ne valait pas la peine de se sacrifier pour lui.

J'appelle le bureau d'Alison Koechner, et bien sûr personne ne me répond. J'essaie encore une fois, et le téléphone me lâche ; furieux, je le balance sur la banquette arrière.

— *Bordel de merde !*

Maintenant, elle va faire quelque chose de vraiment idiot, se faire descendre par la police militaire, ou se retrouver au trou jusqu'à la fin avec ce demeuré.

Je m'arrête dans un crissement de pneus à l'entrée de la Garde nationale, et je bafouille comme un crétin devant le cerbère de l'entrée.

— Hé, hé, excusez-moi. Je m'appelle Henry Palace, je suis inspecteur de police, et je crois que ma sœur est ici.

Le garde ne dit rien. Ce n'est pas le même que l'autre fois.

— Son mari était emprisonné ici, je crois qu'elle est là et il faut que je la retrouve.

L'expression du type ne change pas.

— Nous n'avons pas de détenus en ce moment.

— Hein ? Oui… ah, euh… hé, là-bas ! Bonjour !

J'agite les deux mains au-dessus de ma tête, car voici quelqu'un que je reconnais. C'est la réserviste pas commode qui surveillait la prison quand je suis venu parler à Derek, la femme en treillis camouflage qui a attendu, impassible, dans le couloir, pendant que je m'efforçais de lui faire entendre raison.

— Bonjour. J'aurais besoin de voir le détenu.

Elle arrive à grandes enjambées, droit sur moi qui ai encore un pied dans la voiture, laquelle est au point mort, garée tout de travers, moteur en marche, devant le portail.

— Excusez-moi ? Bonjour. Il faut que je revoie le détenu de l'autre jour. Désolé, je n'ai pas rendez-vous. C'est urgent. Je suis officier de police.

— Quel détenu ?

— Je suis inspecteur.

Je m'arrête, reprends mon souffle.

— Qu'est-ce que vous venez de dire ?

Elle devait savoir que j'étais là, elle a dû voir arriver la voiture sur un écran ou je ne sais quoi, et venir à la porte. Cette idée me glace bizarrement le sang.

— J'ai dit : quel détenu ?

J'en reste coi, dévisageant tour à tour la réserviste et le garde. Ils m'observent tous les deux sans bouger, la main sur la crosse de l'arme automatique suspendue qu'ils portent en bandoulière. *Mais que se passe-t-il, ici ?* Voilà ce que je pense. Nico n'est pas là. Il n'y a pas de sirènes, pas de hurlements frénétiques. Rien que le ronronnement distant d'un rotor ; non loin d'ici, sur ce vaste terrain militaire, un hélicoptère décolle ou se pose.

— Le jeune. Le détenu. Celui qui était ici, avec ses dreadlocks ridicules, qui était dans la… la cellule, là-bas, dis-je avec un geste vague dans la direction de la prison.

— Je ne sais pas à quel individu vous faites allusion, me répond la matonne.

— Mais si, vous savez. Vous étiez là !

Sans me quitter un instant des yeux, elle lève lentement le canon de son arme. L'autre soldat, celui qui gardait le portail, lève aussi son AK-47, et je me retrouve face à deux soldats qui me tiennent en joue, la crosse calée contre la taille et le canon dirigé pile sur le centre de mon torse. Et cela ne change rien que je sois flic, et que ce soient des soldats américains, que nous soyons tous dévoués au maintien de l'ordre : rien au monde ne pourrait empêcher ces deux-là de m'étaler raide mort.

— Il n'y a jamais eu de jeune homme ici.

***

Aussitôt que je remonte en voiture, mon téléphone sonne, et je tâtonne fébrilement sur la banquette arrière jusqu'à ce que je le trouve.

— Nico ? Allô ?

— Holà, on se calme ! C'est Culverson.

— Ah. Inspecteur.

— Dis-moi, il me semble que tu m'avais parlé d'une jeune femme appelée Naomi Eddes. Tu sais, ton enquête sur le pendu ?

Mon cœur fait des bonds dans ma poitrine, comme un poisson au bout de sa ligne.

— Oui ?

— McConnell vient de la trouver, dans l'immeuble Water West. Le bureau des assurances.

— Comment ça, McConnell l'a trouvée ?

— Morte, je veux dire. Tu veux venir jeter un œil ?

QUATRIÈME PARTIE

Bientôt

Mercredi 28 mars
Ascension droite : 19 12 57,9
Déclinaison : – 34 40 37
Élongation : 83.7
Delta : 2,999 ua

1

Le mieux que je puisse faire à l'instant présent, dans ce local exigu et encombré au plafond bas, meublé de trois rangées d'armoires en acier gris, c'est me concentrer sur les faits. Après tout, c'est là le rôle approprié pour un jeune inspecteur fraîchement promu que son collègue plus expérimenté a fait venir, par pure courtoisie, sur la scène d'un crime.

Cet homicide n'est pas le mien, c'est celui de l'inspecteur Culverson. Donc, tout ce que je fais, c'est me tenir à l'entrée de la pièce mal éclairée, de manière à ne pas être dans ses pattes, ni dans celles de l'agent McConnell. C'était mon témoin, mais ce n'est pas mon corps.

Donc : la victime est une femme blanche de vingt-cinq ans environ, vêtue d'une jupe en lainage marron à motif pied-de-poule, chaussures marron clair, collant noir, chemisier blanc impeccable aux manches roulées. La victime montre un certain nombre de signes particuliers. Autour de chaque poignet, une guirlande de roses art déco tatouées ; piercings multiples à chaque oreille, petite boule dorée dans une narine ; crâne rasé, cheveux blonds très courts qui commencent tout juste à repousser. Le corps est effondré dans l'angle nord-est du local. Aucun signe d'agression sexuelle ni de lutte physique d'aucune sorte – excepté, bien sûr, la plaie par balle, qui a presque certainement provoqué la mort.

Un orifice d'entrée unique au centre du front, qui a laissé un trou irrégulier juste au-dessus et à droite de l'œil gauche de la victime.

— Bon, au moins ce n'est pas un suicide par pendaison, rigole doucement Denny Dotseth, qui apparaît à côté de moi. C'est rafraîchissant, non ?

Moustache, grand sourire, café dans un gobelet en carton.

— Bonjour, Denny, entrez, lui dit Culverson.

Dotseth me contourne pour le rejoindre.

Le petit local est envahi, Dotseth y apporte l'odeur de son café, qui s'ajoute à celle du tabac à pipe de Culverson, les fibres de moquette soulevées par l'agitation qui règne dérivent dans la pénombre, et tout cela me soulève l'estomac.

Concentration. Palace. Tout doux.

La pièce forme un étroit rectangle, d'environ un mètre quatre-vingts sur trois, exempt de toute décoration. Pas de meubles hormis les trois rangées d'armoires basses en métal. L'éclairage vacille un peu : deux longs tubes au néon dans une suspension basse et poussiéreuse. La victime est adossée contre une des armoires, dont la porte est entrouverte. Elle est morte à genoux, la tête renversée en arrière, les yeux ouverts, ce qui suggère qu'elle a expiré face à son assassin, peut-être en implorant sa pitié.

C'est moi qui ai fait ça. Pour les détails, ce n'est pas encore très clair.

Mais c'est ma faute.

Du calme, Palace. Reste concentré.

Culverson qui parle tout bas à Dotseth, Dotseth qui hoche la tête en riant sous cape, McConnell qui écrit dans son calepin.

Il y a une projection de sang, un croissant renversé qui s'étale sur le Placo du mur derrière la victime : un mouchetis irrégulier rouge et rose en forme de coquille. Culverson, flanqué de Dotseth qui regarde par-dessus son épaule, s'agenouille, tire doucement la tête de la victime en avant et trouve l'orifice de sortie. Le projectile a troué la porcelaine fragile de son crâne, juste là, entre les yeux, a traversé la cervelle en déchirant tout sur son passage, et est ressorti de manière explosive à l'arrière. C'est ce qu'on dirait, en tout cas : Fenton nous dira ce qu'il en est. Je me détourne, regarde dans le couloir. Trois employés des assurances Merrimack Life and Fire sont blottis à l'autre bout, là où le couloir tourne vers la porte d'entrée. Ils me voient, me retournent mon regard, muets, et je pivote de nouveau vers la pièce.

— Bien, dit Culverson. Le tueur entre ici, la victime est là-bas.

Il se lève, s'approche de là où je me tiens, à la porte, puis retourne vers le corps, avec des gestes lents, en réfléchissant.

— Elle cherchait peut-être quelque chose dans l'armoire ? hasarde McConnell.

— Peut-être, dit Culverson.

Moi, je pense : *oui, elle cherchait quelque chose dans l'armoire.* Dotseth sirote son café, émet un « ah » de satisfaction, Culverson continue.

— Le tueur fait un bruit, s'annonce peut-être. La victime se retourne.

Il rejoue la scène, endossant les deux rôles. Il incline la tête d'un côté puis de l'autre, imaginant, rejouant, refaisant approximativement les mouvements. McConnell note tout, griffonnant furieusement dans son calepin à spirale : elle fera une grande enquêtrice, un jour.

— Le tueur ploie les genoux, la victime recule, jusque dans le coin… le coup part…

Culverson, debout à la porte, forme un pistolet avec ses doigts et presse une détente imaginaire, puis, de l'index, suit la trajectoire de la balle, à travers toute la pièce, et ne s'arrête que juste devant l'orifice d'entrée, là où la vraie balle a continué, a pénétré dans le crâne.

— Hum, fait-il.

McConnell, pendant ce temps, jette un œil dans l'armoire.

— Vide, dit-elle. Ce tiroir, là. Complètement nettoyé.

Culverson se penche pour voir. Je reste là où je suis.

— Alors, qu'est-ce qu'on dit ? demande Dotseth à mi-voix. Un de ces cas de vieille rancœur ? « Je vais la tuer avant qu'elle meure », ce genre de chose ? Vous connaissez celle du type qui s'est pendu dans sa classe de CM1 ?

— Moi oui, dit Culverson en observant tout le local.

Pour ma part, je reste concentré sur la victime. Les dégâts provoqués par la balle évoquent un cratère creusé dans la sphère de son crâne. Je m'appuie au chambranle, cherche de l'air.

— McConnell, dit Culverson.

— Oui, monsieur ?

— Allez parler à ces dépressifs. (Il indique le bureau d'un revers du pouce.) Puis faites tout l'immeuble, étage par étage, en commençant ici et en descendant.

— Bien, monsieur.

— Interrogez le vieillard de l'accueil. Quelqu'un a dû voir le tueur entrer.

— Bien, monsieur.

— Wow, wow, wow, fait Dotseth avec un petit bâillement. Une enquête complète. À… quoi, six mois de la fin ? Vous m'impressionnez, là.

— C'est le petit, répond Culverson (et comme il est à quatre pattes, en train de chercher la douille sur la moquette, je mets une seconde à comprendre qu'il parle de moi). Il nous rappelle de rester honnêtes.

Un film muet passe dans ma tête : une femme cherchant un dossier, des doigts fins parcourant les étiquettes, le déclic d'une porte qui s'ouvre derrière elle. Elle fait volte-face… ses yeux s'agrandissent… *bam !*

— Ne perdez pas votre temps avec le patron, agent McConnell. Celui qui nous a appelés. Je vais lui parler.

Culverson cherche dans son calepin.

— Gompers, dis-je alors.

— Gompers, c'est ça. Vous venez avec moi ?

— Oui. (Je m'arrête, grince des dents.) Non.

— Palace ?

Je me sens mal. Une sorte d'oppression, un sentiment d'horreur, enfle dans mes poumons, comme si j'avais avalé un ballon plein de quelque chose, d'une sorte de gaz, un poison. Mon cœur bat violemment contre mes côtes, tel un prisonnier désespéré qui se jette inlassablement contre la porte en béton de sa cellule.

— Non, merci.

— Ça va, petit ?

Dotseth recule d'un pas, comme si je risquais de vomir sur ses chaussures. McConnell, qui s'est glissée derrière le corps de Naomi, palpe le mur avec ses doigts.

— Faut que vous… (Je passe la main sur mon front, découvre qu'il est moite et glissant. Une douleur lancinante a pris possession de mon œil blessé.)... que vous interrogiez Gompers sur les dossiers qu'il y avait dans ce tiroir.

— Bien sûr, me dit Culverson.

— Il nous faut des copies de tout ce qui était dedans.

— Évidemment.

— Il faut qu'on sache ce qui manque.

— Regardez ! lance McConnell.

Elle a la balle. Elle l'extirpe du mur, derrière le crâne de Naomi. Je tourne les talons et m'enfuis. Je longe le couloir en titubant, trouve la cage d'escalier, et je dévale les étages quatre à quatre, puis plus vite encore, enfin j'ouvre la porte d'un coup de pied et dégobille dans le hall puis sur le trottoir, en cherchant de l'air.

Bam !

***

Tout ceci, tout, qu'est-ce que j'avais dans le crâne ? Vous faites irruption dans ce palais des miroirs, vous pourchassez les indices – une ceinture, une lettre, un corps, un bleu, un dossier –, une chose après l'autre, c'est le jeu grisant dans lequel vous entrez, et puis vous y restez, dans le palais des miroirs, à jamais. Je me suis installé au comptoir parce que je ne pouvais pas affronter ma banquette habituelle, celle où j'ai déjeuné avec Naomi Eddes et où elle m'a raconté les secrets de Peter Zell, son addiction, son fantasme intermittent, sinistre mais pas vraiment sérieux, de se tuer dans les toilettes du McDo de Main Street.

Je ne reconnais pas la musique qui s'échappe de la cuisine du Somerset, et elle n'est pas à mon goût. Lancinante, électronique, pleine de synthétiseurs, beaucoup de bips stridents, de sifflets et de hululements.

Mes cahiers sont alignés devant moi, six rectangles bleu pâle posés côte à côte comme des cartes de tarots. Il y a une heure que je contemple leurs couvertures, incapable de les ouvrir et d'y lire l'historique de mon échec. Mais c'est plus fort que moi, les pensées reviennent sans arrêt, les faits défilent à la queue leu leu dans mon esprit, tels de tristes réfugiés avançant d'un pas traînant avec leurs paquets.

Peter Zell ne s'est pas suicidé. On l'a assassiné. Fenton l'a confirmé.

Naomi Eddes aussi a été assassinée. On lui a mis une balle dans la tête pendant qu'elle cherchait des dossiers d'assurance, les dossiers dont nous parlions la nuit dernière.

Elle s'est assise au pied de mon lit avant de partir ; elle allait me dire quelque chose, mais elle s'est ravisée et elle est rentrée chez elle.

Il lui avait parlé du McDonald's : si jamais il se tuait, c'était là qu'il le ferait. Mais il avait dit la même chose à sa sœur. Et à qui encore ?

Des flacons de MS Contin soixante milligrammes, dans un sac, dans une niche à chien.

J'ai vaguement conscience d'une tasse de café qui refroidit devant moi sur le comptoir, vaguement conscience du téléviseur qui flotte au-dessus de moi, fixé en hauteur à un bras métallique. À l'écran, un journaliste se tient devant une sorte de palais, et parle avec agitation d'un « différend mineur qui commence à prendre les proportions d'une vraie crise ».

Peter Zell et J. T. Toussaint, l'inspecteur Andreas, Naomi Eddes.

— À nous, chéri, me dit Ruth-Ann : tablier, calepin, un poing fermé sur la poignée d'un pot à café.

— C'est quoi, cette musique ? Où est Maurice ?

— Il est parti, m'apprend-elle. T'as une sale mine.

— Je sais. Encore du café, s'il te plaît.

Et puis en plus de tout cela, il y a ma petite sœur. Introuvable, peut-être morte, peut-être en prison. Encore une catastrophe que je n'ai pas su prévoir ni prévenir.

La télévision montre maintenant les images tressautantes d'une rangée d'hommes d'Asie du Sud derrière une table, en uniforme militaire vert à épaulettes dorées. L'un d'eux parle avec gravité dans un micro. Un type, à deux tabourets de moi, émet un *humpf* irrité. Je l'observe : c'est un homme entre deux âges, au corps mou, en blouson Harley, avec une grosse moustache et une barbe.

— Permettez ? fait-il.

J'ai un geste d'indifférence et il grimpe sur le comptoir, puis se penche en équilibre instable sur les genoux pour changer de chaîne.

Mon téléphone vibre.

Culverson.

— Salut, inspecteur.

— Comment tu te sens, Henry ?

— Ça va, ça va.

Les Pakistanais ont déserté la télé, remplacés par un présentateur qui sourit de manière obscène devant une pyramide de boîtes de conserve.

Culverson passe en revue ce qu'il a glané jusqu'à maintenant. Theodore Gompers, dans son bureau avec sa bouteille, a entendu un coup de feu vers 14 h 15, mais de son propre aveu il était assez éméché, et il a mis plusieurs minutes à chercher l'origine du bruit, puis encore plusieurs à rejoindre le local exigu, où il a découvert le corps de Naomi. Il a appelé la police à 14 h 26.

— Et le reste du personnel ?

— Gompers était seul quand c'est arrivé. Il a trois autres employés en ce moment, qui étaient sortis prendre un déjeuner prolongé au Barley House.

— Pas de chance.

— Eh non.

J'empile les cahiers bleus, je les redéploie, les dispose en carré, comme un rempart autour de mon café. Culverson va demander une analyse balistique de la balle – au cas très improbable, me dit-il, où ce flingue aurait été acheté légalement, avant la loi SSPI, et où on pourrait en remonter la trace. Aux marges de mon champ de vision, le type au blouson Harley sauce son jaune d'œuf avec un morceau de toast. Le présentateur télé jette avec dédain les boîtes de conserve à la poubelle, et le voilà qui fait l'article pour une sorte d'appareil à emballer sous vide ; il verse un bol de fraises dans l'entonnoir chromé. McConnell, me dit Culverson, a quadrillé tout l'immeuble Water West, quatre étages de bureaux, dont la moitié étaient déserts, et personne n'a rien vu ni entendu qui sorte de l'ordinaire. Personne n'en a rien à faire. Le vieux vigile prétend qu'il n'a vu passer aucune tête inconnue – mais il y a deux entrées à l'arrière, dont une donne directement sur l'escalier de secours, où les caméras de surveillance sont HS depuis longtemps.

Encore des indices. Encore des énigmes. Encore des faits.

Je regarde fixement l'écran de télé, où le présentateur déverse des barquettes de myrtilles dans l'entonnoir et actionne la machine. Mon compagnon de comptoir a un sifflement admiratif, se marre.

— Et le, euh… dis-je.

Après quoi je reste juste figé, assis là, la tête dans les mains. À cet instant – là, tout de suite – il faut que je décide si je vais quitter la ville, monter vers le nord, dans le Maine, me trouver une maison à Casco Bay et y rester à attendre en regardant par la fenêtre avec mon flingue, ou si je vais demeurer ici, faire mon travail et boucler mon affaire. Mes affaires.

— Palace ? dit Culverson.

Je me racle la gorge, me redresse, m'enfonce un doigt dans l'oreille pour ne plus entendre la télé et la mauvaise musique, saisis un de mes cahiers bleus.

— Les dossiers, dis-je. Et les dossiers ?

— Ah, oui, les dossiers. M. Gompers, terriblement utile, dit en gros que nous l'avons dans le baba, sur ce front-là.

— Ha.

— À voir l'armoire, il dit qu'il manque peut-être trois douzaines de dossiers, mais il est incapable de me dire ce qu'étaient les sinistres, ni qui travaillait dessus ni rien. Ils ont abandonné les dossiers informatisés en janvier, et il n'y a pas de copie des documents papier.

— Décidément, pas de bol.

Je prends un stylo, j'écris. Je prends note de tout.

— Demain, j'essaierai de joindre quelques amis et parents de la jeune Eddes, je leur annoncerai la mauvaise nouvelle, je verrai s'ils savent quelque chose.

— Je m'en charge, dis-je.

— Ah bon ?

— Pas de problème.

— Tu es sûr ?

— Je m'en charge.

Je raccroche, reprends mes cahiers, les glisse un par un dans la poche de mon blazer. La question, comme avant, est : pourquoi ? Pourquoi faire une chose pareille ? Pourquoi maintenant ? Un assassinat, calculé, de sang-froid. Dans quel but, pour quel gain ? Deux tabourets plus loin, le moustachu émet de nouveau son bruit irrité, parce que le téléachat a été interrompu par un flash spécial d'informations : des femmes en *abaya*, quelque part, qui traversent en courant, paniquées, une place de marché poussiéreuse.

Il pivote vers moi avec un regard plaintif, secoue la tête comme pour dire *mon Dieu mon Dieu, hein ?*, et je vois bien qu'il est sur le point d'engager la conversation, de partager une sorte de moment d'humanité, mais je n'ai pas le temps, je ne peux pas. J'ai du travail.

***

De retour chez moi, je me débarrasse des vêtements que j'ai portés toute la journée – à la morgue, à la Garde nationale, sur la scène de crime – et, debout dans la salle de bains, je regarde autour de moi.

La nuit dernière, peu après minuit, je me suis réveillé dans cette chambre, dans la même obscurité que maintenant, et Naomi était encadrée par la porte, en train d'enfiler sa robe rouge dans le clair de lune.

Je fais les cent pas en réfléchissant.

Elle a enfilé la robe, elle s'est assise sur le matelas et elle a commencé à parler – à me dire quelque chose – mais ensuite elle s'est ravisée : *non, oublie.*

Je marche lentement en rond dans ma chambre. Houdini se tient à la porte, perplexe, indécis.

Naomi a commencé à dire quelque chose, puis elle s'est arrêtée, et ensuite elle m'a dit que, quoi qu'il arrive, cela avait été réel et bon et juste. Et qu'elle ne l'oublierait pas, quelle que soit la manière dont cela finirait.

Je marche en rond, claquant des doigts, mordillant les pointes de ma moustache. *Réel et bon et juste, quelle que soit la manière dont ça finira*, c'est ce qu'elle a dit, *mais elle allait dire autre chose à la place.*

Dans mon rêve incessant, la balle qui a traversé le crâne de Naomi devient une boule de feu et de roche qui traverse la fragile croûte terrestre, creusant des tranchées dans le paysage, explosant les roches et le sous-sol sédimentaires, éventrant le fond des mers et projetant des panaches de vapeur océanique. Toujours plus loin, elle s'enfonce, traçant son chemin, libérant ses stocks énormes d'énergie cinétique, de même qu'une balle traverse une cervelle, arrachant des caillots tièdes de matière grise, tranchant des nerfs, créant des ténèbres, entraînant les pensées et la vie dans son sillage.

Quand je me réveille dans la lumière jaune et morte du soleil qui emplit ma chambre, la prochaine phase de l'enquête s'est annoncée dans ma tête.

Une chose minuscule, un tout petit mensonge à examiner.

2

Cet homicide n'est pas le mien, c'est celui de Culverson, mais me voilà reparti vers le centre-ville, vers l'immeuble Water West, comme un animal qui a assisté à une scène de violence et revient inlassablement sur ces lieux de fascination horrifiée. Une sorte d'idiot du village marche en rond sur Eagle Square, en grosse parka et toque de fourrure, harnaché d'un panneau d'homme-sandwich à l'ancienne proclamant ON NOUS PREND POUR DES IMBÉCILES, OU QUOI ? en grosses lettres rondes, et il agite une clochette tel un père Noël de l'Armée du salut.

— Hé, toi ! me crie-t-il. Tu sais *l'heure* qu'il est ?

Je baisse la tête, l'ignore volontairement, pousse la porte.

Le vieux vigile n'est plus là. Je monte l'escalier jusqu'au deuxième étage, et je ne m'annonce pas avec un « bonjour » poli depuis la réception, non : j'entre tout droit et trouve M. Gompers assis à son bureau en noyer.

— Oh, fait-il, surpris, et il se lève à demi, mal assuré sur ses jambes, pour mieux me voir. Je, euh… j'ai tout vu avec l'autre monsieur hier soir. À propos de cette pauvre Naomi.

Il boit son gin dans une chope, maintenant.

— Mouais. Mais pas vraiment tout.

— Comment ?

Je me sens glacé de l'intérieur, comme si on m'avait retiré mes organes, qu'on les avait séparés les uns des autres et qu'on les avait remis en moi couverts de boue. J'abats les deux mains sur le bureau de Gompers et je me penche sur lui ; il se recule, sa face molle fuyant mon regard féroce. Je sais de quoi j'ai l'air. Pas rasé, émacié, mon œil mort entouré d'une auréole irrégulière de chair meurtrie, brune et enflée, autour de la compresse blanche et propre.

— Quand je vous ai parlé la semaine dernière, vous m'avez dit que la maison mère, à Omaha, était obsédée par la prévention des fraudes.

— Quoi ? Je ne sais pas…

— Alors tenez, lisez !

Je balance le cahier bleu devant lui sur le bureau, ce qui le fait sursauter. Comme il ne bouge pas, je lui dis ce qu'il y a dedans.

— Vous avez prétendu que votre compagnie ne se souciait que de protéger le bilan financier. Vous m'avez dit que le PDG croyait pouvoir s'acheter un ticket pour le paradis. Mais hier, vous avez raconté à l'inspecteur Culverson qu'il n'existait pas de duplicata de ces dossiers.

— Mais oui, vous savez, on est passés au tout papier, bredouille-t-il. Les serveurs…

Il ne me regarde pas. Il garde les yeux sur une photo posée sur son bureau : sa fille, celle qui est partie pour La Nouvelle-Orléans.

— Vous faites vérifier et revérifier les sinistres à tout ce bureau, il n'y a pas de sauvegarde informatique, et vous me racontez qu'aucune copie n'est faite ? Aucun duplicata mis de côté nulle part ?

— Eh bien, je veux dire… (Gompers regarde par sa fenêtre, puis revient à moi, rassemblant ses forces pour faire une dernière tentative.) Non, je regrette, il n'y…

Je lui arrache son verre de la main et je le précipite contre la vitre, il explose et déverse une pluie de glaçons, de gin et d'éclats de verre sur la moquette. Gompers me regarde, hébété, ouvrant et refermant la bouche comme un poisson. J'imagine Naomi – tout ce qu'elle désirait, c'était écrire une villanelle parfaite –, je la vois aller chercher pour ce type des bouteilles d'alcool à la boutique du coin, et me voici en train de l'attraper par les revers de sa veste pour le soulever de sa chaise ; je le hisse sur le bureau, son menton gras tremblotant sous la pression de mes pouces.

— Vous êtes fou ?

— Où sont les copies ?

— À Boston. Au bureau régional. Sur State Street. (Je le relâche très, très légèrement.) Tous les soirs, on photocopie tout et on l'expédie en express. Les envois, ils les gardent à Boston. (Il répète les derniers mots, suppliant, lamentable.) Les envois… d'accord…

Je le lâche, et il retombe sur le bureau, glisse misérablement jusque dans son fauteuil.

— Écoutez, monsieur l'agent…

— Je suis inspecteur.

— Inspecteur, chevrote-t-il. Le siège ferme les franchises les unes après les autres. Ils cherchent de bonnes raisons. Stamford. Montpelier. Si ça arrive ici, je ne sais pas ce qu'on fera. Nous n'avons aucune épargne. Ma femme et moi, je veux dire. On n'y arrivera pas.

Je le fixe des yeux sans rien dire.

— Si j'appelle Boston en disant que je dois voir les copies, et qu'ils me demandent pourquoi, et que je…

(Il souffle, tâchant de ne pas craquer, et je continue de le regarder sans ciller.)… que je dis oh là là, j'ai des dossiers manquants, et j'ai… j'ai des employés morts…

Il relève la tête vers moi, les yeux humides et écarquillés, plaintif comme un enfant.

— Laissez-moi rester là. Laissez-moi juste rester là jusqu'à ce que ce soit fini. Je vous en prie, laissez-moi ici.

Il pleure, son visage se dissout dans ses mains. C'est épuisant. Ces gens qui se cachent derrière l'astéroïde, comme si c'était une excuse pour mal se comporter, pour se montrer misérable, prêt à tout et égoïste, tous ces gens qui se cachent dans sa queue de comète comme des enfants dans les jupes de leur mère.

Je me lève.

— Monsieur Gompers, je regrette, mais vous allez devoir récupérer ces dossiers. Je veux savoir tout ce qui manque, et je veux que vous me disiez, précisément, si certains des dossiers manquants étaient ceux de Peter Zell. Vous me comprenez bien ?

Il se ressaisit, se redresse un peu et souffle bruyamment dans un mouchoir.

— Je… je vais essayer.

Je tourne les talons.

— N'essayez pas. Vous avez jusqu'à demain matin. Faites-le.

***

Je redescends lentement au rez-de-chaussée, tremblant, sous le choc, vidé de mon énergie, et pendant que j'étais en haut à harceler Gompers le ciel a décidé de faire tomber un affreux crachin gelé, qui me cingle la face pendant que je traverse Eagle Square pour regagner ma voiture.

L'homme-sandwich arpente toujours l'esplanade, en parka et toque de fourrure, et de nouveau il me crie : « Vous savez *l'heure* qu'il est ? », et je l'ignore, mais il s'est planté sur mon chemin. Il tient son panneau à deux mains, ON NOUS PREND POUR DES IMBÉCILES, OU QUOI ?, l'élève comme un bouclier de centurion, et je marmonne « pardon monsieur », mais il ne bronche pas, et soudain je me rends compte que c'est le type d'hier soir, au Somerset, sans son blouson Harley mais toujours avec sa grosse moustache non taillée, ses joues rouges, ses yeux plaintifs.

Et il me sort :

— C'est *toi*, Palace, hein ?

— Oui.

Je prends conscience trop tard de ce qui se passe, je porte la main à mon holster mais il a déjà balancé son panneau et m'enfonce quelque chose entre les côtes. Je baisse les yeux : un pistolet, court, noir, horrible.

— Pas un geste.

— D'accord.

La pluie dégringole sur nous deux, immobiles au milieu d'Eagle Square. Des gens marchent sur le trottoir, à sept ou huit mètres de nous, mais il fait froid, il pleut de plus en plus fort et tous regardent leurs pieds. Personne ne remarque rien. Qui s'en soucie ?

— Pas un mot.

— OK.

— Bien.

Il a la respiration lourde. Sa barbe et sa moustache sont tachées de nicotine jaune sale. Son haleine empeste le tabac froid.

— Où est-elle ? crache-t-il entre ses dents.

L'arme appuie douloureusement contre mes côtes, dirigée vers le haut, et je sais quel chemin prendra la balle, déchirant la chair tendre, déchiquetant les muscles, pour s'arrêter brutalement dans mon cœur.

— Qui ça ?

Je repense au geste désespéré de Toussaint, avec le cendrier. Pour tenter une chose pareille, a dit Alison, il fallait qu'il soit désespéré. Et maintenant, voilà cet homme avec sa pancarte : agression à main armée sur un officier de police. Désespéré. Le canon s'enfonce en tournant dans mon flanc.

— Où est-elle ? redemande-t-il.

— Mais qui ?

— Nico.

Oh, mon Dieu, Nico. La pluie redouble et nous sommes toujours plantés sur place. Je n'ai même pas d'imperméable, rien que mon blazer gris et ma cravate bleue. Un rat surgit de derrière une benne à ordures, file à travers la place et disparaît en direction de Main Street. Je le suis des yeux pendant que mon assaillant passe la langue sur ses lèvres.

— Je ne sais pas où est Nico.

— Oh si, oh que si, tu sais.

Il remue le pistolet, l'enfonce encore plus dans le fin coton de ma chemise, et je sens que ça le démange de tirer, je perçois son énergie impatiente qui réchauffe la froideur du canon. Je visualise le trou qui a été laissé dans Naomi, juste au-dessus et à droite de son œil gauche. Elle me manque. J'ai si froid ici, mon visage dégouline de pluie. J'ai laissé mon chapeau dans la voiture, avec le chien.

— Je vous en prie, monsieur, écoutez-moi, dis-je en haussant la voix dans le tambourinement des gouttes. Je ne sais pas où elle est. Moi-même, j'essaie de la retrouver.

— Foutaises.

— C'est la vérité.

— *Foutaises !*

— Qui êtes-vous ?

— T'en fais pas pour ça.

— D'accord.

— Je suis un ami à elle, OK ? m'apprend quand même le type. Je suis un pote de Derek.

— D'accord, dis-je encore tout en tâchant de me remémorer tout ce que m'a raconté Alison sur Skeve et son organisation grotesque : le rapport Catchman, les bases secrètes sur la Lune. Un ramassis d'absurdités et de désespoir, et pourtant nous voilà, et si cet homme replie un tout petit peu un doigt, je suis mort.

— Où est Derek ?

Il souffle avec colère.

— Espèce d'ordure ! me crache-t-il.

Il recule brutalement son autre main, celle qui ne tient pas le flingue, et m'envoie un coup de poing dans la tempe. Dans l'instant, le monde devient flou, indistinct, je me plie en deux et il frappe encore, un coup vicieux sur la bouche, je suis projeté en arrière contre le mur de l'esplanade, ma tête rebondit contre la brique. Le pistolet reprend immédiatement sa place, me broyant les côtes, et à présent le monde tourne, flotte, la pluie déborde autour de ma compresse et m'inonde le visage, le sang coule de ma lèvre dans ma bouche, mon pouls rugit dans mon crâne.

Il se rapproche, me souffle à l'oreille.

— Derek Skeve est mort, et tu le sais parce que c'est toi qui l'as tué.

Ma bouche est pleine de sang, je le crache.

— Mais non ! Non.

— Bon, d'accord, alors tu l'as fait tuer. Ça ne change pas grand-chose, si ?

— Je vous jure, je ne sais pas de quoi vous parlez.

Mais c'est marrant, me dis-je, tandis que le monde cesse lentement de tourner, que la face furieuse du moustachu redevient nette dans le décor glacé et désolé de l'esplanade : en quelque sorte, je le savais. Si on m'avait posé la question, j'aurais probablement répondu que Skeve était mort. Mais je n'ai pas franchement eu le temps d'y songer. C'est dingue, on se réveille un jour et tout le monde est mort. Je tourne la tête, crache encore un jet de sang noir.

— Écoutez, l'ami, dis-je en calmant ma voix. Je vous promets… non, attendez, regardez-moi, monsieur. Vous allez me regarder ?

Il relève brusquement la tête, ses yeux sont immenses et terrifiés, ses lèvres tressaillent sous la grosse moustache, et l'espace d'un instant nous ressemblons à des amants grotesques, les yeux dans les yeux au milieu de cette froide place publique, séparés uniquement par le canon d'un flingue.

— Je ne sais pas où est Nico. Je ne sais pas où est Skeve. Mais je pourrai peut-être vous aider, si vous me dites ce que vous savez.

Il y réfléchit, et son débat intérieur apeuré transparaît dans ses grands yeux douloureux. Il respire lourdement, la bouche entrouverte. Et là, soudain et trop fort, il me dit :

— Tu mens. Tu es au courant de tout. Nico m'a dit que son frère avait un plan, un plan secret de la police…

— Quoi ?

— Pour sortir Derek de là…

— Hein ?

— Nico dit que son frère a un plan, qu'il peut lui obtenir une voiture…

— Moins vite… attendez…

Il tombe des cordes.

— Et ensuite Derek se fait descendre, moi je m'en tire de justesse, et quand je sors elle n'est nulle part.

— Je ne sais rien de tout cela.

— Si, tu *sais*.

Un froid claquement métallique lorsqu'il retire la sécurité. Je pousse deux petits jappements, tape dans mes mains, le moustachu fait « Hé… », et un aboiement féroce s'élève soudain de la rue adjacente ; il tourne la tête dans cette direction, et j'en profite pour le pousser fort en pleine tête, il recule en titubant et tombe sur le derrière.

— Merde, lâche-t-il, à terre.

Je dégaine mon arme et vise directement son torse épais, mais le mouvement soudain m'a déséquilibré, il fait sombre et j'ai le visage trempé, je vois double à nouveau, et je ne dois pas pointer mon arme au bon endroit, car son coup me prend par surprise : il pédale avec ses pieds, accroche mon talon et je bascule telle une statue déboulonnée. Je roule sur moi-même, scrute la place comme un fou. Rien. Le silence. La pluie.

— Mince, dis-je en me rasseyant, tirant mon mouchoir pour le presser contre ma lèvre.

Houdini me rejoint et bondit d'avant en arrière, avec des grognements tendres. Je tends la main, le laisse la renifler.

— Il ment, dis-je au chien.

Pourquoi Nico aurait-elle inventé une fable dans laquelle j'aurais eu un plan d'évasion ? Et où aurait-elle dégoté un véhicule ?

Le hic, c'est qu'un type tel que celui-là n'a pas assez de cervelle pour mentir. Pas s'il est capable de croire que le gouvernement des États-Unis, allez savoir comment, a construit en secret, pendant les cinq dernières années, un dédale de bases secrètes sur la face cachée de la Lune, de croire que nous aurions consacré des ressources aussi colossales à la prévention d'une catastrophe qui avait une chance sur deux cent cinquante millions de se produire.

C'est bizarre, me dis-je en me relevant péniblement. Ma sœur est trop futée pour ce genre d'âneries.

Je m'essuie la bouche sur ma manche et commence à clopiner vers ma voiture.

Non mais vraiment. Elle est nettement trop futée pour ces âneries.

— Hum, dis-je. Hum.

***

Une heure plus tard me revoilà à Cambridge, sur l'esplanade en contrebas, en face du Harvard Yard. Quelques hippies dansent devant un groupe de jeunes SDF dépenaillés qui jouent des percussions, un homme vend des livres de poche entassés dans un chariot de supermarché, une femme en débardeur chevauche un monocycle en jonglant avec des massues et en chantant « Que Sera Sera ». Une très vieille dame en survêtement gris argent fume une cigarette de marijuana avec un Noir qui porte un treillis de friperie. Un ivrogne ronfle comme un sonneur, étalé sur les marches, le bas du corps trempé d'urine. Un *state trooper* observe le tout d'un œil méfiant, ses grosses lunettes miroir remontées sur son chapeau de style ranger. Je le salue du menton, un salut de collègue, mais il ne me rend pas la pareille.

Je traverse Mt. Auburn Street et retrouve le petit kiosque vert aux fenêtres condamnées. J'ignore toujours où travaille Alison Koechner, et personne ne répond au téléphone à son ancien numéro, si bien que c'est tout ce que j'ai : le seul endroit où je sais qu'elle se rend souvent.

— Tiens tiens, fait le docteur Café, avec son chapeau et sa barbe. Mon vieil ennemi juré !

— Je vous demande pardon ? dis-je en fouillant des yeux, paupières plissées, la petite pièce sombre où il n'y a que moi et le gamin.

Il lève les mains, un grand sourire aux lèvres.

— Je blaguais, vieux. C'est juste un truc que j'aime bien dire. (Il pointe ses deux index sur moi avec emphase.) Vous, vous avez bien besoin d'un *latte*, mon ami.

— Non merci. C'est de renseignements que j'ai besoin.

— Je ne vends pas ça. Seulement du café.

Il s'active derrière son comptoir, avec rapidité et efficacité, insérant la base conique du filtre amovible dans la machine à expresso et le retirant, *cling clong*. Puis il égalise les grains de café, les tasse un peu.

— Je suis venu il y a deux jours.

— D'accord, me répond-il, les yeux sur sa machine. Si vous le dites.

Les gobelets en carton sont toujours alignés sur le comptoir, un par continent, venez placer vos paris. L'Amérique du Nord n'a qu'un ou deux haricots, l'Asie une poignée, l'Afrique une poignée. L'Antarctique est toujours en tête, débordante de haricots. Un vœu pieux. Comme si la chose allait simplement s'enfoncer dans la neige, s'éteindre comme une bougie.

— Je suis venu avec une femme. À peu près grande comme ça, rousse. Jolie.

Il hoche la tête, verse du lait d'une brique dans un pichet métallique. Plonge un tube dans le pichet, appuie sur un bouton, fait mousser.

— Bien sûr. Le docteur Café se souvient de tout.
— Vous la connaissez ?
— La connaître, ça non, mais je la vois beaucoup.
— D'accord.

Pendant un moment, je perds le fil de mes pensées, fasciné par la mousse, regardant dans le pichet avec le docteur Café, et puis il éteint l'appareil avec un geste vif d'oiseau, exactement au moment où le lait allait déborder.

— Et voilà !
— Il faut que je lui laisse un message.
— Ah oui ?

Le docteur Café hausse un sourcil. Je me masse le flanc, là où le canon de mon assaillant m'a laissé une zone sensible, juste sous les côtes.

— Dites-lui que Henry est passé.
— Je peux faire ça.
— Et faites-lui savoir que j'ai besoin de la voir.
— Je peux aussi.

Il prend une petite tasse en faïence à un crochet et la remplit d'expresso, puis ajoute délicatement le lait moussant à l'aide d'une cuiller à long manche. Il y a une sorte de génie à l'œuvre là-dedans, l'application d'une sensibilité délicate.

— Vous n'avez pas toujours fait ça, dis-je. Du café, je veux dire.

— Non.

Il garde les yeux sur son travail, la tasse dans le creux de la main, et il la remue avec délicatesse pour faire apparaître un motif fait de café noir et de mousse brumeuse.

— J'étais étudiant en mathématiques appliquées, m'apprend-il en inclinant très légèrement la tête pour indiquer Harvard, de l'autre côté de la rue, puis il relève la tête, radieux. Mais vous savez ce qu'on dit, conclut-il en me présentant mon café crème, décoré d'une feuille de chêne parfaite et symétrique. Il n'y a pas d'avenir là-dedans.

Il sourit, et je suis censé rire, mais je n'en fais rien. Mon œil me fait mal. Une douleur bat dans ma lèvre, là où j'ai reçu le coup.

— Alors, vous lui direz ? Que Henry est passé ?

— Ouais, mec. Je lui dirai.

— Et je vous en prie, dites-lui…

Vous savez quoi ? Au point où j'en suis, pourquoi pas ?

— … dites-lui que Palace veut savoir ce que cachent toutes ces foutaises à la Jules Verne à propos de la Lune. Dites-lui que je sais que ce n'est pas tout, et que je veux savoir qui sont ces gens et ce qu'ils veulent.

— Wow. Ça, c'est du message.

Je sors mon portefeuille de ma poche, et le docteur Café arrête ma main.

— Non, non. C'est pour la maison. Je fais être franc, l'ami. Vous avez pas super bonne mine.

3

Un enquêteur se doit d'envisager toutes les possibilités, de considérer et soupeser toutes les séries d'événements concevables qui ont pu aboutir à un crime, et de déterminer lesquelles sont les plus probables, lesquelles peuvent se révéler exactes.

Lorsqu'on l'a tuée, Naomi cherchait les dossiers d'intérêt assurable de Peter parce qu'elle savait qu'ils m'intriguaient, et elle m'aidait dans mon enquête.

Lorsqu'on l'a tuée, Naomi cherchait les dossiers pour les dissimuler avant que je puisse les trouver.

Quelqu'un lui a tiré dessus. Un inconnu ? Un complice ? Un ami ?

Je mets une heure à rentrer de Cambridge à Concord, une heure d'autoroute morte, de panneaux indicateurs vandalisés, de biches immobiles et frémissantes le long de la 93 Nord. Je revois Naomi à la porte de ma chambre, lundi soir. Plus je songe à cet instant-là, plus je me persuade que ce qu'elle devait me dire – ce qu'elle avait commencé à me dire avant de se raviser – n'était pas simplement sentimental ou intime. C'était lié à la mécanique de mon enquête en cours.

Mais quand on est à demi nue dans le clair de lune et qu'on dit à quelqu'un : « encore une chose », est-il possible qu'on parle de clauses de contestabilité et d'intérêt assurable ?

C'était autre chose, et je ne saurai jamais quoi. Mais je le voudrais.

En temps normal, quand j'arrive au commissariat central de School Street, je me gare sur le parking et j'entre par la porte de service qui donne dans le garage. Cet après-midi, allez savoir pourquoi, je fais le tour et prends l'entrée principale, l'entrée publique, celle que j'ai franchie pour la première fois à l'âge de quatre, peut-être cinq ans. Je salue Miriam à l'accueil, là où travaillait ma mère, et je monte contacter la famille de Naomi Eddes.

Seulement voilà, maintenant je suis là-haut et la ligne fixe ne fonctionne pas.

Pas de bips dans les touches, pas de tonalité, rien que du plastique inerte. Je saisis le fil, le suis jusqu'à la prise puis reviens au bureau, fais cliqueter deux ou trois fois le contact du socle. Je regarde autour de moi, me mordille la lèvre. Rien n'a changé : les bureaux sont à leur place, tout comme les piles de paperasse, les armoires, les emballages de sandwiches, les canettes, la faible lumière hivernale qui entre à l'oblique par la fenêtre. Je me déplace jusqu'au bureau de Culverson, décroche son téléphone. Même chose : pas de tonalité, pas de vie. Je repose doucement le combiné.

— C'est foutu, hein ?

L'inspecteur McGully est apparu à la porte, les bras croisés, les manches de son sweat-shirt remontées, le cigare planté dans le coin droit de la bouche.

— Eh bien, je n'arrive pas à appeler.

— Et encore, c'est que la partie visible de l'iceberg, gronde-t-il en cherchant une boîte d'allumettes dans sa poche. Y se passe quelque chose de pas net, bleusaille.

— Hum.

Mais il est sérieux, parfaitement sérieux. Depuis que je le connais, jamais je n'ai vu cette expression sur les traits de McGully. Je descends la chaise d'Andreas de son bureau, essaie son téléphone. Toujours rien. J'entends les Coupes-en-Brosse dans la petite salle de pause à deux portes d'ici : voix sonores, un éclat de rire, quelqu'un qui dit : « Alors je réponds… je réponds… écoute-moi, attends. » Quelque part, une porte claque ; des pas pressés dehors, dans un sens, dans l'autre.

— J'ai croisé le chef en arrivant ce matin, continue McGully en déambulant dans la pièce pour aller s'adosser au mur près du radiateur. J'y ai dit : « Salut mon couillon », comme d'hab', et il est passé sans m'écouter. Comme si j'étais un fantôme.

— Ah bon.

— Ils sont en réunion, j'ai l'impression. Dans le bureau d'Ordler. Le chef, le DCO, le DCA. Plus une bande de cons que j'ai pas reconnus. (Il tire sur son cigare.) Avec des lunettes noires.

— Des lunettes noires ?

— Ouais, des *lunettes noires*.

Il le dit comme si cela signifiait quelque chose, mais quelle que soit l'allusion, je ne la comprends pas, et de toute manière je ne l'écoute que d'une oreille. J'ai une bosse à l'arrière du crâne, là où ma tête a heurté le mur en brique d'Eagle Square ce matin.

— Rappelle-toi ce que je vais te dire, le bleu. (Il pointe sur moi son cigare non allumé, puis a un grand geste emphatique.) Y se passe quelque chose de pas net.

***

Dans le hall d'entrée de la bibliothèque publique de Concord, on peut admirer un bel assortiment de classiques, le *best of* du canon occidental, empilé pour former une belle pyramide : *L'Odyssée, L'Iliade*, Eschyle et Virgile fournissent les fondations, Shakespeare et Chaucer la rangée suivante, et ainsi de suite en avançant dans le temps jusqu'à *Le soleil se lève aussi*, qui couronne l'édifice. Personne n'a jugé nécessaire de donner un titre à l'installation, bien que le thème soit clairement : *Choses à lire avant de mourir*. Quelqu'un, peut-être le petit plaisantin qui a mis la chanson de R.E.M. dans le juke-box du bar Penuche's, a glissé *Le Dernier Rivage* en édition de poche entre *Middlemarch* et *Oliver Twist*. Je le prends, le rapporte au rayon Fiction et le range à sa place avant de descendre dans la salle des fichiers, au sous-sol.

C'est à ceci que devait ressembler le métier de policier à l'époque d'avant le numérique, me dis-je tout en prenant un plaisir viscéral à exhumer le gros annuaire de la zone suburbaine du Maryland, l'ouvrir à grand bruit, faire défiler les pages fines comme du papier de soie pour chercher un nom. Y aura-t-il encore des policiers, après ? Je ne sais pas. Non… dans très longtemps peut-être, mais pas avant un bon moment.

Il y a trois Eddes à Gaithersburg (Maryland), et je copie soigneusement leurs numéros dans mon cahier bleu avant de remonter dans le hall d'accueil. Je repasse devant Shakespeare et Milton pour rejoindre la vieille cabine téléphonique installée non loin de l'entrée. Il y a la queue ; j'attends pendant une dizaine de minutes en admirant les hautes fenêtres art déco. Mes yeux se posent sur les branches décharnées d'un petit charme de Caroline gris qui pousse devant les portes. J'entre enfin dans la cabine, prends ma respiration, et compose un numéro.

Ron et Emily Eddes, sur Maryland Avenue. Pas de réponse, pas de répondeur.

Maria Eddes, Autumn Hill Place. Elle décroche, mais d'une part elle a une voix très jeune et d'autre part elle ne parle que l'espagnol. Je parviens à lui demander si elle connaît une Naomi Eddes, et elle parvient à me répondre que non. Je m'excuse et raccroche.

Dehors, il s'est remis à pleuvoir. Je compose le dernier numéro et pendant que ça sonne, je regarde une feuille ovale et solitaire, isolée tout au bout d'une branche tordue, qui se fait marteler par les gouttes de pluie.

— Allô ?

— William Eddes ?

— Bill. Qui est à l'appareil ?

Je serre les dents. Plaque la main sur mon front. J'ai un nœud sombre et dur dans le ventre.

— Monsieur, êtes-vous un parent de Naomi Eddes ?

Le silence qui suit est long et douloureux. Cet homme est son père.

— Monsieur ?

— Qui est-ce ? demande sa voix, tendue, froide, formelle.

— Je suis l'inspecteur Henry Palace. Policier à Concord, dans le New Hampshire.

Il raccroche.

La feuille de charme, celle que j'observais, n'est plus là. Je crois apercevoir l'endroit où elle a atterri, une tache noire dans la gadoue de la pelouse. Je rappelle Bill Eddes, mais cela ne répond pas.

Il y a quelqu'un devant la cabine, une vieille dame agitée, penchée sur un petit Caddie en fil de fer comme ceux qu'on trouve dans les quincailleries. Je lève l'index, lui décoche un sourire d'excuse, j'appelle une troisième fois Bill Eddes, et je ne m'étonne pas du tout lorsque non seulement personne ne décroche, mais en plus la sonnerie s'arrête brutalement. Le père de Naomi, dans son salon ou sa cuisine, a arraché le téléphone du mur. Il enroule lentement le fin cordon gris autour de l'appareil, pose celui-ci sur une étagère dans un placard, comme on range une chose à laquelle il ne faudra plus penser.

— Pardon madame, dis-je en tenant la porte ouverte pour la vieille dame.

— Qu'est-ce que vous vous êtes fait à la figure ? veut-elle savoir, mais je ne lui réponds pas.

Je sors de la bibliothèque en mordillant un bout de ma moustache, une main sur le cœur pour l'empaumer, le sentir battre, nom d'un chien… c'est ça… bon sang… Je presse le pas puis me mets à courir, coupant à travers la pelouse trempée, jusqu'à ma voiture.

***

C'est une si petite ville, Concord : à peine cent kilomètres carrés en comptant les faubourgs ! Aller en voiture du centre-ville à l'hôpital, quand il n'y a pas d'autres voitures dans les rues ? Cela ne prend que dix minutes, qui ne me permettent pas de tout démêler mais sont quand même suffisantes pour que je sois certain de le faire à terme, certain d'y être, de pouvoir élucider ce meurtre – ces meurtres : deux morts, un assassin.

Me voici déjà à l'intersection de Langley Parkway et de la Route 9. Je lève les yeux vers l'hôpital, posé là comme un château fort miniature pour enfants, entouré de ses annexes, d'immenses parkings, de bureaux et de cliniques. La nouvelle aile, inachevée à jamais : des poutres entassées, des plaques de verre, des échafaudages démontés sous des bâches.

Je me gare, reste assis dans le parking, tambourine des doigts sur le volant.

Si Bill Eddes a réagi comme il l'a fait, ce n'est pas sans raison, et cette raison, je la connais.

Ce fait établi en entraîne un deuxième, qui me mène à un troisième.

Imaginez que vous entrez dans une pièce plongée dans le noir, et qu'il y a un rai de lumière pâle sous une porte, à l'autre bout. Vous ouvrez cette porte et elle donne sur une deuxième pièce, très légèrement moins obscure que la première, et vous ouvrez encore une porte au bout de cette pièce parce qu'une lumière plus vive encore filtre en dessous. Et ainsi de suite, vous continuez d'avancer, une pièce après l'autre, et il y en a de plus en plus, et de plus en plus de lumière.

Une rangée de suspensions sphériques est fixée au-dessus des portes ; toutes étaient allumées la dernière fois que je suis venu, aujourd'hui deux sont éteintes. Le monde se délite peu à peu, chaque élément se détériorant à son rythme erratique, tout tremble et croule à l'avance, la terreur de la dévastation à venir est une dévastation en soi, et chaque dégradation mineure a ses conséquences.

Il n'y a pas de bénévole derrière le comptoir arrondi de l'accueil aujourd'hui, juste une famille assise sur les banquettes et formant un petit nœud d'anxiété : un papa, une maman et un enfant qui lèvent les yeux à mon arrivée, comme si j'étais en possession de la mauvaise nouvelle qu'ils attendent. Je leur adresse un hochement de tête compatissant, puis je m'arrête, pivotant dans toutes les directions pour tâcher de m'orienter, cherchant l'ascenseur B.

Une infirmière en tenue de travail me dépasse à la hâte, s'arrête devant une porte, marmonne « Oh, zut » et fait demi-tour.

Je crois avoir compris par où passer et je fais deux pas avant d'être saisi par une douleur intense à l'œil. J'étouffe un cri, porte la main à mon visage, ce n'est vraiment pas le moment.

Si j'ai si mal, c'est parce que… comment disait le docteur Wilton, déjà, tout en enroulant une bande autour de ma tête ? *L'hôpital souffre d'une pénurie de ressources palliatives.*

Les faits se lient entre eux, s'allument en clignotant dans ma mémoire puis se connectent les uns aux autres, formant des images semblables à des constellations. Mais il n'y a nulle joie là-dedans, je n'éprouve aucun plaisir, parce que j'ai mal à la tête, et aussi au flanc, là où le canon du flingue s'est enfoncé, et à l'occiput, là où je me suis cogné contre le mur, et parce que je me répète : *Palace, pauvre cloche.* Car si seulement je pouvais remonter dans le temps et voir les choses plus clairement, si j'avais su plus tôt les relier entre elles, j'aurais déjà résolu l'affaire Zell, et il n'y aurait pas d'affaire Eddes. Naomi ne serait pas morte.

Les portes de l'ascenseur s'écartent et j'entre dans la cabine. Personne ne monte avec moi. Je suis seul : un grand échalas de policier, silencieux et borgne, qui fait courir ses doigts sur le panneau, tel un aveugle lisant du braille, tâchant d'y déchiffrer les réponses.

Je passe un petit moment dans l'ascenseur, montant et descendant plusieurs fois, marmonnant dans ma barbe : « Où pouvais-tu bien cacher ça ? »

Car quelque part dans cet édifice, il y a un endroit analogue à la niche du jardin de J. T. Toussaint, où quelqu'un stocke des articles vendus sous le manteau et des gains malhonnêtes. Mais un hôpital est plein de cachettes – plein de réserves, de placards, de bureaux, de couloirs –, surtout un hôpital tel que celui-ci, chaotique, disparate, figé en pleine rénovation : c'est un endroit *bourré* de cachettes.

Je finis par me décider à descendre au sous-sol et trouve le docteur Fenton dans son bureau, au bout d'un petit couloir qui rejoint la morgue, un petit bureau immaculé décoré de fleurs fraîches, de photos de famille et d'une affiche représentant Mikhaïl Baryshnikov, Théâtre du Bolchoï, 1973.

Fenton paraît étonnée et pas ravie de me voir, comme si j'étais un nuisible, un raton laveur peut-être, dont elle envisageait de se débarrasser.

— Quoi, encore ?

Je lui dis de quoi j'ai besoin et lui demande combien de temps cela prend d'habitude. Elle se renfrogne.

— D'habitude ? répète-t-elle comme si le mot n'avait aucun sens.

Mais j'insiste.

— Oui, d'habitude.

— D'habitude, dix jours à trois semaines. Mais, le personnel de Hazen Drive étant ce qu'il est en ce moment, j'imagine qu'il faut plutôt compter quatre à six semaines.

— D'accord… bon… pourriez-vous le faire d'ici demain matin ?

J'attends un braiement de rire dédaigneux, je m'y prépare, en me disant que je la supplierai s'il le faut.

Mais elle retire ses lunettes, se lève de sa chaise, et m'observe avec attention.

— Pourquoi tenez-vous tant à élucider ce meurtre ?

J'écarte mes mains ouvertes, un geste d'évidence.

— Eh bien… Parce qu'il ne l'a pas encore été.

— D'accord, lâche-t-elle.

Elle le fera à condition que je promette de ne plus jamais l'appeler ni chercher à la joindre, sous aucun prétexte, jamais.

Et c'est là, en regagnant l'ascenseur, que je la trouve, la cachette que je cherchais. J'en ai un haut-le-corps, je reste un instant bouche bée, puis je souffle : « Oh mon Dieu. » Ma voix résonne sur le béton du couloir ; alors, je tourne les talons et cours demander encore une chose à Fenton.

***

Mon portable est en rade. Aucune barre. Pas de réseau. C'est de pire en pire.

Je les imagine dans ma tête, les antennes non entretenues qui s'inclinent lentement puis tombent, mortes, entraînant dans leur chute leurs câbles qui pendouillent.

Je retourne à la bibliothèque, mets des pièces dans le parcmètre. Je fais la queue à la cabine, puis vient mon tour : j'appelle l'agent McConnell chez elle.

— Tiens, Palace ! dit-elle. Vous qui travaillez en haut, vous pouvez me dire ce qui se passe ? Entre les chefs ?

— Je n'en sais rien.

De mystérieux visiteurs à lunettes noires. McGully : *Il se passe quelque chose de pas net.*

— J'aurais besoin d'un coup de main, McConnell. Avez-vous autre chose que des pantalons dans vos armoires ?

— Je vous demande pardon ?

McConnell note l'heure et l'adresse du rendez-vous avec le docteur Fenton demain matin. Une file d'attente se reforme devant la cabine téléphonique. La vieille dame au Caddie en ferraille est de retour, elle me fait de grands signes comme pour me dire bonjour. Derrière elle attendent un homme qui a une allure de commercial, costume marron et attaché-case, et une mère avec des jumelles. Je montre mon insigne à travers la vitre de la cabine et baisse la tête, tâchant de trouver une position confortable dans ce minuscule cagibi en bois.

J'appelle l'inspecteur Culverson sur la CB et je lui annonce que j'ai élucidé l'affaire.

— Ton pendu, tu veux dire ?

— Oui. Et ton homicide aussi. Eddes.

— Quoi ?

— Ton affaire aussi. C'est le même tueur.

Je lui explique tout, après quoi il y a un long intervalle, la radio qui grésille dans le silence, et il me dit que j'ai fait un sacré boulot de police.

— Bah.

— Tu feras un grand enquêteur un jour.

Exactement la réflexion que j'ai faite à McConnell la semaine dernière.

— Oui. On va dire ça.

— Tu rentres au commissariat ?

— Non. Pas aujourd'hui.

— Très bien. Ne viens pas.

4

Même dans les environnements les plus paisibles, il se produit de temps en temps un incident violent et imprévisible, au cours duquel quelqu'un est tué sans raison valable en plein jour, dans une rue ou un parking animés.

La police de Concord au grand complet était présente à l'enterrement de ma mère, et tous se sont tenus au garde-à-vous quand le cercueil a été apporté : quatorze employés et quatre-vingt-six officiers et agents en uniforme, raides comme des statues, lui adressant un dernier salut. Il a fallu faire sortir Rebecca Forman, soixante-quatorze ans, la comptable de la police, une dame robuste aux cheveux poivre et sel, effondrée en sanglots. La seule personne qui soit restée assise est le professeur Temple Palace, mon père ; il est resté tout mou sur son banc pendant la durée de la brève cérémonie, le regard vitreux et fixé droit devant lui, comme un gosse qui attend l'autobus, son fils de douze ans et sa fille de six ans debout, hébétés, à sa droite et à sa gauche. Il est resté assis, un peu affalé contre ma hanche, l'air plus perplexe qu'affligé, et on voyait tout de suite – du moins, moi, je le voyais bien – qu'il ne tiendrait pas le coup.

Je suis convaincu qu'avec le recul, ce qui était dur pour mon père le professeur d'anglais n'était pas seulement le fait qu'elle soit morte, mais l'ironie de la chose : sa femme qui restait assise toute la journée, du lundi au vendredi, derrière une vitre blindée dans un commissariat de police, tuée d'une balle en plein cœur par un petit braqueur sur le parking du magasin T. J. Maxx un samedi après-midi.

Pour vous donner une idée de la faiblesse de la criminalité à Concorde à l'époque : l'année en question, en 1997, selon les archives du FBI, ma mère a été la seule victime d'homicide. Ce qui veut dire que, rétrospectivement, ma mère avait une chance sur quarante mille d'être assassinée à Concord cette année-là.

Mais c'est ainsi que ça marche : quelle que soit la probabilité pour qu'un événement donné survienne, cette chance unique sur allez-savoir-combien doit arriver à un moment ou à un autre, faute de quoi ce ne serait pas une chance sur allez-savoir-combien. Ce serait zéro chance.

Après la veillée funèbre, mon père a observé la cuisine, les lunettes sur le nez, les yeux immenses et le regard perplexe, et il a dit à ses enfants : « Alors maintenant, qu'est-ce qu'on va manger pour le dîner ? » Il ne voulait pas parler seulement de ce soir-là, mais de toujours. J'ai souri à Nico, mal à l'aise. L'heure tournait. Il ne tiendrait pas le coup.

Le professeur Palace dormait sur le canapé, incapable de monter affronter l'absence de ma mère dans le lit, le tri de ses affaires dans son armoire. C'est moi qui ai fait tout ça. Moi qui ai emballé ses robes.

L'autre chose que j'ai faite est de passer beaucoup de temps au commissariat central, en demandant au jeune inspecteur chargé de l'enquête de me tenir au courant, et Culverson l'a fait : il m'a appelé quand il a analysé les empreintes relevées dans les graviers du parking du T. J. Maxx ; il m'a appelé quand ils ont localisé le véhicule identifié par des témoins, une Toyota Tercel gris métallisé, abandonnée par la suite à Montpelier. Une fois le suspect en garde à vue, l'inspecteur Culverson est passé à la maison, a étalé le dossier pour moi sur la table de la cuisine et m'a expliqué toute l'affaire, l'enchaînement de preuves. Il m'a laissé tout regarder, sauf les photos du corps.

— Merci, monsieur, ai-je alors dit à Culverson.

Mon père, appuyé à la porte de la cuisine, pâle, fatigué, a aussi marmonné un remerciement. Et dans mon souvenir, Culverson répond : « Je ne fais que mon travail », mais en fait je doute qu'il ait réellement sorti un cliché pareil. Mes souvenirs sont embrumés – c'était une période difficile.

Le 10 juin de cette année-là, mon père a été retrouvé dans son bureau à St. Anselm's, pendu au cordon des rideaux.

J'aurais dû raconter à Naomi toute l'histoire, celle de mes parents, sa vérité, mais je ne l'ai pas fait, et maintenant elle est morte et je ne le ferai jamais.

5

La matinée est radieuse et c'en est presque irritant, cette manière subite qu'ont l'hiver de s'achever et le printemps de commencer – les petits ruisseaux partout, les pousses d'herbe verte pointant à travers la couche de neige qui diminue rapidement sur les champs derrière ma fenêtre. Cela va créer des ennuis, en termes de maintien de l'ordre. Cela va agir comme de la magie noire sur l'humeur de la population, cette nouvelle saison, l'aube du dernier printemps que nous vivrons. On peut s'attendre à une poussée de désespoir, à des vagues d'anxiété, de terreur et de chagrin anticipé.

Fenton m'a dit que si elle y arrivait, elle m'appellerait à 9 heures avec son rapport. Il est 8 h 54.

Je n'ai pas vraiment besoin du rapport de Fenton. Pas besoin de la confirmation, je veux dire. J'ai raison, et je le sais. Je sais que j'ai trouvé. Mais ça aiderait. Ce sera utile devant le tribunal.

Je regarde un nuage blanc parfait traverser seul le bleu de la matinée, et là, Dieu merci, le téléphone sonne ; je l'attrape d'un geste vif.

— Allô ?

Pas de réponse.

— Fenton ?

Il y a un long silence, une respiration lourde, et je retiens mon souffle. C'est lui. C'est l'assassin. Il sait. Il joue avec moi. Nom d'un chien.

— Allô ?

— J'espère que vous êtes content, monsieur l'agent – inspecteur, pardon.

Une toux bruyante, un tintement, de la glace dans un verre de gin : je regarde au plafond en soupirant.

— Monsieur Gompers. Vous tombez mal.

— J'ai trouvé les sinistres, dit-il comme s'il ne m'avait pas entendu. Les mystérieux dossiers manquants que vous vouliez que je retrouve. Je les ai.

— Monsieur…

Mais il ne veut pas s'arrêter, et d'ailleurs je lui ai dit qu'il avait vingt-quatre heures, et il est là, à me rendre des comptes, le pauvre bougre. Je ne peux quand même pas lui raccrocher au nez.

— Je vous écoute.

— Je suis allé voir l'armoire des envois, et j'ai sorti tous les numéros qui correspondaient. Il n'y en a qu'un dans le lot qui porte le nom de Zell. C'est bien ce que vous vouliez savoir, non ?

— Tout à fait.

Sa voix est lourde d'alcool et de sarcasme.

— J'espère bien. Parce que tout va se passer comme je le redoutais. Comme je l'avais dit.

Je regarde la pendule. 8 h 59. Ce que me raconte Gompers n'a plus d'importance. Ça n'en a jamais eu. Il ne s'est jamais agi de fraude aux assurances.

— Je suis dans la salle de réunion à Boston, en train de fouiller dans les envois, et qui est-ce qui se pointe ? Marvin Kessel. Vous savez qui c'est ?

— Non, monsieur. J'apprécie votre aide, monsieur Gompers.

Il n'a jamais été question de fraude aux assurances. Pas une seconde.

— Marvin Kessel, pour votre gouverne, est l'assistant-manager régional pour les régions Atlantique et Nord-Est, et il s'est montré *très* intéressé par ce qui se passe à Concord. Et maintenant il sait, et maintenant Omaha sait qu'on a des dossiers manquants, qu'on a des suicides. Tout le tralala !

On dirait mon père : *Parce que c'est Concord, voyons !*

— Alors maintenant *ça y est*, je vais perdre mon boulot, comme tous les employés de la branche, eux aussi ils vont perdre leur boulot. Et on va tous se retrouver à la rue. Alors j'espère que vous avez de quoi noter sous la main, inspecteur, parce que j'ai les informations.

J'ai en effet de quoi noter, et Gompers me délivre les informations. Le sinistre sur lequel Peter travaillait au moment de sa mort a été déclaré à la mi-novembre par une certaine Mme V. R. Jones, directrice de l'institut OpenVista, une organisation à but non lucratif enregistrée dans l'État du New Hampshire. Son siège se trouve à New Castle, sur la côte, près de Portsmouth. C'était une police d'assurance-vie complète au nom du directeur exécutif, M. Bernard Talley, et M. Talley s'est suicidé en mars. Merrimack Life and Fire exerçait son droit d'investigation.

Je note tout, une vieille habitude, mais ça n'a pas d'importance et ça n'en a jamais eu, pas même une seconde.

Gompers a terminé et je le remercie en regardant la pendule. Il est 9 h 02 – Fenton va appeler d'une minute à l'autre, elle me donnera la confirmation que j'attends, je monterai en voiture et j'irai chercher l'assassin.

— Monsieur Gompers, je me rends compte que vous avez fait un gros sacrifice. Mais il s'agit d'une enquête pour meurtre. C'est important.

— Vous n'avez pas idée, jeune homme, dit-il sur un ton morose. Vous n'avez aucune idée de ce qui est important.

Il raccroche, et je vais presque pour le rappeler. Je le jure, avec tout ce qui se passe, je suis à deux doigts de me lever et d'aller là-bas. Parce que non… il ne tiendra pas le coup.

Mais juste après, la ligne fixe sonne de nouveau, je décroche vivement, et cette fois c'est Fenton qui me demande :

— Dites-moi, inspecteur, comment avez-vous su ?

Je respire un coup, ferme les yeux, et j'écoute battre mon cœur pendant une seconde, deux secondes.

— Palace ? Vous êtes là ?

— Je suis là, oui… Je vous en prie, dites-moi exactement ce que vous avez trouvé.

— Mais certainement. Avec joie. Et ensuite, à un moment donné, vous allez m'offrir un bon steak au restau.

— Oui ! dis-je en ouvrant les yeux pour scruter le ciel bleu vif, juste derrière la fenêtre de la cuisine. Dites-moi juste ce que vous avez trouvé.

— Quelle impatience ! La spectrométrie de masse confirme la présence de sulfate de morphine dans le sang de Naomi Eddes.

— Bien.

— Et cela ne vous étonne pas.

— Non, madame.

Non, pas du tout.

— La cause du décès est inchangée. Traumatisme craniocérébral massif dû à une blessure par balle au milieu du front. Mais la victime de ce coup de feu avait ingéré un dérivé de morphine dans les six ou huit heures précédant sa mort.

Cela ne m'étonne pas une seconde.

Je referme les yeux. J'imagine Naomi sortant de chez moi en robe rouge au milieu de la nuit et rentrant chez elle pour se défoncer, se percher comme un satellite. Elle devait arriver au bout de ses réserves, aussi, et cela devait l'inquiéter, parce qu'à présent son dealer était mort. Tué par McGully. Ma faute.

Oh, Naomi. Tu aurais pu me le dire.

Je sors mon SIG Sauer de son holster, le pose sur la table de la cuisine, ouvre le magasin, le vide, et compte les douze balles de .357.

Au Somerset Diner, une semaine plus tôt, Naomi en train de manger des frites, me disant qu'elle a tout simplement dû aider Peter Zell en voyant qu'il souffrait, qu'il était en manque. Elle *devait* l'aider, m'a-t-elle dit, en baissant les yeux, en détournant la tête.

J'aurais pu savoir dès ce moment, si je l'avais voulu.

— J'aimerais pouvoir vous en apprendre davantage, ajoute Fenton. Si la fille avait eu des cheveux sur la tête, je pourrais vous dire si elle consommait de la morphine depuis longtemps.

— Ah oui ?

Je n'écoute pas vraiment. Voilà une jeune femme qui s'est sentie obligée d'aider ce vague collègue, cet homme qu'elle connaissait à peine, quand elle a vu qu'il souffrait. Une femme avec une longue expérience de la toxicomanie, qui a fait vivre un enfer à ses parents, à tel point que son père raccroche aussitôt qu'il entend son nom, qu'il entend le mot *police*.

— Si vous avez un cheveu assez long, vous pouvez le couper en tronçons d'un centimètre et les analyser un par un, m'explique Fenton. Savoir quelles substances ont été métabolisées, mois par mois. C'est assez fascinant, pour tout dire.

— On se voit là-bas, lui dis-je. Et je le ferai. Je vous inviterai à dîner.

— Bien sûr que vous le ferez, Palace. Au moment de Noël, c'est ça ?

Je sais ce que l'analyse des cheveux aurait révélé. Naomi était toxicomane. Je ne connais pas le détail de ses habitudes passées, ses périodes de dépendance, de décrochage et de rémission, mais cette fois-ci elle se droguait depuis trois mois presque jour pour jour. Depuis le mardi 3 janvier, le jour où le professeur Leonard Tolkin, du Jet Propulsion Lab, était passé à la télévision et lui avait annoncé la même mauvaise nouvelle qu'à tout le monde. À mon avis, si elle ne s'est pas remise à consommer des substances contrôlées ce soir-là, elle l'a fait le lendemain ou le surlendemain.

Je recharge le magasin, le referme avec un claquement, j'appuie sur la sécurité, et je remets mon arme dans le holster. J'ai déjà fait cet exercice en intégralité – ouvrir le magasin, vérifier les munitions, le refermer – à plusieurs reprises depuis que je me suis réveillé ce matin à sept heures et demie.

Peter Zell avait déjà évalué les risques et fait le grand saut des mois plus tôt, il avait traversé tout le cycle – attraction, expérimentation, dépendance, manque – pendant que le risque augmentait régulièrement au fil des mois. Mais Naomi, comme beaucoup de gens, a attendu le jour où c'est devenu officiel, où le risque d'impact est monté d'un coup, de cinquante à cent pour cent. Des millions de gens dans le monde entier, décidant de se percher comme des satellites et de rester là-haut, cherchant à mettre la main sur tout ce qu'ils pouvaient – la dope, saloperies variées, NyQuil, gaz hilarant ou flacons d'antalgiques volés dans les hôpitaux – et à se laisser aller en mode plaisir pur, écarter la terreur et l'appréhension, dans un monde où l'idée de conséquences à long terme avait disparu comme par magie.

Je me force à remonter dans le temps, à me remémorer le Somerset Diner, je tends les mains à travers la table pour prendre celles de Naomi, et je lui demande de me dire la vérité, de me parler de son point faible, et je lui dis que je m'en fiche et que je tomberai amoureux d'elle quand même. J'aurais compris.

Est-ce que j'aurais compris ?

Mon père m'a bien formé à l'ironie, et l'ironie, ici, est qu'en octobre, quand c'était encore cinquante-cinquante, quand il y avait encore de l'espoir, c'est Naomi Eddes qui a aidé Peter Zell à se débarrasser de cette malheureuse habitude – elle l'a tellement bien aidé que quand la fin du monde a été officiellement annoncée, il a réussi à tenir bon, il est resté *clean*. Alors que Naomi, dont la dépendance était plus profondément ancrée, dont l'habitude était celle de toute une vie, et non le résultat d'un froid calcul de probabilités… Naomi n'était pas si forte.

Encore de l'ironie : ce n'était pas si facile, début janvier, de mettre la main sur des drogues, surtout celles dont Naomi avait besoin. De nouvelles lois, de nouveaux flics, une demande qui monte en flèche, une pénurie exacerbée : à tous les niveaux, c'était difficile. Mais Naomi a su exactement où aller. Elle avait tout appris de ses conversations nocturnes avec Pete sur ce qui continuait de le tenter : son vieux copain J. T. dealait encore, il trouvait de la morphine, sous une forme quelconque, d'une provenance quelconque.

Et c'est donc à ce moment-là qu'elle s'est rendue dans la petite maison sale de Bow Bog Road, qu'elle a commencé à acheter, commencé à consommer, sans jamais le dire à Peter, à quiconque, et les seules personnes au courant étaient Toussaint et son nouveau fournisseur.

Et ce nouveau fournisseur… c'est lui, l'assassin.

Chez moi, dans le noir, immobile dans l'encadrement de la porte, elle a failli me dire toute la vérité. Non seulement la vérité sur sa dépendance, mais aussi sur l'intérêt assurable, les sinistres frauduleux, *j'ai pensé à une chose qui pourrait peut-être vous aider, dans votre enquête*. Si j'étais sorti de mon lit, si je l'avais prise par les poignets, l'avais embrassée et ramenée au lit, elle serait encore en vie.

Si elle ne m'avait jamais rencontré, elle serait encore en vie.

Je sens le poids du pistolet dans le holster, mais je ne le ressors pas, pas cette fois-ci. Il est prêt, il est chargé. Moi aussi, je suis prêt.

***

Mon Impala roule sur le parking à l'asphalte peint en noir et couvert de coulures humides. Il est 9 h 23.

Il y a encore une chose que je ne comprends pas, c'est *pourquoi*. Pourquoi faire une chose pareille – pourquoi cette personne-*là* a-t-elle fait ces choses-*là* ?

Je descends de voiture et entre dans l'hôpital.

Il faut encore que j'appréhende le suspect. Et surtout, il faut que j'apprenne la réponse.

Dans le hall d'accueil bondé, je m'attarde derrière un pilier, les épaules voûtées pour me faire plus petit, dissimulant mon visage bandé derrière le *Monitor*, comme un espion. Au bout de quelques minutes, je vois l'assassin entrer, traverser le hall à grandes enjambées décidées, pile à l'heure. C'est urgent, important, il a du travail au sous-sol.

Je m'aplatis derrière le pilier, tressaillant de nervosité, prêt à l'action.

Le mobile, d'un côté, est évident : l'argent. La même raison que tous ceux qui volent puis revendent des substances contrôlées, puis commettent des meurtres pour couvrir ces activités. L'argent. Surtout maintenant que la demande est haute, les réserves basses, le rapport coût-bénéfice de la vente de drogue est faussé, quelqu'un va forcément prendre le risque, quelqu'un va amasser une petite fortune.

Mais quelque chose sonne faux là-dedans. Pour le tueur, pour ces crimes. Ces risques. Un meurtre, un double meurtre, et même pire que les meurtres, et tout ça pour quoi, pour de l'argent ? Risquer la prison, l'exécution, le gaspillage du peu de temps qui reste ? Juste pour l'argent, vraiment ?

Bientôt, j'aurai les réponses. Je vais descendre, ça va marcher, et ensuite ce sera terminé. Cette idée, que tout cela soit terminé, roule sur moi, inévitable, sans joie, froide, et je serre les doigts sur mon journal. L'assassin de Peter – l'assassin de Naomi – entre dans l'ascenseur, et, quelques secondes plus tard, je prends l'escalier.

***

Il fait froid à la morgue. Les lampes d'autopsie sont éteintes, il fait sombre et il n'y a pas de bruit. Les murs sont gris. On se sent comme dans un réfrigérateur, ou à l'intérieur d'un cercueil. Je pénètre dans le silence glacé juste à temps pour voir Erik Littlejohn serrer la main du docteur Fenton, qui lui adresse un bref signe de tête professionnel.

— Monsieur.

— Bonjour, docteur. Comme je crois vous l'avoir dit au téléphone, j'ai un visiteur à dix heures, mais en attendant je serai heureux de me rendre utile.

— Bien sûr, merci.

La voix de Littlejohn est discrète, sensible, correcte. Le directeur des Services spirituels. La barbe dorée, les grands yeux, l'autorité naturelle. Une veste élégante qui semble neuve, en cuir acajou souple et lisse, une montre en or.

Mais l'argent – une montre en or, une veste neuve – ne suffit pas à expliquer tout ce qu'il a fait, les horreurs qu'il a commises. Ce n'est pas assez. Je ne peux pas l'accepter. Et je me fiche de ce qui fonce vers nous dans le ciel.

Je me rencogne derrière la porte, la porte qui donne sur le couloir, qui mène à l'ascenseur.

Voilà que Littlejohn se tourne et salue profondément, respectueusement, l'agent McConnell, qui est censée avoir l'air accablée de chagrin, conformément à son personnage, mais qui montre aussi un peu d'irritation, probablement parce qu'elle obéit à mes ordres : elle a revêtu une jupe et un chemisier et tient un petit sac à main, les cheveux détachés, sans queue-de-cheval.

— Bonjour, madame, lui dit l'assassin de Peter Zell. Je m'appelle Erik. Le docteur Fenton m'a demandé d'être présent ce matin, et je comprends que c'est aussi ce que vous souhaitez.

McConnell hoche gravement la tête et se lance dans le petit speech que nous avons écrit pour elle.

— Mon mari, Dale… Il s'est suicidé avec son fusil de chasse. Je ne sais pas pourquoi il a fait ça. Enfin si, je sais, mais je pensais…

Et là elle fait semblant d'être incapable de continuer, sa voix tremble et se brise, et moi je pense *voilà, c'est bien, très impressionnant, agent McConnell.*

— Je pensais qu'on passerait la fin ensemble, pour le temps qui reste.

— Les dégâts sont importants, précise le docteur Fenton, c'est pourquoi Mme Taylor et moi-même avons convenu que votre présence l'aiderait à voir le corps de son mari pour la première fois.

— Bien sûr, absolument, murmure-t-il.

Mes yeux passent rapidement sur sa silhouette, de haut en bas, cherchant la bosse d'une arme à feu. S'il en a une, elle est bien cachée. Je ne pense pas que ce soit le cas.

Littlejohn sourit à McConnell avec chaleur et bonté, pose une main rassurante sur son épaule, pivote vers Fenton.

— Et où se trouve le mari de Mme Taylor en ce moment ? demande-t-il, plein de tact et de délicatesse.

Mon cœur se serre. Je plaque une main sur ma bouche pour contrôler le bruit de ma respiration, pour me contrôler.

— Par ici, répond Fenton.

Et nous y voilà, ceci est le pivot de toute l'affaire, parce qu'à présent elle les emmène tous les deux – Littlejohn guidant McConnell, la fausse veuve, de sa main douce –, leur fait traverser la salle, vers moi, vers le couloir.

— Nous avons installé le corps dans l'ancienne chapelle, explique-t-elle.

— Pardon ?

Littlejohn hésite, a un petit mouvement de recul, les yeux luisants de crainte et de perplexité, et mon cœur se coince dans ma gorge, parce que j'avais raison – je le savais, et pourtant je n'arrivais pas réellement à y croire. Je le regarde fixement, en imaginant ces mains douces passant une longue ceinture noire autour du cou de Peter Zell, serrant lentement. Ou un pistolet tremblant dans sa main, les grands yeux noirs de Naomi.

Plus qu'un instant, Palace. Plus qu'un instant.

— Je crois que vous vous trompez, docteur, dit-il tout bas à Fenton.

— Pas d'erreur, réplique-t-elle avec vivacité, en adressant un sourire crispé mais rassurant à McConnell.

Elle s'amuse, Fenton. Littlejohn insiste, il n'a pas le choix.

— Non, c'est inexact, cette salle est hors service. Elle est fermée à clé.

— Oui, dis-je alors.

Littlejohn sursaute, à cet instant il sait exactement ce qui se passe, il me cherche du regard et je sors de l'ombre, mon arme devant moi.

— Et c'est vous qui avez la clé. Où est-elle, je vous prie ?

Il me regarde, abasourdi.

— Où est la clé, monsieur ?

— Elle est… (Il ferme les yeux, les rouvre, livide, l'espoir disparaît de ses pupilles.) Elle est dans mon bureau.

— Allons-y.

McConnell a sorti son arme de son sac à main. Fenton ne bronche pas, les yeux étincelants derrière ses lunettes rondes. Elle boit du petit-lait.

— Inspecteur.

Littlejohn s'avance un peu, il fait un effort, sa voix tremble mais il essaie.

— Inspecteur, je n'imagine pas…

— Taisez-vous. Je vous ordonne de vous taire.

— Oui, mais inspecteur Palace, je ne sais pas ce que vous croyez, mais si vous… si vous pensez…

Une confusion feinte distord son beau visage. Elle est là, la vérité, elle est là, même dans le fait que mon nom lui vienne si facilement en tête : il sait précisément qui je suis depuis le jour où j'ai pris cette affaire en main, depuis que j'ai appelé sa femme pour organiser un entretien, il était sur mes traces, me surveillait, s'interposait entre mon enquête et moi. En encourageant Sophia, par exemple, à fuir mes questions, en lui faisant valoir avec douceur que la révélation ferait de la peine à son père. En surveillant les abords de la maison, en attendant, pendant que j'interrogeais J. T. Toussaint. Et puis en détachant les chaînes de mes pneus neige, à tout hasard.

Et il est retourné chez Toussaint, dans la maison de Bow Bog Road, cherchant partout le reste de la marchandise, les numéros de téléphone, les listes de clients. Cherchant les mêmes choses que moi, sauf que contrairement à moi il savait ce que nous cherchions, et ensuite je l'ai poursuivi avant qu'il pense à fouiller la niche.

Mais il avait encore un tour à jouer, encore un moyen de me lancer sur une fausse piste. Encore un tour violent, et cela a failli marcher.

L'agent McConnell fait un pas, sort des menottes du petit sac à main, et je dis :

— Attendez.

— Hein ? fait-elle.

Mon pistolet est toujours braqué sur Littlejohn.

— Je voudrais juste… j'aimerais entendre l'histoire d'abord.

— Veuillez m'excuser, inspecteur, mais je ne vois pas de quoi vous parlez.

Je retire la sécurité. Je crois que s'il continue de mentir, je risque de le tuer. Le coup peut partir, comme ça.

Mais il capitule, il parle. Lentement, d'une voix éteinte et monocorde, en regardant non pas moi mais droit dans le canon de mon arme, il me raconte l'histoire. L'histoire que je connais déjà, que j'ai déjà reconstituée.

Après octobre, quand Sophia a découvert que son frère lui avait volé son bloc d'ordonnances et s'en servait pour se procurer des antalgiques, après qu'elle l'a fait avouer et tout arrêter, après que Peter est entré dans la brève mais douloureuse période de manque, et que Sophia croyait toute l'affaire terminée, après tout cela, Erik Littlejohn est allé voir J. T. Toussaint et lui a fait une proposition.

À l'époque, alors que Maïa était en conjonction et que le risque d'impact était d'une incertitude terrible, coincé à cinquante pour cent, l'hôpital tournait avec des effectifs réduits : les pharmaciens et leurs assistants démissionnaient en masse et des nouveaux étaient embauchés, heureux de recevoir un salaire garanti par le gouvernement. La sécurité, comme encore maintenant, partait dans tous les sens. Certains jours, il y avait des gardes armés de mitraillettes ; d'autres, les portes des armoires à pharmacie étaient forcées avec des magazines pliés en deux. Pyxis, le distributeur automatique de pilules dernier cri, est tombé en panne en septembre, et le technicien assigné à l'hôpital par le fabricant est toujours aux abonnés absents à ce jour.

Le directeur des Services spirituels, en cette époque de désespoir et de folie, est resté fidèle au poste, figure immuable inspirant la confiance, un roc. Et dès novembre, il dérobait d'énormes quantités de médicaments dans la pharmacie de l'hôpital, aux postes des infirmières, au chevet des patients. MS Contin, OxyContin, ocytocine, Dilaudid, sachets entamés de morphine liquide.

Pendant qu'il parle, mon arme ne vacille pas, pointée sur son visage : les yeux dorés mi-clos, la bouche plate, sans expression.

— J'ai promis à Toussaint de continuer à le fournir, dit-il. Je lui ai dit que je prendrais le risque de lui procurer les pilules, s'il prenait celui de les vendre. Nous partagions les risques, et nous partagions les profits.

L'argent, me dis-je, rien que cette saleté d'argent. C'est tellement mesquin, tellement sordide, tellement nul. Deux meurtres, deux corps en terre, et tous ces malades qui souffraient, obligés de faire avec des demi-doses de calmants, alors que la fin du monde approchait ? Je regarde l'assassin bouche bée, le toise de la tête aux pieds. Est-il vraiment homme à faire tout cela pour le fric ? Pour une montre en or et une veste en cuir neuve ?

— Mais Peter l'a appris, dis-je.

— Oui, souffle Littlejohn, en effet.

Il baisse la tête et la secoue lentement, tristement, d'un côté à l'autre, comme s'il se remémorait un aléas regrettable : une crise cardiaque, une chute dans un escalier.

— Il… c'était le samedi soir… il est arrivé chez J. T. Il était tard. J'y allais toujours très tard.

Je soupire, grince des dents. Pas moyen d'échapper au fait que si Peter était chez J. T. très tard un samedi soir – une rencontre dont J. T. a omis de me parler –, c'est qu'il était venu prendre une dose. Il avait ses appels quotidiens à Naomi, son soutien qui elle-même consommait de la morphine en secret ; il lui disait qu'il allait bien, il se retenait, et puis ce soir-là il a craqué, il est allé chez J. T. se défoncer. Et voilà son beau-frère qui débarque, son beau-frère qui, sans qu'il le sache, vient faire une nouvelle livraison.

Chacun ses secrets, soigneusement cachés.

— Il me voit, j'ai un sac de sport à la main, pour l'amour de Dieu ! Et je lui dis juste : « S'il te plaît, s'il te plaît, ne dis rien à ta sœur. » Mais je savais… je savais qu'il…

Il s'interrompt, porte une main à sa bouche.

— Vous saviez que vous deviez le tuer.

Il fait très lentement oui de la tête.

Il avait raison : Peter l'aurait dit à Sophia. D'ailleurs, il l'a appelée dans ce but le lendemain, le dimanche 18 mars, et de nouveau le lundi, mais elle n'a pas décroché. Il a commencé à lui écrire une lettre, mais n'a pas trouvé les mots.

Et donc, le lundi soir, Erik Littlejohn est allé voir *Pâles lueurs au loin* au Red River, où il savait qu'il trouverait son beau-frère, le discret agent d'assurances. Et en effet, il le repère, accompagné de leur copain commun, J. T. Toussaint ; et après le film, Peter dit à J. T. de s'en aller, dit qu'il veut rentrer à pied – Littlejohn a du bol sur ce coup-là, car à présent Peter est seul. Alors, quel hasard, qui s'avance ? Erik ! Et Erik lui dit : « Buvons une bière, depuis le temps qu'on ne s'est pas vus… Rattrapons le temps perdu avant qu'il soit trop tard. »

Et ils boivent leurs bières, et de sa poche il sort un petit flacon, et une fois que Peter est dans les vapes il le traîne hors du cinéma, personne ne les remarque, personne ne s'en soucie, et il l'emmène au McDonald's pour le pendre dans les toilettes.

***

McConnell passe les menottes au suspect, que je guide par le biceps jusqu'à l'ascenseur. Fenton nous suit et nous montons en silence : médecin légiste, assassin, flic, flic.

— Foutue histoire, commente Fenton.

— Je sais, dit McConnell.

Moi, je ne dis rien. Littlejohn non plus.

L'ascenseur s'arrête, les portes s'ouvrent sur le hall bondé. Dans la foule, il y a un préadolescent qui attend sur un canapé, et tout le corps de Littlejohn se crispe. Le mien aussi.

Il avait dit à Fenton qu'il descendrait à la morgue pour aider à 9 h 30, mais qu'il avait un rendez-vous à 10 heures.

Kyle lève la tête, se met debout, visiblement étonné de voir son père menotté, et Littlejohn n'y tient plus, il projette son corps hors de l'ascenseur, je le retiens fermement par le bras et la force de son élan me tire en avant, moi aussi, nous deux. Ensemble, nous roulons sur le sol.

McConnell et Fenton sortent à leur tour, le hall est plein de monde, des médecins et des bénévoles, qui s'écartent et poussent des cris pendant que Littlejohn et moi roulons encore. Littlejohn m'envoie un coup de boule juste au moment où je sors mon arme, l'impact envoie une explosion de douleur dans mon œil meurtri, je vois des étoiles, tout un ciel étoilé. Je m'écroule sur lui, qui se tortille en dessous de moi, McConnell crie : « Plus un geste ! », puis quelqu'un d'autre crie aussi, une petite voix terrifiée qui dit : « Arrêtez, arrêtez ! » Je relève les yeux, ma vision se stabilise peu à peu, et je dis : « D'accord. » Il a pris mon arme, le gamin, il a mon SIG 229 de service et me le braque sur le visage.

— Petit, dit McConnell.

Elle a dégainé son arme, mais ne sait pas quoi en faire. Elle la braque sur Kyle, sans conviction, puis sur Littlejohn et moi, emmêlés sur le sol, puis de nouveau sur le garçon.

Kyle renifle, gémit, et je me vois moi-même, c'est plus fort que moi, bien sûr, j'ai eu onze ans moi aussi.

— Laissez-le… laissez-le partir, geint-il.

Mon Dieu.

Mon Dieu, Palace.

Pauvre cloche.

Le mobile était sous mon nez depuis le début : pas simplement l'argent, mais ce qu'il peut nous offrir. Ce qu'on peut obtenir contre de l'argent, même en ce moment. Surtout en ce moment. Et voyez ce drôle de gamin, au large sourire, un petit prince, le garçon que j'ai vu pour la première fois le deuxième jour de mon enquête, piétinant une pelouse couverte de neige vierge.

Je l'ai vu dans les yeux de Littlejohn alors qu'il criait tendrement à son fils de se préparer, tranquillement fier de me vanter son talent sur des patins.

Imaginons que, dans les circonstances actuelles, je sois le père d'un enfant ; qu'est-ce que je ne ferais pas pour protéger cet enfant, autant que possible, de la catastrophe à venir ? En fonction de l'endroit où elle frappera, le monde va soit s'arrêter net, soit sombrer lentement dans les ténèbres, et voici un homme qui ferait tout – qui a commis des choses horribles – pour prolonger et protéger la vie de son enfant, au cas où la deuxième possibilité se réaliserait. Prêt à tout pour atténuer les périls d'octobre et de la suite.

Eh non, Sophia n'aurait pas appelé la police si elle avait su, mais elle l'aurait emmené, elle aurait pris le garçon et serait partie, ou du moins c'est ce que redoutait Erik Littlejohn : que la mère ne comprenne pas ce que faisait le père, à quel point c'était important, que cela *devait être fait*, et elle le lui aurait enlevé. Et ensuite, que serait-il devenu – et elle aussi – dans les retombées du cataclysme ?

Et les larmes montent, et tombent des yeux du gamin, et les larmes tombent aussi des yeux de Littlejohn, et je voudrais pouvoir dire, étant un enquêteur professionnel au milieu d'une arrestation extraordinairement difficile, que je garde mon calme et ma concentration, mais non, elles coulent, elles coulent, les larmes, sur mon visage.

— Donne-moi le pistolet, petit, dis-je. Il faut que tu me le donnes. Je suis un policier, tu sais.

Il obéit. Il s'approche de moi et le pose dans ma main.

***

La petite chapelle du sous-sol est pleine de boîtes empilées.

Elles sont étiquetées comme contenant du matériel médical, et d'ailleurs c'est vrai pour certaines : trois cartons de seringues, cent vingt par carton, deux boîtes de masques de protection, une petite boîte de pilules d'iode et de sérum physiologique. Des poches de perfusion, des goutte-à-goutte. Des garrots. Des thermomètres.

Il y a des cachets, aussi, de la même variété que ceux que j'ai trouvés dans la niche. Entreposés ici en attendant qu'il en ait assez pour que cela vaille la peine de les sortir en douce et de les livrer à Toussaint.

Il y a à manger. Cinq cartons de boîtes de conserve : bœuf haché, haricots, soupe. Ces boîtes ont disparu des supermarchés depuis des mois ; on les trouve au marché noir à condition d'avoir les moyens, mais personne ne les a. Pas même les flics. Je soulève une boîte d'ananas au sirop Del Monte et sens son poids familier dans ma main, réconfortant et nostalgique.

La plupart des cartons, cependant, sont emplis d'armes à feu.

Trois fusils de chasse Mossberg 817 Bolt Action à canon de vingt-et-un pouces.

Une mitraillette Thompson M1, accompagnée de dix boîtes de balles de .45, cinquante balles par boîte.

Un Marlin .30-06 à lunette.

Onze .380 Ruger LCP, dix discrets petits pistolets automatiques, et quantité de munitions pour ceux-là aussi.

Il y en a pour des milliers et des milliers de dollars.

Il se préparait. Se préparait pour l'après. Même si, en regardant cela dans ce local exigu qui a une croix sur sa porte, ce local plein d'armes, de boîtes de conserve, de cachets et de seringues, on a tendance à se dire : « En fait, l'après a déjà commencé. »

Dans un long carton, du genre qui aurait pu emballer un miroir en pied ou un grand cadre, repose une énorme arbalète, avec dix flèches en aluminium, soigneusement attachées ensemble au fond de la boîte.

***

Nous sommes dans le véhicule, le suspect sur la banquette arrière, et nous roulons vers le commissariat. Nous en avons pour dix minutes, mais c'est suffisant. Suffisant pour savoir si j'ai bien deviné le reste de l'histoire, ou non.

Au lieu d'attendre qu'il me le dise, je lui raconte la suite, en guettant son regard dans le rétroviseur pour voir si j'ai raison.

Mais je le sais, que j'ai raison.

Pourrais-je parler à Mlle Naomi Eddes ?

C'est ce qu'il a dit, de cette voix douce et mielleuse, une voix qu'elle n'a pas reconnue. Cela a dû lui faire un effet étrange, comme la fois où je l'ai appelée avec le téléphone de Peter Zell. Voilà qu'une voix étrangère l'appelait avec celui de J. T. Toussaint. Un numéro qu'elle connaissait par cœur, celui qu'elle composait depuis quelques mois chaque fois qu'elle avait besoin de planer, de s'égarer.

Et la voix au bout du fil a commencé à lui donner des instructions.

— Appelez ce flic. Appelez votre nouvel ami, l'inspecteur. Rappelez-lui en douceur ce qu'il a négligé. Suggérez-lui que cette sordide affaire de drogue est en fait complètement autre chose.

Et ça a marché, dans les grandes largeurs. Nom d'un chien.

Rien qu'à cette idée, mes joues s'embrasent de honte, mes lèvres se retroussent de dégoût.

Intérêt assurable. Sinistres frauduleux. Cela ressemblait exactement au genre de choses pour lesquelles on se fait tuer, et j'ai plongé à pieds joints. J'étais un gosse jouant à un jeu, surexcité, prêt à bondir sur la queue du Mickey qu'on agitait devant lui. L'enquêteur borné, marchant en rond dans sa maison, un imbécile, un chien fou. *Une fraude aux assurances ! Ha ha ! C'est sûrement ça ! Il faut que je sache sur quoi il travaillait !*

Littlejohn ne dit mot. Il est déjà dans l'après. Cerné par la mort. Mais je sais que j'ai raison.

Kyle est resté à l'hôpital, assis dans le hall avec le docteur Fenton, pour attendre Sophia Littlejohn qui, en ce moment même, apprend la nouvelle, et qui s'apprête à vivre les mois les plus durs de sa vie. Comme tout le monde, mais en pire.

Je n'ai plus besoin de demander, j'ai déjà tout le tableau, mais rien à faire, c'est plus fort que moi.

— Le lendemain, vous êtes allé chez Merrimack Life and Fire, et vous avez attendu, c'est bien ça ?

Je m'attarde au feu rouge de Warren Street. Je pourrais le griller, bien sûr, j'ai un dangereux suspect à l'arrière, un assassin, mais j'attends, les mains à dix heures dix.

— Répondez-moi, je vous prie, monsieur. Le lendemain, vous êtes allé à son bureau, et vous avez attendu ?

Un souffle, à peine :

— Oui.

— Plus fort, je vous prie.

— Oui !

— Vous avez attendu dans le couloir, devant son bureau.

— Dans un placard.

Mes mains se resserrent sur le volant et mes jointures blanchissent presque au point de luire dans la pénombre. McConnell me regarde depuis le siège passager, l'air mal à l'aise.

— Dans un placard. Et une fois qu'elle a été seule, avec Gompers ivre dans son bureau et tous les autres au Barley House, vous lui avez montré le pistolet, l'avez escortée jusqu'à la réserve. Vous vous êtes arrangé pour qu'elle semble avoir été surprise en train de chercher des dossiers, aussi, juste pour… pour quoi faire ? Pour donner encore un tour de vis, me faire bien croire à ce que vous vouliez ?

— Oui, et…

— Oui ?

Je remarque que McConnell a posé une main sur la mienne, sur le volant, inquiète que je parte dans le décor.

— Elle aurait fini par tout vous raconter.

Palace, m'a-t-elle dit, assise sur le lit. *Encore une chose*.

— Il le fallait, gémit Littlejohn, les larmes aux yeux. J'étais obligé de la tuer.

— Personne n'est obligé de tuer.

Il regarde par la fenêtre, au loin.

— Oh, ça ne va pas tarder.

***

— Je l'avais bien dit, qu'il se passait quelque chose de pas net !

McGully, dans notre bureau, le derrière par terre, adossé au mur. Culverson, à l'autre bout de la pièce, qui irradie de calme et de dignité alors qu'il est assis en tailleur, son bas de pantalon légèrement remonté.

— Où sont passées nos affaires ?

Nos bureaux ont disparu. Ainsi que nos ordinateurs, nos téléphones, nos corbeilles à papier. Notre rangée de placards n'est plus sous la fenêtre ; à la place, un motif irrégulier d'indentations dans le sol. Les mégots jonchent la vieille moquette bleue tels des cancrelats morts.

— Je l'avais bien dit, répète McGully, dont la voix résonne de manière lugubre dans l'espace dépouillé.

J'ai laissé Littlejohn dehors, menotté sur la banquette arrière de l'Impala, gardé par l'agent McConnell avec l'aide réticente de Ritchie Michelson, en attendant son enregistrement officiel. Je suis entré seul dans le commissariat et j'ai couru trouver Culverson. Je veux que nous nous occupions de lui ensemble – son homicide, le mien. En camarades.

McGully achève la cigarette qu'il mâchonnait, la pince entre ses doigts, envoie d'une pichenette le mégot au milieu de la pièce, avec les autres.

— Ils savent, dit Culverson à mi-voix. Quelqu'un sait quelque chose.

— Quoi ? fait McGully.

Mais il ne reçoit pas de réponse, car le chef Ordler fait son entrée.

— Bonjour, les gars, nous lance-t-il.

Il est en civil, et il a l'air fatigué. McGully et Culverson restent assis par terre et lèvent sur lui un regard méfiant ; je me redresse, claque les talons, montre que je suis attentif. Je n'oublie pas que j'ai un double assassin présumé dans une voiture garée en bas, mais bizarrement, avec tout cela, j'ai l'impression que cela ne compte plus.

— Messieurs, à dater de ce matin, les services de police de Concord sont fédéralisés.

Personne ne dit mot. Ordler a sous le bras droit un classeur qui porte le sceau du département de la Justice.

— Fédéralisés ? Qu'est-ce que ça veut dire ? m'enhardis-je à demander.

Culverson secoue la tête, se lève lentement, pose une main solide sur mon épaule. McGully ne bouge pas de sa place et se rallume une cigarette.

J'insiste.

— Qu'est-ce que ça veut dire ?

Ordler regarde par terre, continue de parler.

— Ils restructurent tout, envoient encore plus de gamins dans les rues, et ils me disent que je peux garder la plupart de mes agents de patrouille, si je le veux et eux aussi, mais qu'ils dépendront du département de la Justice.

— Mais qu'est-ce que ça signifie, au juste ?

Je veux dire : pour nous ? La réponse crève pourtant les yeux : je me trouve dans une pièce vide.

— Qu'ils ferment les services judiciaires. En gros…

Je chasse la main de Culverson de mon épaule, me cache le visage dans les mains, relève les yeux vers le chef Ordler, secoue la tête.

— … en gros, l'idée est qu'une force d'investigation est relativement superflue, compte tenu des conditions actuelles.

Il continue comme ça pendant un petit moment – je n'écoute plus rien, à ce stade, mais il continue –, et puis à un moment il s'interrompt pour demander s'il y a des questions. Nous le dévisageons sans rien dire, si bien qu'il marmonne autre chose, tourne les talons et s'en va.

Je remarque, pour la première fois, qu'on a éteint notre radiateur et qu'il fait froid dans la pièce.

— Ils savent, insiste Culverson.

McGully et moi tournons la tête vers lui comme des marionnettes.

— Ils ne sont pas censés l'apprendre avant une semaine, dis-je. Je croyais que c'était pour le 9 avril.

Il secoue la tête.

— Il y a des gens qui savent déjà.

— Mais quoi ? s'énerve McGully.

— Des gens qui savent où le foutu machin va frapper.

***

J'ouvre la portière avant droite de l'Impala.

— Alors, qu'est-ce qui se passe ? me demande McConnell.

Je ne réponds rien pendant un long moment : je reste là, une main posée sur le toit de la voiture, à la regarder elle, puis je me tords le cou pour apercevoir le prisonnier, qui est affalé à l'arrière, la tête levée. Michelson, assis sur le capot, fume un mégot, comme ma sœur l'autre jour dans le parking.

— Henry ? Qu'est-ce qui se passe.

— Rien, rien. Allez, on l'emmène.

McConnell, Michelson et moi sortons le suspect de l'habitacle et le faisons entrer dans le garage. Une petite troupe nous observe : des Coupes-en-Brosse et quelques anciens, Halburton, le vieux mécano qui bricole encore dans le garage. Nous traînons Little-john avec ses menottes, avec sa belle veste en cuir. Un escalier en béton relie directement cette zone au sous-sol, à l'Enregistrement, précisément en vue de ce genre de situation : le suspect est amené dans un véhicule de police, et livré directement aux agents de service pour être enregistré.

— Stretch ? me lance Michelson. Qu'est-ce qui se passe ?

Je suis encore planté là, une main sur le bras du suspect. Quelqu'un siffle McConnell, qui porte toujours sa jupe et son chemisier.

— Va te faire foutre, répond-elle.

J'ai déjà emprunté cet escalier avec des pickpockets, une fois avec un présumé pyromane, avec un nombre incalculable d'ivrognes. Jamais avec un assassin.

Un double assassin.

Pourtant, je ne ressens rien, je suis comme engourdi. Ma mère serait fière de moi, me dis-je bêtement ; Naomi, peut-être aussi. Elles ne sont plus là ni l'une ni l'autre. Dans six mois, il ne restera rien de tout cela, rien que des cendres et un grand trou.

Je me remets en mouvement, guidant la petite troupe vers les marches. L'inspecteur coffrant son homme. J'ai mal à la tête.

En temps normal, voici ce qui se passe après : les agents de service reçoivent le suspect et descendent avec lui au sous-sol, où on prend ses empreintes et où on lui rappelle ses droits. Puis il est fouillé, photographié, le contenu de ses poches est collecté et étiqueté. On l'informe de ses possibilités de représentation légale ; quelqu'un comme Erik Littlejohn, qui a des moyens, a sans doute un avocat privé à appeler, et on lui permet de le faire.

Autrement dit, cette première marche d'un escalier de béton n'est en réalité qu'une étape parmi d'autres dans un long et complexe périple qui commence par la découverte d'un corps dans des toilettes malpropres et s'achève devant la justice.

Ça, c'est en temps normal.

Nous nous arrêtons à quelques pas de l'escalier.

— Stretch ? me demande à nouveau Michelson.

— Palace ? dit McConnell.

J'ignore quel sera le sort de Littlejohn une fois que je l'aurai livré aux deux petits jeunes de dix-sept ou dix-huit ans qui attendent, le regard morne et les mains tendues, d'emmener mon suspect au sous-sol.

Les règles de procédure ont été révisées plusieurs fois depuis l'adoption de la loi SSPI et des lois d'État correspondantes, et à la vérité je ne sais pas ce que disent les derniers statuts en date. Ce qu'il y avait dans le classeur du chef Ordler tout à l'heure – quelles provisions accompagnent la suspension des enquêtes criminelles ?

Dans mon cœur, je n'ai pas encore affronté la question de ce que deviendra l'assassin présumé après son arrestation. Pour être tout à fait franc, je n'avais jamais cru que je me tiendrais un jour ici.

Mais à présent… que faire ? Là est la question.

Je regarde Erik Littlejohn, lui aussi me regarde.

— Désolé, dis-je.

Et je le livre à mes collègues.

ÉPILOGUE

Lundi 11 avril
Ascension droite : 19 27 43,9
Déclinaison : – 35 32 16
Élongation : 92,4
Delta : 2,705 ua

Juché sur un dix-vitesses, je pédale sur les trottoirs ensoleillés de New Castle en cherchant Salamander Lane. Là-haut, le soleil joue à cache-cache avec des nuages épars, la brise est tiède, douce et saline, je me dis *allez quoi*, et je prends à droite dans une rue qui va vers la mer.

New Castle est une petite station balnéaire charmante hors saison, avec ses boutiques de souvenirs fermées, son marchand de glaces, son bureau de poste, sa société historique. Il y a même une promenade en planches, qui longe la plage sur environ quatre cents mètres, et une poignée de joyeux baigneurs dans les dunes. Un vieux couple main dans la main, une maman qui joue au ballon avec son fils, un jeune garçon qui court à fond de train pour tenter de faire décoller un grand cerf-volant.

Au bout de la plage, un chemin de terre retourne vers la place, où une pelouse verte entoure un joli kiosque en bois sombre, festonné de banderoles et de drapeaux américains. On dirait qu'il y a eu un bal populaire hier soir, et qu'il y en aura un autre ce soir. À cette heure-ci, deux gars du coin déballent des instruments en cuivre, bavardent, se serrent la main. J'attache mon vélo à côté d'une benne à ordures débordante d'assiettes en papier et de restes de beignets qui font la joie des fourmis.

À Concord aussi, il y a eu un défilé hier soir, et même un feu d'artifice tiré depuis une barge sur la Merrimack, dont les grandes fleurs majestueuses sont retombées en scintillant sur le dôme doré de l'hôtel de ville. On le sait maintenant : Maïa tombera en Indonésie. Les autorités ne peuvent ou ne veulent pas annoncer un point d'impact précis à cent pour cent, mais ce sera dans les environs de l'archipel indonésien, à l'est du golfe de Boni. Le Pakistan, dont la frontière occidentale est seulement à quatre mille kilomètres de la zone, a renouvelé sa promesse de faire exploser le caillou en plein vol, et les États-Unis ont réaffirmé leurs objections.

Pendant ce temps-là, en Amérique, dans tout le pays, il y a des parades, des feux d'artifice, des célébrations. Devant un centre commercial de la banlieue de Dallas, des pillages, suivis de coups de feu, se sont terminés en émeute : six morts. Un incident du même genre s'est produit à Jacksonville, en Floride, et un autre à Richmond, dans l'Indiana. Dix-neuf morts dans un Home Depot de Green Bay, Wisconsin.

***

Le 4, Salamander Lane ne ressemble pas au siège d'une institution quelle qu'elle soit. C'est une petite résidence familiale de style Cape Cod, en vieux bois peint en bleu pastel, assez proche de la mer pour que j'en perçoive l'odeur salée depuis les marches du perron.

— Bonjour madame, dis-je à la femme d'âge canonique qui vient m'ouvrir. Je suis l'inspecteur Henry Palace.

Mais ce n'est plus la vérité.

— Pardon, je m'appelle Henry Palace. Je suis bien à l'institut Open Vista ?

La vieille dame fait demi-tour en silence, rentre dans la maison ; je la suis à l'intérieur, lui explique ce que je veux, et enfin elle prend la parole.

— C'était un drôle de numéro, celui-là, n'est-ce pas ? me dit-elle de Peter Zell.

Sa voix est forte et claire, à un point étonnant.

— Je ne l'ai pas connu, à vrai dire.

— Eh bien je vous le dis.

— D'accord.

J'ai pensé que cela ne ferait pas de mal d'en savoir un peu plus sur ce dossier, ce dernier sinistre sur lequel enquêtait mon assureur avant d'être tué. Comme j'ai dû rendre mon Impala de fonction, j'ai ressorti le vieux Schwinn de ma mère et je suis venu à vélo. J'ai mis un peu plus de cinq heures, en comptant un arrêt déjeuner dans un Dunkin' Donuts abandonné sur une aire d'autoroute.

— Un drôle de numéro. Il n'avait pas besoin de venir jusqu'ici.

— Ah bon, pourquoi ?

— Parce que.

Elle indique du geste le dossier que j'ai apporté, lequel repose sur une table basse entre elle et moi. Trois feuilles de papier dans une chemise en carton : une demande d'indemnisation, un contrat, une liste de justificatifs.

— Toutes ses questions, il aurait pu me les poser par téléphone.

Elle s'appelle Veronica Talley, c'est sa signature qui figure dans le dossier, la sienne et celle de son mari, Bernard, aujourd'hui décédé. Les yeux de Mme Talley sont petits, noirs et ronds, comme des yeux de poupée. Le salon est exigu et propre, les murs décorés de coquillages et d'algues délicates séchées sous verre. Je ne vois toujours aucun élément indiquant que je me trouve dans les locaux d'une institution.

— Madame, je crois comprendre que votre époux a mis fin à ses jours.

— Oui. Il s'est pendu. Dans la salle de bains. Au machin… (Elle semble exaspérée.) Le machin, vous savez ? D'où l'eau coule ?

— La pomme de douche, madame ?

— C'est ça. Excusez-moi. Je ne suis plus toute jeune.

— Je suis navré.

— Vous avez tort. Il m'avait prévenue qu'il allait le faire. Il m'a dit d'aller marcher le long de la mer, parler aux bernard-l'hermite, et qu'à mon retour il serait mort dans la salle de bains. Et c'est ce qui s'est passé.

Elle renifle, me jauge de ses petits yeux durs. La mort de Bernard Talley, je le sais parce que j'ai lu les papiers posés sur la table entre nous, devait lui rapporter un million de dollars, à titre personnel, plus trois autres pour l'institut Open Vista, à supposer qu'il existât. Zell a autorisé le paiement, débloqué les fonds, après cette visite ici il y a trois semaines – mais il a laissé le dossier ouvert, comme s'il avait l'intention d'y revenir, de se tenir au courant.

— Vous êtes un peu comme lui, non ?

— Pardon, madame ?

— Vous êtes comme votre ami, celui qui est venu. Il était assis là où vous êtes en ce moment.

— Comme je vous l'ai dit, madame, je ne l'ai pas connu.

— N'empêche que vous lui ressemblez.

Des carillons à vent sont suspendus à la fenêtre du fond, derrière la cuisine, et je reste une seconde immobile à écouter leurs notes cristallines.

— Madame ? Voulez-vous me parler de l'institut ? J'aimerais savoir où ira tout cet argent.

— C'est aussi ce que votre ami voulait savoir.

— Ah.

— Cela n'a rien d'illégal. Nous sommes dûment enregistrés comme organisation à but non lucratif. 501(c)3, quoi que cela veuille dire.

— Je n'en doute pas.

Elle n'ajoute rien. Les carillons tintinnabulent, puis le vent nous apporte des échos de fanfare, les tubas et les trompettes du kiosque qui répètent.

— Madame Talley, je peux le découvrir autrement s'il le faut, mais ce serait plus simple si vous me disiez tout.

Elle soupire, se lève et sort de la pièce en traînant les pieds, et je la suis, en espérant que nous allons quelque part pour qu'elle puisse me montrer, parce que c'était purement du bluff : je n'ai aucun moyen de savoir autrement. Plus maintenant.

***

Il s'avère qu'une grande partie de l'argent a servi à acheter du titane.

— Ce n'est pas moi l'ingénieur, me dit Mme Talley. C'était Bernard. C'est lui qui a conçu l'engin. Mais son contenu, nous l'avons choisi ensemble, et nous avons réuni les éléments tous les deux. Nous avons commencé en mai, dès qu'il a été clair qu'on pouvait réellement envisager le pire.

Sur un établi, dans le garage, est posée une sphère métallique sans fioritures, large de quelques pieds.

Mme Talley m'explique que la couche extérieure est en titane, mais que ce n'est que l'extérieur : en dessous, il y a plusieurs épaisseurs d'aluminium, puis un isolant thermique inventé par M. Talley. Il a été ingénieur dans l'aérospatiale pendant des années, et il était convaincu que la sphère résisterait aux radiations cosmiques et aux collisions avec des déchets spatiaux, et perdurerait en orbite autour de la Terre.

— Pendant combien de temps ?

La vieille dame sourit, pour la première fois depuis que je suis là.

— Jusqu'à ce que l'humanité ait recouvré les ressources nécessaires pour la récupérer.

À l'intérieur de la sphère, soigneusement emballés, il y a une brique de DVD, des dessins, des journaux roulés sous emballage transparent, et des échantillons de matériaux divers.

— De l'eau de mer, une poignée d'argile, du sang humain, me dit Mme Talley. Il était futé, mon mari. Très futé.

Je détaille l'inventaire du petit satellite pendant quelques minutes, retournant cet assemblage hétéroclite, prenant chaque objet dans ma main, hochant la tête avec approbation. L'espèce humaine, l'histoire humaine, en résumé, dans une coquille de noix. Tout en réunissant leur collection, ils ont passé contrat avec une petite compagnie privée d'aérospatiale qui devait assurer le lancement, prévu pour le mois de juin, mais ils ont fini par épuiser leurs économies. C'était là qu'intervenait la prime d'assurance ; c'était pour ça, le suicide. Maintenant, le lancement est de nouveau au programme, m'apprend Mme Talley.

— Alors ? Que désirez-vous mettre dans la capsule ? me demande-t-elle ensuite.

— Rien. Pourquoi cette question ?

— C'est ce que voulait l'autre monsieur.
— M. Zell ? Il voulait mettre quelque chose là-dedans ?
— Il a mis quelque chose là-dedans.
Elle plonge la main dans le tas de matériaux, farfouille, et en sort une enveloppe en kraft anodine, mince, de petit format, pliée en deux. Je ne l'avais même pas remarquée.
— À vrai dire, je pense que c'est pour ça qu'il est venu ici. Il a prétendu avoir besoin d'enquêter en personne sur notre demande, mais je lui avais déjà tout dit et il a quand même sonné à ma porte un beau jour. Il est venu avec cette petite cassette, et puis il m'a demandé, en avalant un peu ses mots, s'il pouvait l'ajouter.
— Vous permettez ?
— C'était votre ami, me dit-elle avec un haussement d'épaules.
Je prends la petite enveloppe et la secoue pour découvrir ce qu'il y a dedans : une microcassette, comme celles qu'on mettait jadis dans les répondeurs, celles sur lesquelles les cadres supérieurs dictaient leur courrier.
— Vous savez ce qu'il y a dessus ?
— Pas du tout.
Je contemple la cassette. Ce sera peut-être un peu de travail de trouver un appareil pour la passer, mais j'y arriverai certainement. Au commissariat, dans une des réserves, il y avait quelques répondeurs. Ils y sont peut-être encore, et si oui, l'agent McConnell pourra en exhumer un pour moi. Ou alors j'en dégoterai bien un chez un prêteur sur gages, ou peut-être sur un de ces marchés en plein air qui ont lieu maintenant à Manchester, toutes les semaines, de gros marchés aux puces… Je pourrai en trouver un, passer la cassette.

Ce sera intéressant, ne serait-ce que pour connaître le son de sa voix… intéressant…

Mme Talley attend, la tête inclinée sur le côté, comme un oiseau. La petite cassette repose dans ma paume comme si ma main était celle d'un géant.

— Très bien, madame, dis-je en remettant l'objet dans l'enveloppe que je replace dans la capsule. Merci, et pardon pour le dérangement.

— Pas de quoi.

Elle me raccompagne à la porte et me fait au revoir de la main.

— Faites attention en descendant les marches. Votre ami est tombé en sortant, il s'est bien amoché la figure.

***

Je récupère mon vélo sur la place herbue de New Castle, maintenant envahie par les joyeux fêtards, et je repars vers chez moi. Les clameurs de la parade diminuent dans mon dos jusqu'à évoquer une boîte à musique, puis se taisent.

Je longe la route 90, contre le vent qui s'engouffre dans mes jambes de pantalon et dans les manches de mon manteau, secoué lorsqu'un camion de livraison ou une voiture de police me double de temps en temps. La livraison du courrier a été suspendue vendredi dernier, ce qui a donné lieu à une cérémonie en grande pompe à la Maison-Blanche, mais des compagnies privées livrent encore les colis ; les chauffeurs FedEx sont accompagnés de gorilles armés sur le siège passager. J'ai accepté une retraite anticipée de la police de Concord, avec une pension égale à quatre-vingt-cinq pour cent de mon salaire au moment de mon départ. Au total, j'aurai été agent de patrouille pendant un an, trois mois et dix jours, et inspecteur à la section criminelle pendant trois mois et vingt jours.

Je prends mes aises et roule en plein milieu de la route 90, le long de la double ligne jaune.

On ne peut vraiment pas trop penser à la suite, vraiment pas.

***

J'arrive chez moi au milieu de la nuit et elle est là à m'attendre, assise sur un des cageots que je garde sous le porche en guise de chaises : ma petite sœur, en jupe longue et veste en jean légère, dans la forte odeur âcre de ses American Spirit. Houdini la lorgne avec hargne derrière le côté du cageot, montrant les dents, tremblant, se croyant apparemment invisible.

— Oh mon Dieu, c'est pas vrai ! dis-je.

Je me précipite vers elle, abandonnant le vélo par terre en bas des marches, et nous voilà dans les bras l'un de l'autre, riant aux larmes, j'appuie sa tête contre mon torse.

— Espèce d'abrutie ! dis-je en m'écartant d'elle.

— Pardon, Hen, je suis vraiment désolée.

Elle n'a pas besoin d'en dire plus, c'est tout ce que j'avais besoin d'entendre, comme confession. Elle savait donc ce qu'elle faisait depuis le début, depuis qu'elle m'a supplié, en larmes, de l'aider à faire sortir son mari !

— C'est pas grave. Pour être honnête, je dois avouer qu'avec le recul, je n'en reviens pas que tu aies été aussi maligne. Tu m'as joué comme… comment disait papa, déjà ? Comme un hautbois ? C'est ça ?

— Je n'en sais rien.

— Mais si. Une histoire de hautbois à pois dans les bois…

— J'avais six ans, Henry. Je ne connais pas ses expressions.

Elle jette son mégot au pied du porche et sort une nouvelle cigarette. Par réflexe, je lui fais les gros yeux, et par réflexe elle soupire de mon paternalisme… les vieilles habitudes. Houdini lance un petit jappement timide et pointe la truffe sous le cageot. L'agent McConnell m'a appris que ce chien était un bichon frisé, mais je préfère continuer à me dire que c'est un caniche.

— Bon d'accord, mais maintenant il faut que tu me dises. Qu'est-ce que tu avais besoin de savoir ? Quelle information t'ai-je fournie sans le savoir en m'introduisant dans les locaux de la Garde nationale du New Hampshire ?

— Quelque part dans ce pays, un projet secret est en cours d'élaboration, commence Nico, lentement, le visage détourné de moi. Et cela dans un endroit discret. Nous avons réduit le champ des possibilités, et maintenant notre objectif est de trouver l'installation apparemment anodine où ce projet se développe.

— Qui ça, « nous » ?

— Je ne peux pas te le dire. Mais nous avons des informations…

— Trouvées où ?

— Peux pas te le dire.

— Allez, Nico.

J'ai l'impression d'être dans *Twilight Zone*. Je suis en train de me disputer avec ma petite sœur, comme nous le faisions pour le dernier esquimau, ou parce qu'elle piquait la voiture de notre grand-père, sauf que cette fois nous nous disputons à cause de je ne sais quelle grotesque conspiration géopolitique.

— Un certain niveau de sécurité est en place pour protéger ce projet.

— Et donc, que je comprenne bien : tu ne crois pas réellement que c'est une navette pour la Lune.

Elle tire sur sa cigarette.

— Eh bien… eh bien. Certains d'entre nous y croient.

J'en reste comme deux ronds de flan. Toutes les ramifications de cette histoire – ce qu'elle a fait, ce qu'elle fait ici, pourquoi elle s'excuse –, je ne commence que maintenant à en prendre la mesure. Je la regarde mieux, ma sœurette, et elle me paraît même changée. Elle ressemble beaucoup moins à notre mère qu'avant. Elle a minci, ses yeux sont enfoncés et sérieux, elle n'a plus une once de gras pour adoucir ses traits durs.

Nico, Peter, Naomi, Erik… tout le monde cachant des secrets, changeant. Maïa, à 45 millions de kilomètres de distance, fait ce qu'elle veut de nous tous.

— Derek était un des naïfs, non ? Toi tu avais compris, mais ton mari croyait vraiment qu'on allait s'enfuir sur la Lune.

— Il le fallait. Il fallait qu'il y croie pour qu'il aille faire du 4 × 4 sur la base, mais il ne fallait pas qu'il se doute du véritable objectif. Il n'était pas assez fiable. Trop… tu sais.

— Trop crétin.

Elle ne répond pas. Ses traits sont sérieux, et maintenant quelque chose que j'ai déjà vu luit dans ses yeux, quelque chose de glaçant, un peu comme chez les fous de dieu agressifs de la place devant le commissariat, comme chez les pires des Coupes-en-Brosse qui rudoient les ivrognes rien que pour le frisson. Tous les vrais-croyants qui cognent pour oublier la réalité dans laquelle nous sommes plongés.

— Donc, le degré de sécurité dont tu parlais. Si ça avait été le bon endroit, celui que vous cherchez, j'aurais trouvé Derek, quoi… aux fers ?

— Non. Tu l'aurais retrouvé mort.

Sa voix est froide, brutale. J'ai l'impression de me trouver face à une inconnue.

— Et tu savais qu'il courait ce risque quand tu l'y as envoyé. Il ne savait pas, mais toi si.

— Henry, je savais déjà quand je l'ai épousé.

Nico regarde dans le lointain, fume sa cigarette, et moi je reste planté là à frissonner, pas même à cause du sort de Derek, pas à cause de cette folie de science-fiction dans laquelle ma sœur s'est engagée, pas même parce que j'y ai été entraîné, moi aussi, sans le savoir. Je frissonne parce que ça y est : quand Nico s'en ira, ce soir, ce sera fini. Je ne la reverrai plus jamais. Ce qui me laissera seul avec le chien, lui et moi, à attendre.

— Tout ce que je peux te dire, c'est que ça valait le coup.

— Comment peux-tu dire ça ?

Je me rappelle aussi la fin de l'histoire, l'évasion ratée, Derek abandonné, laissé pour mort. Jetable. Un sacrifice. Je ramasse mon vélo, le hisse sur mon épaule, et passe devant elle pour rentrer chez moi.

— Bon enfin… attends… tu veux savoir ce que c'est, ce qu'on cherche ?

— Non merci.

— Parce que ça vaut le coup, tu sais.

J'en ai fini. Je ne suis même pas en colère, plutôt épuisé. J'ai roulé à vélo toute la journée. J'ai les jambes en compote. Je ne sais pas trop ce que je ferai demain, mais il est tard. La Terre continue de tourner.

Je suis sur le seuil à présent, la porte est ouverte, Houdini est à mes pieds.

— Il faut que tu me fasses confiance, insiste Nico dans mon dos. Ça en vaut vraiment la peine.

Je m’arrête, pivote et la regarde.

— C’est de l’*espoir*, dit-elle.

— Oh, de l’espoir. D’accord.

Et je referme la porte.

MERCI

Dr Tim Spahr, directeur du Minor Planet Center au Centre d'astrophysique de Harvard-Smithsonian

Dr Cynthia Gardner, médecin légiste.

La police de Concord, en particulier les officiers Joseph Wright et Craig Leveques

M. Andrew Winters

Jeff Strelzin, assistant-attorney general du New Hampshire

Steve Walters, de l'université Loyola du Maryland

Binyamin Applebaum, du *New York Times*

Dr Judy Greene

Devid Belson, d'Akamai Technologies

Dr Nora Osman et Dr Mark Pomeranz

Jason, Jane, Doogie, Dave, Brett, Mary Ellen, Nicole, Eric et tout le monde chez Quirk Books

Molly Lyons et Joelle Delbourgo

Mes premiers lecteurs Nick Tamakin, Erik Jackson, et Laura Gutin

Michael Hyman (et Wylie le chien)

Et merci, un grand, grand, grand merci à Diana, Rosalie, Isaac et Milly

***

Rusty Schweickart, ancien astronaute de la NASA et expert en astéroïdes, m'a pressé de ne pas écrire ce livre, me suggérant plutôt de m'attaquer au scénario bien plus probable d'un impact subapocalyptique mais terriblement destructeur quand même. Je n'ai pas su honorer sa demande, mais je recommande à tout le monde d'aller voir son travail à la B612 Foundation (www.B612Foundation.org).

MIXTE
Papier issu de
sources responsables
FSC® C003309

10/18, une marque d'Univers Poche,
est un éditeur qui s'engage pour
la préservation de son environnement
et qui utilise du papier fabriqué à partir
de bois provenant de forêts gérées
de manière responsable.

Imprimé en France par CPI

N° d'impression : 3013867
Dépôt légal : février 2016
X06384/01